CB040374

A cor que caiu do céu

A cor que caiu do céu

Tradução
Celso M. Paciornik

H. P. LOVECRAFT

ILUMINURAS

Títulos originais
The alchemist; The beast in the cave; The colour out of space; He;
The evil clergyman; The rats in the walls; The street;
The Dunwich horror; The shadow out of time

Capa e projeto gráfico
Eder Cardoso / Iluminuras

Revisão
Ariadne Escobar Branco
Bruno Silva D'Abruzzo
Camila Cristina Duarte

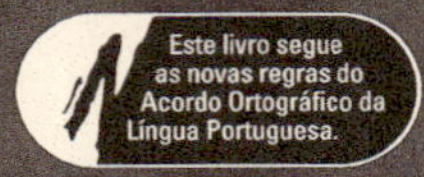

CIP-BRASIL. CATALOGAÇÃO NA PUBLICAÇÃO
SINDICATO NACIONAL DOS EDITORES DE LIVROS, RJ

L947c

Lovecraft, H. P. (Howard Phillips), 1890-1937
A cor que caiu do céu / H. P. Lovecraft; tradução Celso M. Paciornik. – 2. ed. –
São Paulo : Iluminuras, 2018 - 1. Reimpressão, 2019
240p; 22,5cm

Tradução de: The alchemist; the beast in the cave; the colour out of space; he;
the evil clergyman; the rats in the walls; the street; the dunwich horror; the
shadow out of time

ISBN 978-85-7321-585-4

1. Conto americano. I. Paciornik, Celso M. II. Título.

18-49819 CDD: 813
CDU: 82-34(73)

2021
EDITORA ILUMINURAS LTDA.
Rua Inácio Pereira da Rocha, 389 - 05432-011 - São Paulo - SP - Brasil
Tel./Fax: 55 11 3031-6161
iluminuras@iluminuras.com.br
www.iluminuras.com.br

índice

O ALQUIMISTA

No alto, coroando o cimo relvado de um morro redondo cujas encostas são cobertas, perto da base, pelas árvores retorcidas da vegetação primeva, ergue-se o velho castelo de meus ancestrais. Durante séculos, suas imponentes ameias fitaram, carrancudas, os campos inóspitos e escarpados abaixo, servindo de lar e cidadela para a casa altiva cuja nobre linhagem é ainda mais antiga que as muralhas cobertas de musgo do castelo. Essas torres ancestrais, manchadas pelas tempestades de gerações e ruindo sob a lenta, mas potente pressão do tempo, constituíam, na era feudal, uma das mais formidáveis e temidas fortalezas de toda a França. De seus parapeitos com balestreiros e ameias engastados, barões, condes e até mesmo reis foram desafiados, sem jamais ressoar em seus vastos salões as passadas do invasor.

Desde aqueles anos gloriosos, porém, tudo mudou. Uma pobreza pouco acima da miséria extrema, junto com um orgulho do nome que proíbe o seu alívio nas ocupações da vida comercial, impediram que os rebentos de nossa linhagem mantivessem o prístino esplendor de sua propriedade; e as pedras caídas das paredes, o mato espalhado nos parques, o fosso seco e poeirento, os pátios mal pavimentados e as torres altaneiras de fora, bem como os pisos arqueados, os lambris carcomidos e as tapeçarias desbotadas dentro, tudo conta uma história soturna de grandeza decaída. Com o passar dos tempos, primeiro uma, depois outra das quatro torres imponentes foram deixadas se arruinar, até que, por fim, uma única abrigava os descendentes tristemente reduzidos dos antes poderosos lordes da propriedade.

Foi numa das câmaras vastas e sombrias dessa torre remanescente que eu, Antoine, o último dos desditosos e malditos Condes de C..., vi a luz do dia, noventa longos anos atrás. Dentro dessas paredes e em meio às florestas umbrosas e escuras, às ravinas e grutas escarpadas da encosta abaixo, transcorreram os primeiros anos de minha vida conturbada. Meus pais, eu jamais conheci. Meu pai fora morto aos trinta e dois anos, um mês antes que eu nascesse, pela queda de uma pedra que, de alguma forma, se desprendera de um dos parapeitos desertos do castelo. E como minha mãe morrera no meu nascimento, meus cuidados e educação couberam exclusivamente ao único servidor restante, um homem velho e leal de inteligência considerável cujo nome eu me recordo como Pierre. Eu era filho único e a falta de companhia que isso me causou foi aumentada pelo estranho cuidado de meu idoso guardião ao me privar da companhia das crianças camponesas cujas esparsas moradias se espalhavam pelas planícies que rodeiam a base da montanha. Naquela época, Pierre dizia que essa restrição me fora imposta porque meu berço nobre me colocava acima da associação com uma companhia assim plebeia. Agora eu sei que o seu real objetivo era poupar meus ouvidos das histórias fúteis da maldição terrível sobre nossa linhagem que eram contadas e magnificadas à noite pelos rendeiros simplórios quando conversavam aos sussurros sob o clarão do fogo em seus casebres.

Assim isolado, e abandonado à minha própria sorte, eu passei as horas da minha infância absorto nos tomos antigos que enchiam a sombria biblioteca do castelo e perambulando sem destino ou propósito pela poeira eterna do bosque espectral que ainda reveste a encosta do monte perto de sua base. Foi talvez por efeito dessa vizinhança que minha mente logo adquiriu uma sombra de melancolia. Aqueles estudos e buscas que compartilham, em natureza, o obscuro e o oculto, demandavam mais fortemente minha atenção.

De minha própria estirpe, fui autorizado a aprender singularmente pouco, mas aquele pequeno conhecimento dela que fui capaz de adquirir pareceu me deprimir muito. Talvez fosse, no início, apenas a relutância manifesta de meu velho preceptor em discutir comigo minha ascendência paterna que deu origem ao terror que eu sempre senti à menção de minha nobre casa, mas quando deixei a infância, pude montar os fragmentos desencontrados das conversas deixados escapar pela língua que começara a vacilar, descontrolada, com a chegada da senilidade, que tiveram uma espécie de relação com uma certa circunstância que eu sempre julgara estranha, mas que agora se tornava soturnamente terrível. A circunstância a que me refiro é a idade prematura na qual todos os condes de minha linhagem haviam encontrado seu fim. Apesar de até então ter considerado que isso não passava do atributo natural de uma família de homens de vida curta, dali em diante eu meditei demoradamente naquelas mortes prematuras e comecei a relacioná-las com as divagações do velho, que falava com frequência de uma maldição que, durante séculos, impedira as vidas dos portadores de meu título de superarem a idade de trinta e dois anos. Em meu vigésimo primeiro aniversário, o idoso Pierre entregou-me um documento de família que, disse ele, durante muitas gerações fora passada de pai para filho, e mantida pelo seu possuidor. Seu conteúdo era da mais assombrosa natureza e a sua leitura atenta confirmou a gravidade de minhas apreensões. Nessa época, minha crença no sobrenatural era firme e solidamente assentada, senão eu teria descartado com desprezo a narrativa incrível que se desdobrou diante dos meus olhos.

O papel levou-me de volta aos dias do século XIII, quando o velho castelo em que eu estava era uma temida e impenetrável fortaleza. Ele falava de um certo ancião que habitara um dia em nossa propriedade, uma pessoa de não poucas realizações, embora pouco acima da classe dos camponeses, de nome Michel, geralmente designado pelo sobrenome Mauvais, o Mal, por sua sinistra reputação. Ele havia estudado além do habitual em seu povo, buscando coisas como a Pedra Filosofal ou o Elixir da Vida Eterna nos segredos terríveis da Magia Negra e da Alquimia, sendo considerado um sábio. Michel Mauvais teve um filho de nome Charles, um jovem tão versado quanto ele nas artes ocultas, e que por isso foi chamado Le Sorcier, ou o Feiticeiro. Essa dupla, evitada por todas as pessoas honestas, foi suspeita das práticas mais hediondas. Dizia-se que o velho Michel havia queimado viva a esposa num sacrifício ao Diabo e o inexplicável desaparecimento de muitas criancinhas camponesas foi imputado a esses dois. No entanto, pela natureza obscura do pai e do filho corria um raio redentor de humanidade; o perverso ancião amava seu rebento com ardente intensidade, enquanto o jovem tinha por seu pai um afeto mais que filial.

Certa noite, o castelo no alto da colina foi colocado na mais alucinada confusão pelo desaparecimento do jovem Godfrey, filho de Henri, o Conde. Um grupo de busca, chefiado pelo pai desesperado, invadiu a casa de campo dos feiticeiros e ali topou com o velho Michel Mauvais ocupado com um enorme caldeirão borbulhando intensamente. Sem prova evidente, na loucura desgovernada de fúria e desespero, o Conde agarrou o idoso mago e antes que relaxasse seu aperto assassino, sua vítima se fora. Enquanto isso, criados jubilosos estavam proclamando a descoberta do jovem Godfrey num quarto distante e pouco usado do grande edifício contando, tarde demais, que o pobre Michel fora morto em vão. Quando o Conde e seus camaradas se afastavam da morada baixa do alquimista, a figura de Charles Le Sorcier apareceu por entre as árvores. A tagarelice excitada dos lacaios que estavam por ali já o informara do que havia ocorrido, mas ele, no início, pareceu indiferente ao destino de seu pai. Depois, avançando lentamente ao encontro do Conde, ele pronunciou num tom grave, mas terrível, a maldição que haveria de assombrar para sempre a casa de C...

"Que nenhum nobre de vossa linhagem assassina
Sobreviva para atingir uma idade maior do que a vossa!"

proclamou ele, quando, saltando abruptamente de volta para a mata escura, tirou de sua túnica um frasco contendo um líquido incolor o qual lançou na face do assassino de seu pai enquanto desaparecia por trás do negro cortinado da noite. O Conde morreu sem dizer palavra e foi enterrado no dia seguinte, com pouco mais de trinta e dois anos desde a hora do seu nascimento. Não foi possível encontrar traço do seu assassino, mesmo quando grupos infatigáveis de camponeses vasculharam os bosques vizinhos e os campos em volta do monte.

Mas o tempo e a falta de quem lembrasse embotaram a memória da maldição nas mentes da família do finado Conde, de tal forma que, quando Godfrey, causa inocente de toda a tragédia e então portador do título, foi morto por uma flecha enquanto caçava, aos trinta e dois anos de idade, não houve considerações exceto as de tristeza pela sua morte. Mas anos depois, quando o jovem Conde seguinte, de nome Robert, fora encontrado morto, sem causa aparente, num campo próximo, os camponeses murmuraram que seu amo havia acabado de celebrar o trigésimo segundo aniversário quando a morte prematura o surpreendera. Louis, filho de Robert, foi encontrado afogado no fosso, com a mesma idade fatídica, e assim, no correr dos séculos, seguiu a crônica aziaga: Henris, Roberts, Antoines e Armands ceifados de vidas alegres e virtuosas com idade pouco inferior à de seu desafortunado ancestral ao ser assassinado.

O fato de me restar, no máximo, onze anos de existência foi assegurado pelas palavras que eu lera. Minha vida, antes levada com despreocupação, começava agora a ficar cada vez mais cara à medida que me aprofundava nos mistérios do mundo oculto da magia negra. Isolado como estava, a ciência moderna não me impressionava, e eu labutava como na Idade Média, tão às ocultas como o velho Michel e o jovem Charles, na aquisição de conhecimentos demonológicos e alquímicos. No entanto, por mais que lesse, não conseguia de maneira alguma entender a estranha maldição que pesava sobre a minha linhagem. Em momentos de invulgar racionalidade, eu chegava até mesmo a procurar uma explicação natural, atribuindo as mortes prematuras de meus ancestrais ao sinistro Charles Le Sorcier e seus herdeiros; contudo, tendo descoberto, depois de uma investigação cuidadosa, que não havia nenhum descendente conhecido do alquimista, eu retomaria os estudos ocultos, e mais uma vez me esforçaria para encontrar um feitiço que libertasse minha casa do seu terrível fardo. A uma coisa eu estava absolutamente resolvido. Jamais me casaria, pois, como não havia nenhum outro ramo em minha família, eu próprio poria fim à maldição.

Quando me aproximava dos trinta anos, o velho Pierre foi chamado para o além. Sozinho, eu o enterrei embaixo das pedras do pátio onde ele gostava de perambular em vida. Assim, fui deixado a meditar comigo mesmo como a única criatura humana no interior da imponente fortaleza, e na completa solidão, meu espírito começou a aplacar seu inútil protesto contra a desgraça iminente, para quase se reconciliar com o destino que tantos antepassados meus haviam encontrado. Boa parte de meu tempo era então empregada na exploração das salas e torres abandonadas e em ruínas do velho castelo que, na mocidade, o medo me fizera evitar, e alguns dos quais o velho Pierre uma vez me dissera que não eram palmilhados por pés humanos havia mais de quatro séculos. Estranhos e aterradores eram muitos objetos que encontrei. Móveis, cobertos pela poeira dos tempos e desabando com a podridão da prolongada umidade, refletiam em meus olhos. Teias de aranha, numa profusão como eu nunca vira, espalhavam-se por toda parte, e morcegos enormes batiam suas asas esqueléticas e sinistras por todos os lados na penumbra; além disso, tudo mais estava desocupado.

De minha idade precisa, anotando até dias e horas, eu mantinha o mais cuidadoso registro, pois cada movimento do pêndulo do maciço relógio na biblioteca falava muito de minha existência condenada. Finalmente, eu me aproximei daquela idade aguardada, há tanto tempo, com apreensão. Como a maioria de meus ancestrais fora apanhada um pouco antes de atingir a idade exata do Conde Henri em seu fim, eu vivia esperando, a cada momento, a chegada da morte desconhecida. Sob que forma estranha a maldição me alcançaria, eu não sabia; mas estava resolvido a que, pelo menos, ela não encontraria em mim uma vítima acovardada ou passiva. Com renovado vigor, eu me empenhei no exame do velho castelo e seus conteúdos.

Foi numa de minhas excursões mais demoradas pela parte deserta do castelo, menos de uma semana antes daquela hora fatal que, no meu sentimento, deveria ser o limite extremo de minha estada na Terra, além da qual eu não poderia ter a mais remota esperança de continuar respirando, que cheguei ao acontecimento culminante de toda minha vida. Eu passara boa parte da manhã subindo e descendo pelas escadarias meio em ruínas de uma das torres ancestrais mais dilapidadas. Com a tarde já avançada, procurei os níveis inferiores, descendo para o que me pareceu um lugar de confinamento medieval ou um depósito de pólvora escavado mais recentemente. Enquanto atravessava devagar a passagem incrustada de salitre ao pé da última escada, o calçamento se mostrou muito úmido e logo avistei, sob a luz bruxuleante do archote, uma parede nua e manchada de água que barrava o caminho. Ao virar para retornar sobre meus passos, o olhar caiu sobre um pequeno alçapão com argola diretamente debaixo do meu pé. Parando, consegui com dificuldade levantá-lo, expondo uma abertura negra exalando vapores repulsivos que fizeram meu archote crepitar, e revelando, ao clarão inconstante, o topo de um lance de degraus de pedra. Tão logo o archote que baixei até as profundezas repulsivas ardeu livre e regularmente, comecei a descer. Os degraus eram muitos e levavam a uma passagem estreita calçada com pedras que eu sabia que devia ser um subterrâneo profundo. Essa passagem revelou ser de grande extensão e terminava numa porta de carvalho maciça, que gotejava com a umidade do lugar e resistiu bravamente a todas minhas tentativas para abri-la. Interrompendo, passado algum tempo, meus esforços nesse sentido, eu havia recuado até certa distância na direção dos degraus quando me aconteceu, subitamente, um dos choques mais profundos e alucinantes que a mente humana é capaz de receber. Sem nenhum aviso, *ouvi a pesada porta às minhas costas girar, rangendo sobre as dobradiças enferrujadas*. Minhas sensações imediatas foram à prova de análise. Defrontar--me, num lugar tão absolutamente deserto como eu julgava o velho castelo, com a evidência da presença de homem ou espírito produziu um horror dos mais agudos em meu cérebro. Quando me virei, por fim, e olhei para a origem do som, meus olhos devem ter saltado das órbitas à visão que tiveram. Ali, na ancestral passagem gótica, estava uma figura humana. Era a de um homem usando um barrete e uma longa túnica medieval de cor escura. Seu longo cabelo e sua barba esvoaçante tinham uma tonalidade preta intensa e terrível, e eram de uma incrível profusão. Sua fronte, de uma altura superior às dimensões usuais; as maçãs do rosto encovadas e pesadamente sulcadas de rugas; e as mãos, longas como garras e encarquilhadas, exibiam uma alvura marmórea como eu jamais vira em homem algum. Sua figura, de uma magreza esquelética, era estranhamente curvada e quase sumia nas dobras volumosas de seu curioso traje. O mais estranho de tudo, porém, eram os olhos, cavernas gêmeas de uma escuridão abissal, profundos na expressão de entendimento, mas desumanos no grau de perversidade. Eles estavam fixos em mim, perfurando minha alma com seu ódio e mantendo-me cravado no lugar onde eu estava. A figura falou, enfim, com uma voz trovejante que me enregelou todo com sua soturna cavernosidade e latente malevolência. A língua em que o discurso se vestia era aquela forma degradada de latim usada pelos homens mais cultos da Idade Média e com a qual eu me familiarizara nas longas pesquisas das obras de velhos alquimistas e demonólogos. A aparição falou da maldição que pairava sobre minha casa, contou-me sobre o meu fim iminente, se alongou sobre o erro perpetrado por meu ancestral contra o velho Michel Mauvais e se regozijou com a vingança de Charles Le Sorcier. Ela contou como o jovem Charles havia escapado pela noite, retornando anos depois para matar Godfrey, o herdeiro, com uma seta quando este se aproximara da idade em que seu pai fora assassinado; como ele havia retornado secretamente à herdade e se estabelecido, incognitamente na câmara subterrânea já então deserta cuja porta agora enquadrava o hediondo narrador, como ele havia apanhado Robert, filho de Godfrey, num campo, forçara veneno pela sua garganta e o deixara morrer aos trinta e dois anos, mantendo assim o vaticínio infame de sua maldição vingativa. Nesse ponto, fiquei a imaginar a solução do maior mistério de todos, como a maldição fora cumprida desde aquela época em que Charles Le Sorcier devia, no curso da natureza, ter morrido, pois o homem divagava num relato dos profundos estudos alquímicos dos dois magos, pai e filho, falando mais particularmente das pesquisas de Charles Le Sorcier referente ao elixir que garantiria a quem o partilhasse vida e juventude eternas.

O entusiasmo pareceu, naquele momento, retirar-lhe dos terríveis olhos a negra malevolência que no início tanto me assustara, mas, subitamente, o olhar diabólico retornou e, com um som horrível como o sibilar de uma serpente, o estranho ergueu um frasco de vidro com a evidente intenção de terminar com minha vida como Charles Le Sorcier fizera seiscentos anos antes com a de meu antepassado. Movido por algum instinto de autopreservação, quebrei o encanto que me paralisara e joguei o archote, que já se extinguia, na criatura que ameaçava minha existência. Ouvi o frasco se quebrar inocuamente contra as pedras da passagem enquanto a túnica do estranho se incendiava iluminando a cena horripilante com uma radiação fantasmagórica. O uivo de pavor e maldade impotente que o homicida soltou foi demais para meus já abalados nervos e desabei, sem sentidos, no piso escorregadio.

Quando enfim recobrei os sentidos, tudo estava assustadoramente escuro e minha mente, recordando o que havia ocorrido, contraiu-se com a ideia de enxergar qualquer coisa mais; mas a curiosidade sobrepujou todo o resto. Quem, eu me perguntei, era esse homem perverso e como ele chegara dentro das paredes do castelo? Por que queria vingar a morte de Michel Mauvais e como a maldição fora mantida, ao longo dos séculos, desde o tempo de Charles Le Sorcier? O pavor de anos me foi tirado dos ombros, pois sabia que aquele que eu havia abatido era a fonte de todo meu perigo advindo da maldição; e agora que eu estava livre, ardia de desejo de saber mais sobre a coisa sinistra que assombrara minha linhagem durante séculos e transformara minha juventude num pesadelo contínuo. Determinado a continuar explorando, procurei pederneira e aço nos bolsos e acendi a tocha não utilizada que trouxera. Primeiro, a nova luz revelou a forma escura e retorcida do estranho misterioso. Os olhos medonhos estavam fechados. Nauseado pela vista, eu a contornei, entrando na câmara atrás da porta gótica. Ali eu encontrei o que parecia um laboratório de alquimista. Num canto amontoava-se uma pilha imensa de metal amarelo brilhante que cintilou esplendidamente à luz do archote. Devia ser ouro, mas não parei para examinar, pois estava singularmente afetado pelo que se passara comigo. Na ponta extrema do recinto havia uma abertura levando para fora, para uma das muitas ravinas selvagens da negra floresta da encosta do morro. Cheio de espanto, mas percebendo então como o homem entrara no castelo, tratei de voltar. Pretendia passar pelos restos do estranho desviando o rosto, mas quando me aproximei do corpo, pareceu-me ouvir um som tênue emanando dele, como se a sua vida não estivesse completamente extinta. Horrorizado, virei-me para olhar a figura carbonizada e retorcida no chão. Então, de repente, os olhos medonhos, mais negros até que o rosto ressequido no qual estavam engastados, se abriram completamente com uma expressão que não fui capaz de interpretar. Os lábios rachados tentaram formar palavras que não pude compreender bem. Captei, a certa altura, o nome de Charles Le Sorcier e de novo imaginei que as palavras "anos" e "maldição" saíram da boca retorcida. Mesmo assim, não consegui entender o propósito da fala desconexa. Em face da minha evidente ignorância do significado, os olhos de breu reluziram malévolos uma vez mais para mim até que, por mais indefeso que achasse meu oponente, estremeci enquanto o observava.

De repente, o infeliz, animado por uma última descarga de energia, ergueu a cabeça lastimável do pavimento úmido e submerso. Então, enquanto eu ficava paralisado de pavor, ele encontrou a voz e num sopro moribundo gritou as palavras que assombraram para sempre meus dias e noites. "Estúpido!", uivou, "não consegues imaginar meu segredo? Não tens cérebro para reconhecer a vontade que durante seis longos séculos cumpriu a terrível maldição sobre a casa? Não te falei do fabuloso elixir da vida eterna? Não sabes como o segredo da Alquimia foi resolvido? Eu te digo, sou eu! *Eu! Eu! que vivi seiscentos anos para cumprir minha vingança,* POIS EU SOU CHARLES LE SORCIER!"

(1916)

A fera na caverna

A horrível conclusão que vinha gradualmente se infiltrando em minha mente confusa e relutante era agora uma terrível certeza. Eu estava perdido, completa e desesperadamente perdido nos vastos e labirínticos recessos da Caverna Mammoth. Para qualquer lado que virasse, em nenhuma direção meu olhar tenso captava algum objeto que servisse de referência para me colocar no caminho da saída. De que eu não poderia jamais avistar a abençoada luz do dia, ou observar as agradáveis colinas e os vales do belo mundo lá fora, minha razão já não podia alimentar a mais leve descrença. A esperança se fora. Contudo, doutrinado como estava por uma vida de estudos filosóficos, não foi pequena a satisfação que retirei da minha frieza, pois embora houvesse lido com frequência sobre os desatinos que acometiam as vítimas de situações parecidas, não experimentei nada disso e fiquei calmo assim que percebi com clareza a perda do rumo.

Tampouco o pensamento de que eu provavelmente perambulara além dos limites de uma busca normal me fez perder a compostura por um segundo sequer. Se devo morrer, refleti, então esta terrível mas majestosa caverna é um sepulcro tão bem-vindo quanto aquele que qualquer cemitério de igreja pode oferecer, uma noção que trazia em si mais tranquilidade que desespero.

Morrer de fome seria meu destino final; disso eu estava certo. Alguns, eu sabia, haviam enlouquecido em circunstâncias assim, mas eu sentia que esse fim não seria o meu. Meu desastre não se devia a ninguém, salvo a mim mesmo, pois, às escondidas do guia eu me separara do grupo regular de excursionistas; e, errando por mais de uma hora por caminhos interditos da caverna, me vira incapaz de reconstituir as curvas sinuosas que havia percorrido desde que abandonara meus companheiros.

Meu archote já começara a expirar; eu logo ficaria envolto em uma escuridão total e quase palpável das entranhas da terra. Enquanto estava ali, sob a luz instável e evanescente, eu especulava, descuidado, sobre as circunstâncias exatas de meu fim iminente. Relembrei os relatos que ouvira sobre a colônia de tuberculosos que, fazendo morada nesta gruta gigantesca para encontrar saúde no ar aparentemente salubre do mundo subterrâneo, com sua temperatura firme e uniforme, ar puro e pacífica calma, encontraram, em vez disso, a morte, numa forma estranha e repulsiva. Eu vira os restos tristes de seus casebres malfeitos quando passara por eles com o grupo e havia me perguntado que influência inatural uma longa permanência nesta imensa e silenciosa caverna exerceria numa pessoa saudável e vigorosa como eu. Agora, eu severamente me dizia, a oportunidade de resolver essa questão chegara, desde que a falta de comida não me causasse uma partida rápida demais desta vida.

Enquanto os derradeiros raios espasmódicos do archote se desfaziam na obscuridade, resolvi não deixar pedra sem mexer, não negligenciar nenhum meio de escape; assim, mobilizando toda a força dos meus pulmões, lancei uma série de gritos altos na vã esperança de atrair a atenção do guia com o clamor. Contudo, ainda enquanto gritava, acreditava no íntimo que meus gritos de nada serviriam e que minha voz, ampliada e refletida pelos intermináveis taludes do labirinto escuro que me cercava, não cairia em nenhum outro ouvido além dos meus. Subitamente, porém, minha atenção estabeleceu-se, com um sobressalto, quando pensei ter ouvido o som de passos macios se aproximando pelo piso rochoso da caverna. Estaria minha salvação pronta a se realizar tão cedo? Teriam sido à toa, então, todas as minhas horríveis apreensões, e o guia, notando minha ausência desautorizada do grupo, seguira meu percurso para me procurar neste labirinto de calcário? Enquanto essas questões agradáveis me passavam pela cabeça, eu estava a ponto de recomeçar meus gritos para ser descoberto mais depressa quando, num instante, minha alegria se transformou em horror enquanto eu escutava; pois meus ouvidos, sempre agudos, agora aguçados em grau ainda maior pelo silêncio absoluto da caverna, levaram a minha compreensão entorpecida à inesperada e pavorosa consciência de que aqueles passos *não se pareciam aos de nenhum mortal*. Na calma sobrenatural desta região subterrânea, as passadas das botas do guia teriam ressoado como uma série de pancadas fortes e bem marcadas. Aqueles impactos eram suaves e furtivos como as patas de um felino. Além disso, quanto mais eu prestava atenção, parecia identificar as descidas de *quatro* e não de *dois* pés.

Eu estava convencido então de que havia, com meus próprios gritos, despertado e atraído algum animal selvagem, talvez um leão da montanha que acidentalmente se perdera dentro da caverna. Talvez, considerei, o Todo-Poderoso havia escolhido para mim uma morte mais rápida e mais misericordiosa do que a fome; mas o instinto de autopreservação, que nunca adormece inteiramente, se agitara em meu peito e, embora a fuga do perigo que se aproximava pudesse apenas me poupar a um fim mais demorado e duro, decidi vender minha vida ao preço mais alto que pudesse. Por mais estranho que possa parecer, minha mente não concebia nenhuma intenção por parte do visitante exceto a hostilidade. Assim, fiquei em total silêncio na esperança de que a fera desconhecida, na ausência de som para guiá-la, perdesse o rumo como eu perdera e passasse por mim. Mas essa esperança não estava destinada a se concretizar, pois as estranhas passadas avançavam com firmeza, o animal tendo obviamente captado meu cheiro que, numa atmosfera tão absolutamente carente de qualquer influência que possa distrair como a de uma caverna, decerto poderia ser seguido a grande distância.

Notando, pois, que eu devia me armar para a defesa contra um ataque invisível e repulsivo no escuro, reuni, às apalpadelas, os maiores dos pedaços de pedra que se espalhavam nas proximidades por todo o piso da caverna e, segurando um em cada mão para uso imediato, esperei resignado pelo resultado inevitável. Enquanto isso, o odioso tropel de patas se aproximava. A conduta da criatura era estranhíssima. Na maior parte do tempo, os passos pareciam ser de um quadrúpede andando com singular *falta de sincronia* entre patas dianteiras e traseiras, mas em breves e frequentes intervalos, eu imaginava que apenas duas patas estavam envolvidas no processo de locomoção. Fiquei imaginando que espécie de animal enfrentaria; devia ser, pensei, alguma pobre fera que pagava pela curiosidade de investigar uma das entradas da temível gruta com um confinamento eterno em seus recessos intermináveis. Ele certamente devia ter se alimentado dos peixes-cego, morcegos e ratos da caverna, além dos peixes comuns que são carregados para dentro em cada inundação de água do Rio Green que se comunica de alguma maneira invisível com as águas da caverna. Ocupei minha horrível vigília com conjecturas grotescas sobre quais alterações a vida na caverna poderia ter provocado na estrutura física da fera, recordando as aparências horríveis atribuídas pela tradição local aos tuberculosos que haviam morrido depois de longa permanência na caverna. Depois lembrei-me, com sobressalto, de que mesmo conseguindo sentir meu antagonista, eu *jamais avistaria sua forma*, pois meu archote já se apagara havia muito e eu estava sem nenhum fósforo. A tensão no meu cérebro se tornara então assustadora. Minha imaginação desvairada conjurava formas hediondas e temíveis da sinistra escuridão que me cercava e que parecia se apertar contra o meu corpo. Mais perto, mais perto, os pavorosos passos se acercavam. Senti que devia soltar um grito penetrante, mas mesmo que não hesitasse, minha voz dificilmente teria correspondido. Eu estava petrificado, pregado no chão. Duvidava que meu braço direito conseguiria lançar os projéteis na coisa que se aproximava quando chegasse o momento crucial. O *toc, toc* regular dos passos chegara então mais perto; *muito* perto. Eu podia ouvir a respiração difícil do animal, e apesar de aterrorizado, percebi que ele devia ter vindo de uma distância considerável e estava consequentemente exausto. De repente, o encanto se quebrou. Minha mão direita, guiada por meu sempre confiável senso de audição, atirou com toda força o pedaço de calcário pontudo que segurava em direção àquele ponto da escuridão de onde emanavam a respiração e o tropel e, surpreendentemente, quase atingiu seu alvo, pois ouvi a coisa saltar, aterrissando a certa distância, onde pareceu ficar parada.

Ajustando a pontaria, descarreguei meu segundo projétil, dessa vez com mais eficiência, pois com exultante alegria ouvi a criatura se estatelar e permanecer deitada e imóvel. Quase subjugado pelo grande alívio que me acometeu, retrocedi aos tropeções até me encostar à parede. A respiração da criatura continuava com inalações e expirações pesadas, ofegantes, deixando-me perceber que apenas a ferira. E, naquele momento, todo meu desejo de examinar a *coisa* cessou. Algo, associado enfim a um medo supersticioso e infundado, me adentrou o cérebro. E não me aproximei do corpo, nem continuei atirando pedras nele para completar a extinção de sua vida. Em vez disso, em minha situação de desvario, saí correndo a toda velocidade na direção que pude estimar mais próxima de onde eu viera. De repente, ouvi um som, ou melhor, uma sucessão regular de sons. Um instante depois, eles se decompuseram numa sequência de cliques metálicos agudos. Dessa vez não havia dúvida. *Era o guia*. E então gritei, berrei, vociferei, uivando mesmo de alegria ao avistar, nos arcos abobadados do alto, as reverberações tênues e bruxuleantes que reconhecera como a luz refletida de um archote se aproximando. Corri na direção do clarão e antes mesmo de poder compreender plenamente o que havia ocorrido, estava deitado no chão aos pés do guia, abraçado às suas botas e, gaguejando, despejei minha terrível história da maneira mais desconexa e idiota, apesar de minha propalada reserva, cumulando ao mesmo tempo meu ouvinte com protestos de gratidão. Finalmente eu despertei para algo parecido com a minha consciência normal. O guia havia notado minha ausência quando o grupo chegara à entrada da caverna e, com seu próprio senso instintivo de direção, tratara de fazer uma investigação completa das passagens secundárias perto de onde havia falado comigo pela última vez, localizando meu paradeiro depois de uma busca de quase quatro horas.

Quando acabou de me relatar isso, eu, encorajado por seu archote e sua companhia, comecei a refletir sobre o estranho animal que havia ferido perto dali, na escuridão, e sugeri que nos certificássemos, com a ajuda da luz, que tipo de criatura era a minha vítima. Assim, reconstituí meus passos, dessa vez com a coragem oriunda de uma companhia, até a cena de minha traumática experiência. Logo discernimos um objeto branco no chão, um objeto mais branco até que o próprio calcário cintilante. Avançando cautelosamente, soltamos exclamações simultâneas de admiração, pois de todos os monstros sobrenaturais que qualquer um de nós já vira em toda sua vida, este era, de longe, o mais estranho. Parecia um macaco antropoide de grandes proporções, escapado, talvez, de alguma exposição itinerante de animais. Seus pelos eram brancos cor da neve, o que se devia, sem dúvida, à ação alvejante da longa permanência nos recessos tenebrosos da caverna, mas eram também surpreendentemente finos e praticamente estavam ausentes de quase todo o corpo, exceto da cabeça, onde eram de tal comprimento e abundância, caindo sobre os ombros em considerável profusão. O rosto não se achava visível para nós por estar voltado quase que diretamente para o chão. A inclinação dos membros era muito singular, explicando, porém, a alternância que eu havia notado antes, pela qual a fera usava às vezes os quatro, às vezes apenas dois para avançar. Das pontas dos dedos dianteiros ou traseiros, saíam garras parecidas com as de ratos. As mãos ou pés não eram preênseis, um fato que atribuí àquela longa permanência na caverna que, como já mencionei, parecia evidente com base na brancura onipresente e quase sobrenatural, tão característica de toda aquela anatomia. Não parecia haver nenhuma cauda.

A respiração havia ficado muito fraca então e o guia sacara a pistola com a evidente intenção de despachar a criatura, quando um *som* repentino emitido por esta fez a arma cair, inutilizada. É difícil descrever a natureza daquele som. Não parecia a entonação normal de alguma espécie de símio conhecida e fiquei pensando se essa qualidade sobrenatural não era consequência de um silêncio prolongado e absoluto, quebrado pelas sensações produzidas com a chegada da luz, algo que a fera talvez não via desde que entrara na caverna. O som, que eu poderia precariamente tentar classificar como uma espécie de resmungo em voz baixa, continuou muito fraco. De repente, um espasmo fugaz de energia pareceu atravessar o esqueleto do animal. As patas fizeram um movimento convulsivo e os membros se contraíram. Com um movimento abrupto, o corpo branco rolou de tal forma que a parte frontal virou em nossa direção. Por um segundo, fiquei tão transido de horror com os olhos que se revelaram que não notei mais nada. Eles eram negros, aqueles olhos, de um negro de breu, em repulsivo contraste com a carne e os pelos brancos como a neve. Como os de outros habitantes de cavernas, eram profundamente enterrados nas órbitas e absolutamente desprovidos de íris. Enquanto os observava mais de perto, vi que estavam engastados numa fisionomia menos prognata que a do macaco comum e muito mais peluda. O nariz era bem marcado.

Enquanto fitávamos a vista espantosa que se oferecia a nossos olhos, os lábios grossos se abriram e vários *sons* saíram deles, após o que a *coisa* relaxou na morte.

O guia agarrou a manga do meu casaco e tremia com tal violência que a luz chacoalhava projetando sombras móveis assombrosas nas paredes perto de nós.

Eu não me mexi, apenas fiquei ali parado, hirto, com os olhos horrorizados fixos no chão à minha frente.

O medo sumira, e o assombro, o espanto, a compaixão e a reverência tomaram seu lugar, pois *os sons* emitidos pela figura abatida que jazia no chão de calcário nos contaram a verdade aterradora. A criatura que eu havia matado, o estranho animal da imensa caverna, era, ou algum dia fora, um HOMEM!!!

(1918)

A cor que caiu do céu

A oeste de Arkham, os morros se elevam escarpados e há vales com matas cerradas nas quais nenhum machado jamais operou. Há ravinas estreitas e escuras onde as árvores se inclinam fantasticamente e finos regatos escorrem sem jamais ter captado um lampejo de luz solar. Nas encostas menos íngremes há fazendas, antigas e pedregosas, com casinhas atarracadas cobertas de musgo pairando eternamente sobre os segredos da velha Nova Inglaterra ao abrigo de grandes saliências rochosas; mas elas estão todas desocupadas agora, as largas chaminés em ruínas e as tábuas laterais estufando perigosamente embaixo dos telhados de duas águas.

Os moradores antigos partiram e os forasteiros não gostam de viver ali. Franco-canadenses tentaram, italianos tentaram e os poloneses chegaram e partiram. Não foi por algo que possa ser visto ou ouvido ou manuseado, mas por algo imaginado. O lugar não é bom para a imaginação e não traz sonhos repousantes à noite. Deve ser isso que mantém longe os forasteiros, pois o velho Ammi Pierce jamais lhes contou nada do que se recorda dos dias estranhos. Ammi, cuja cabeça tem andado um pouco esquisita há anos, é o único que resta ou que ainda fala dos dias estranhos; e ele ousa fazê-lo porque sua casa fica bem perto dos campos abertos e das estradas movimentadas ao redor de Arkham.

Houve outrora uma estrada que vinha por sobre as colinas e que, descendo para os vales, cruzava diretamente a área onde se formou agora a pavorosa charneca; mas as pessoas deixaram de usá-la e uma nova estrada de contorno foi feita bem longe em direção ao sul. Vestígios da antiga ainda podem ser encontrados entre as ervas do mato que vai se formando e alguns sinais dela certamente persistirão mesmo quando a metade das ravinas for inundada para o novo reservatório. Depois, a mata escura será derrubada e a charneca maldita irá modorrar embaixo de águas azuis cuja superfície espelhará o céu e ondulará ao sol. E os segredos dos dias estranhos se unirão aos segredos das profundezas, ao saber oculto do velho oceano e todo o mistério da Terra primitiva

Quando fui aos morros e vales fazer levantamentos para o novo reservatório, disseram-me que o lugar era malsão. Disseram-me isso em Arkham, e como essa é uma cidade muito velha, repleta de lendas de bruxaria, pensei que o mal devia ser alguma coisa que vovozinhas haviam sussurrado para crianças ao longo dos séculos. Pronunciaram o nome "charneca maldita" que me pareceu muito excêntrico e teatral, e eu me perguntei como ele entrara no folclore dessa gente puritana. Então, avistei a oeste o escuro emaranhado de ravinas e declives em minha direção, e parei de me admirar com nada além do seu próprio mistério ancestral. Era de manhã quando o vi, mas a sombra ainda pairava por lá. E assim devia ser sempre. As árvores cresciam muito adensadas e seus troncos eram grandes demais para qualquer bosque sadio da Nova Inglaterra. O silêncio era excessivo nas veredas sombrias entre elas e o piso macio demais com o musgo úmido e o emaranhado de anos infinitos de decomposição.

Nos espaços abertos, a maioria acompanhando a linha da velha estrada, pequenas fazendas povoavam as encostas; algumas com todas as construções em pé, outras com uma ou duas apenas, e outras ainda com apenas uma chaminé ou um celeiro solitários. Ervas e urzes imperavam, e criaturas silvestres furtivas farfalhavam a vegetação rasteira. Pairava em tudo uma névoa de inquietude e opressão; um toque de irreal e grotesco, como se algum elemento vital de perspectiva ou claro-escuro estivesse errado. Não me espantou que os forasteiros não ficassem, pois essa não era uma região onde se pernoitar. Ela se parecia demais com uma paisagem de Salvator Rosa;[1] demais com alguma xilogravura proibida de um conto de terror.

Mas nem mesmo tudo isso era tão ruim como a charneca maldita. Eu a reconheci no momento em que me deparei com ela no fundo de um vale espaçoso; pois nenhum outro nome poderia se encaixar a tal coisa, ou nenhuma outra coisa se encaixar a tal nome. Era como se o poeta houvesse cunhado a expressão depois de ter visto essa região específica. Ela devia, assim eu pensei ao vê-la, ser o resultado de um incêndio; mas por que jamais crescera nada de novo naqueles cinco acres[2] de desolação cinzenta que se estendiam abertos para o céu como um grande borrão corroído por ácidos nas matas e campos? Ela se estendia em grande parte ao norte da antiga linha da estrada, mas atravessava um pouco para o outro lado. Senti uma curiosa relutância em me aproximar e só o fiz, por fim, porque meu dever me obrigava a cruzá-la. Não havia vegetação de espécie alguma naquela ampla extensão; apenas cinzas ou uma poeira fina cinzenta que nenhum vento parecia soprar. As árvores próximas a ela eram doentias e mirradas, e muitos troncos mortos em pé ou deitados apodreciam pelas suas beiradas. Enquanto caminhava apressadamente por ela, eu vi as pedras e tijolos desmoronados de uma velha chaminé e um celeiro à minha direita, e a boca negra escancarada de um poço abandonado cujos vapores estagnados faziam brincadeiras curiosas com as cores da luz solar. Até a extensa e escura encosta arborizada além dela parecia hospitaleira em comparação, e não me admirei mais com os murmúrios assustados da gente de Arkham. Não havia nenhuma casa ou outra ruína por perto; mesmo nos velhos tempos o lugar devia ter sido solitário e remoto. E, ao crepúsculo, temendo atravessar de novo o terreno aziago, fiz um percurso tortuoso para voltar à cidade pela estrada

[1] Salvator Rosa (1615-1673) foi um pintor, poeta e músico italiano do período barroco. (N.T.)

[2] Unidade de medida agrária equivalente a 4046,85 m². (N.T.)

de contorno ao sul. Tive o vago desejo de que algumas nuvens se formassem, pois um estranho temor diante das profundas vastidões celestes se infiltrara em minha alma.

À noite, perguntei a moradores antigos de Arkham sobre a charneca maldita e o significado daquela expressão "dias estranhos" que tantos murmuravam de maneira evasiva. Não consegui receber nenhuma resposta satisfatória, exceto que todo mistério era muito mais atual do que eu imaginara. Não se tratava absolutamente de velhas lendas, mas de alguma coisa contemporânea àqueles que falavam. Acontecera no passado recente e uma família desaparecera ou fora morta. Os interlocutores não foram precisos; e como todos me disseram para não dar atenção às histórias malucas do velho Ammi Pierce, eu o procurei na manhã seguinte, já sabendo que ele morava sozinho na velha casinha cambaleante onde as árvores começavam a se adensar. Era um lugar assustadoramente antigo e havia começado a exsudar o tênue odor miasmático que paira ao redor de casas que têm resistido por muito tempo. Foi preciso bater insistentemente até despertar o ancião, e quando ele caminhou arrastando os pés até a porta, pude notar que não ficou contente de me ver. Ele não era tão frágil quanto eu esperava; mas os olhos caídos de uma maneira curiosa, as roupas desalinhadas e barba branca faziam-no parecer muito triste e abatido. Sem saber a melhor maneira de fazê-lo despejar suas histórias, pretextei um assunto de negócio; contei-lhe sobre o meu estudo e fiz perguntas vagas sobre o distrito. Ele era bem mais esperto e mais educado do que eu fora levado a pensar, e antes que eu notasse, havia me informado sobre o assunto nos mesmos termos que as demais pessoas com quem eu conversara em Arkham. Não era como outros campônios que eu conhecera nas áreas onde ficariam os reservatórios. Dele, não vieram protestos sobre os quilômetros de matas antigas e terras agrícolas que seriam riscadas do mapa, embora poderiam vir, talvez, se a sua casa não ficasse fora dos limites do futuro lago. Alívio foi tudo que demonstrou; alívio do destino dos escuros vales ancestrais que ele havia palmilhado durante toda sua vida. Eles estariam melhor debaixo d'água agora — melhor debaixo d'água desde os dias estranhos. E com essa introdução, o tom áspero de sua voz diminuiu enquanto seu corpo se inclinava para a frente e o seu indicador direito começou a apontar trêmulo e impressionante.

Foi só então que eu ouvi a história, e enquanto a voz insegura e rascante sussurrava, eu senti seguidos calafrios apesar do dia estival. Muitas vezes eu precisei tirar o orador dos devaneios, completar pontos científicos que ele conhecia e repetia apenas por uma lembrança desvanecida das preleções de professores, ou preencher lacunas em que o seu senso de lógica e continuidade se rompia. Quando ele concluiu, não me espantou que sua mente estivesse um pouco pirada, ou que a gente de Arkham não falasse muito da charneca maldita. Voltei às pressas para o hotel antes do Sol se pôr, evitando ter as estrelas brilhando no céu acima de mim; e, no dia seguinte, voltei a Boston para entregar meu cargo. Não poderia entrar novamente naquele caos soturno de encosta e floresta antiga, nem encarar mais uma vez aquela maldita charneca cinzenta onde se escancarava o poço tenebroso além das pedras e tijolos desmoronados. O reservatório logo se encheria e todos aqueles segredos antigos ficariam seguros para sempre debaixo de muitas braças de água. Mas mesmo depois disso, não creio que gostaria de visitar aquela região à noite — pelo menos não quando as sinistras estrelas fossem visíveis. E nada me induziria a beber a nova água urbana de Arkham.

Tudo começou, disse o velho Ammi, com o meteorito. Antes daquela época, não houvera absolutamente nenhuma lenda insensata desde os julgamentos de bruxas, e mesmo então aquelas matas ocidentais não eram temidas nem a metade do que a pequena ilha no Miskatonic onde o diabo era venerado ao lado de um curioso altar solitário de pedra mais antigo do que os índios. Aquelas matas não eram assombradas e sua penumbra fantástica jamais fora terrível antes dos dias estranhos. Foi então que apareceu aquela nuvem branca ao meio-dia, aquela sequência de explosões no ar e aquela coluna de fumaça saindo do vale distante no meio da mata. E, à noite, toda Arkham ouvira falar da grande rocha que caíra do céu e se enterrara no chão ao lado do poço do sítio de Nahum Gardner. Era a casa que tinha estado ali onde a charneca maldita viria a se formar — a graciosa casa branca de Nahum Gardner cercada de hortas e jardins fecundos.

Nahum fora à cidade contar sobre a pedra para as pessoas e, no caminho, fizera uma parada no Ammi Pierce, que tinha então quarenta anos e todas as coisas estranhas ficaram fortemente gravadas em sua memória. Ele e a esposa foram com os três professores da Universidade de Miskatonic que seguiram, às pressas, na manhã seguinte para ver o extraordinário visitante do espaço sideral desconhecido, e se perguntou por que Nahum dissera no dia anterior que ele era tão grande. Encolheu, disse Nahum apontando o grande volume pardo sobre a terra fendida e a grama crestada perto do arcaico dispositivo de tirar água no quintal da frente; mas os sábios responderam que pedras não encolhem. Seu calor se conservara e Nahum garantiu que ela tinha irradiado um brilho fraco durante a noite. Os professores a testaram com um martelo de geólogo, descobrindo que era estranhamente mole. Tão macia, de fato, que chegava a ser quase plástica, e eles mais a goivaram do que lascaram ao tirar uma amostra para examinar na faculdade. Levaram a amostra num velho balde apanhado na cozinha de Nahum, pois até mesmo o pequeno fragmento se recusava a esfriar. No caminho de volta, pararam na casa de Ammi para descansar e pareceram pensativos quando a senhora Pierce observou que o fragmento estava diminuindo e queimando o fundo do balde. De fato, ele não era grande, mas talvez tivessem recolhido menos do que pensavam.

No dia seguinte — tudo isso aconteceu em junho de 1882 —, os professores retornaram novamente muito excitados. Quando passaram por Ammi, contaram-lhe as coisas estranhas que a amostra havia feito e como se desfizera completamente quando a colocaram num frasco de vidro. O béquer desaparecera também e os cientistas falaram da curiosa afinidade da pedra com o silício. Ela se comportara de uma maneira quase inacreditável naquele laboratório bem montado: não fazendo absolutamente nada e não exalando gases oclusos quando aquecida em carvão, mostrando-se completamente negativa no glóbulo de bórax e logo se revelando não volátil a qualquer temperatura possível de se produzir, inclusive a do maçarico de hidrogênio-oxigênio. Numa bigorna, ela parecera muito dúctil, e no escuro sua luminosidade era bem acentuada. Recusando-se teimosamente a esfriar, não demorou para deixar o corpo docente da faculdade em estado de real excitação; e quando aquecida no espectrômetro exibiu faixas brilhantes diferentes das cores conhecidas do espectro normal, houve muito falatório nervoso sobre novos elementos, propriedades ópticas bizarras e outras coisas que homens de ciência perplexos costumam dizer quando se deparam com o desconhecido.

Quente como estava, eles a testaram num crisol com todos os reagentes apropriados. Água não produziu nada. Ácido clorídrico também não. Ácido nítrico e mesmo água-régia apenas chiaram e espirraram contra sua tórrida invulnerabilidade. Ammi teve dificuldade de lembrar todas essas coisas, mas reconheceu alguns solventes quando eu os mencionei na ordem habitual de uso. Utilizou-se amônia e soda cáustica, álcool e éter, o nauseabundo bissulfeto de carbono e uma dezena de outros; mas, embora seu peso diminuísse continuamente à medida que o tempo passava e o fragmento parecesse estar resfriando um pouco, não aconteceu nenhuma mudança nos solventes revelando que eles houvessem atacado a substância de alguma maneira. Ela era um metal, sem a menor dúvida. Magnética, antes de mais nada; e depois de sua imersão nos solventes ácidos, pareceu surgir traços tênues das figuras de Widmannstätten encontradas em ferro meteórico. Quando o resfriamento se tornou considerável, foram realizados testes *in vitro*; e foi num béquer de vidro que eles deixaram todas as lascas tiradas do fragmento original durante o trabalho. Na manhã seguinte, tanto as lascas como o béquer haviam sumido sem deixar traço e apenas um ponto crestado assinalava o lugar na prateleira de madeira onde eles estavam.

Os professores contaram tudo isso a Ammi quando pararam à sua porta, e mais uma vez este os acompanhou para ver o mensageiro rochoso das estrelas, porém dessa vez sua esposa não os seguiu. Ele havia nitidamente encolhido então, e mesmo os circunspectos professores não puderam duvidar da veracidade do que viram. Tudo ao redor da minguante massa marrom perto do poço era um espaço vazio, exceto onde a terra havia cedido; e enquanto parecera ter bons dois metros de largura no dia anterior, agora mal tinha um e meio. Ela ainda estava quente e os cientistas estudaram, curiosos, sua superfície, e separaram com martelo e cinzel um outro pedaço, bem maior. Dessa vez eles cavaram fundo, e enquanto retiravam a massa menor, viram que o miolo da coisa não era perfeitamente homogêneo.

Eles haviam descoberto o que parecia ser o lado de um grande glóbulo colorido embutido na substância. A cor, parecida com a de algumas das faixas do curioso espectro do meteoro, era quase impossível de descrever; e foi só por analogia que eles a chamaram de cor. A textura do glóbulo era lustrosa e, sob batidas leves, ele pareceu frágil e oco. Um dos professores deu-lhe uma batidinha com um martelo e ele estourou com um leve ruído. Nenhum odor foi exalado e todos os traços da coisa se desvaneceram com a punção. O glóbulo deixou em seu lugar um espaço esférico vazio com cerca de sete centímetros de diâmetro e todos acharam provável que outros seriam descobertos à medida que a substância envolvente se consumisse.

A conjectura foi em vão; assim, depois da tentativa inútil de encontrar outros glóbulos por perfuração, os pesquisadores partiram com sua nova amostra que se mostrou, porém, tão frustrante quanto a antecessora no laboratório. À parte o fato de ser quase plástica, ter calor, magnetismo e luminosidade fraca, resfriar ligeiramente com ácidos poderosos, possuir um espectro desconhecido, se desgastar no ar e atacar compostos de silício com a mútua destruição como resultado, ela não apresentou nenhum sinal de identificação; e, ao fim dos testes, os acadêmicos foram obrigados a reconhecer que não poderiam classificá-la. Ela não era desta Terra, mas um fragmento do imensurável mundo exterior; e, como tal, dotada de propriedades do exterior e obediente a leis do exterior.

Naquela noite caiu uma tempestade e quando os professores foram ao sítio de Nahum, no dia seguinte, tiveram uma profunda decepção. A pedra, magnética como era, devia possuir alguma propriedade elétrica peculiar; pois tinha "atraído o raio", como dissera Nahum, com singular persistência. Por seis vezes, em uma hora, o sitiante vira raios atingirem o sulco no quintal da frente, e quando a tempestade passou, não restava nada ali à exceção de um poço irregular ao lado da velha cegonha, meio obstruído pela terra desmoronada. A escavação não deu nenhum resultado e os cientistas constataram o fato do completo desaparecimento. O fracasso fora total; assim, nada mais restara senão voltar ao laboratório e testar mais uma vez o fragmento minguante que fora deixado cuidadosamente envolvido em chumbo. Esse fragmento durou uma semana, ao fim da qual nada de valor foi aprendido com ele. Quando acabou, não deixou nenhum resíduo e, com o tempo, os professores mal tinham certeza de que realmente haviam visto com olhos despertos aquele vestígio misterioso dos abismos imensuráveis do mundo exterior, aquela solitária, exótica mensagem de outros universos e outros reinos de matéria, força e entidade.

Como seria natural, os jornais de Arkham extraíram o máximo do incidente com seus colegiados acadêmicos e enviaram repórteres para conversar com Nahum Gardner e sua família. Pelo menos um diário de Boston enviou também um escriba e Nahum rapidamente se tornou uma espécie de celebridade local. Ele era um sujeito magro, cordial, perto dos cinquenta anos, que vivia com a esposa e três filhos, repito, numa quinta agradável do vale. Ele e Ammi trocavam visitas frequentes, bem como suas esposas; e Ammi só tinha elogios para ele depois de todos aqueles anos. Pareceu um pouco orgulhoso da atenção que seu sítio havia atraído e falou continuamente do meteorito nas semanas seguintes. Aqueles julho e agosto foram quentes e Nahum trabalhou duro na fenação dos dez acres de pastos do outro lado do Chapman's Brook, sua carroça sacolejante cavando sulcos profundos nos caminhos sombreados. O trabalho o cansou mais que nos outros anos, e ele sentiu que a idade começava a pesar.

Veio então o tempo de frutificação e colheita. As peras e maçãs amadureceram lentamente e Nahum jurou que seu pomar estava prosperando como nunca. As frutas adquiriram um tamanho fenomenal e um brilho incomum, e vieram em tal abundância que foi preciso encomendar tonéis extras para receber a futura colheita. Mas com o amadurecimento veio a dolorosa decepção, pois de todas aquelas encantadoras fileiras de enganoso deleite, nem um tico serviu para comer. No sabor fino das peras e maçãs se infiltrara tal morbidez e amargor que a menor mordida provocava um asco persistente. O mesmo acontecera com os melões e tomates, e Nahum viu, penalizado, que perdera toda a safra. Conectando rapidamente os fatos, ele declarou que o meteorito havia envenenado o solo e graças aos céus que a maioria das outras culturas estavam no terreno alto ao longo da estrada.

O inverno chegou cedo e foi glacial. Ammi via Nahum com menos frequência que o normal e notou que ele começara a parecer preocupado. O resto da família também apresentava um ar taciturno; e estavam bem pouco assíduos em suas idas à igreja ou aos diversos acontecimentos sociais da vida rural. Para esse retraimento ou melancolia nenhuma causa fora encontrada, embora toda a família admitisse, às vezes, um declínio na saúde e um sentimento de vaga inquietude. O próprio Nahum deu a declaração mais definitiva quando se confessou perturbado com certas pegadas na neve. Eram as pegadas habituais de esquilos vermelhos, coelhos brancos e raposas no inverno, mas o ensimesmado fazendeiro afirmava ter visto alguma coisa não muito certa em sua natureza e disposição. Ele nunca era específico, mas parecia pensar que não eram tão típicas da anatomia e dos hábitos de esquilos, coelhos e raposas quanto deveriam ser. Ammi ouvira desinteressado essas conversas até que uma noite passou em seu trenó pela casa de Nahum voltando de Clark's Corners. A noite era de Lua e um coelho cruzara a estrada correndo, e os saltos daquele coelho eram mais longos do que Ammi e seu cavalo teriam gostado. Este, aliás, teria saído em disparada se não fosse firmemente contido. Depois disso, Ammi passou a respeitar mais as histórias de Nahum e ficou pensando no motivo para os cachorros de Gardner parecerem tão amedrontados e trêmulos todas as manhãs. Eles quase haviam perdido a disposição de latir.

Em fevereiro, os rapazes dos McGregor de Meadow Hill estavam fora atirando nas marmotas, e, não muito longe do sítio de Gardner, capturaram um espécime muito peculiar. As proporções de seu corpo pareciam levemente alteradas de uma maneira estranha, difícil de descrever, enquanto sua cara adquirira uma expressão que ninguém jamais vira antes numa marmota. Os rapazes ficaram realmente assustados e jogaram a coisa fora no mesmo momento, de forma que só os seus relatos grotescos sobre ela chegaram à gente da região. Mas o refugo de cavalos perto da casa de Nahum tornara-se então um fato reconhecido e a base de todo um ciclo de lendas segredadas rapidamente tomou forma.

As pessoas juravam que a neve derretia mais depressa ao redor do sítio de Nahum do que em outros locais, e, no começo de março, uma discussão assustada aconteceu no armazém do Potter na Clark's Corners. Stephen Rice passara a cavalo pelo sítio do Gardner, de manhã, e notara os fedegosos brotando na lama, na mata do outro lado da estrada. Nunca se vira coisas daquele tamanho e com cores tão estranhas que não poderiam ser descritas em palavras. Eles tinham formas monstruosas e o cavalo bufou com um cheiro que, para Stephen, era absolutamente desconhecido. Naquela tarde, várias pessoas passaram por ali a cavalo para ver a vegetação anormal e todas concordaram com a ideia de que plantas daquele tipo jamais poderiam ter vingado num mundo são. Os frutos ruins do outono anterior eram fartamente citados e corria de boca em boca que as terras de Nahum estavam envenenadas. Era o meteorito, claro; e recordando como os homens da faculdade haviam considerado estranha aquela pedra, muitos fazendeiros falaram do assunto com eles.

Um dia eles fizeram uma visita a Nahum, mas sem grande apreço por histórias fantásticas e folclore, foram muito conservadores nas suas inferências. As plantas eram certamente estranhas, mas todos os fedegosos têm forma e coloração mais ou menos estranhas. Talvez algum elemento mineral da pedra tivesse penetrado no solo, mas ele logo seria lavado pela água. E quanto às pegadas e cavalos assustados, isso com certeza não passava de lereias do interior que fenômenos como o aerólito certamente provocariam. Não havia nada para pessoas sérias fazerem em casos de mexericos arrebatados, pois os supersticiosos camponeses falam e acreditam em tudo. E assim, durante todos os dias estranhos, os desdenhosos professores se quedaram distantes. Somente um deles, quando recebeu dois frascos de pó para análise numa investigação policial mais de um ano e meio depois, lembrou que a cor estranha daquele fedegoso era muito parecida com uma das anômalas faixas de luz reveladas pelo fragmento de meteoro no espectroscópio da faculdade e com o glóbulo quebradiço encontrado na pedra do abismo. As amostras dessa análise produziram as mesmas faixas estranhas no começo, embora depois tenham perdido a propriedade.

As árvores brotavam prematuramente nas imediações do sítio de Nahum e à noite elas balançavam sinistramente ao vento. O segundo filho de Nahum, Thaddeus, um rapaz de quinze anos, jurou que elas também balançavam mesmo quando não havia vento soprando; mas nem os boateiros deram crédito a isso. Contudo, havia com certeza uma inquietação no ar. A família Gardner inteira desenvolvera o hábito da escuta furtiva, mas não para qualquer som que pudessem conscientemente nomear, descrever. A escuta era, de fato, mais um produto dos momentos em que a consciência parecia quase esvair-se. Infelizmente, esses momentos foram aumentando, semana após semana, até se tornar voz corrente que "alguma coisa andava errada com toda a gente do Nahum". Quando as primeiras saxífragas brotaram, elas tinham outra cor estranha; não muito parecida com a dos fedegosos, mas nitidamente afim e também desconhecida de todos que as viram. Nahum levou alguns brotos para Arkham e os mostrou ao editor da *Gazette*, mas tudo que este figurão fez foi escrever um artigo irônico sobre elas em que os temores obscuros dos campônios foram expostos a um ridículo polido. Foi um erro de Nahum contar a um estólido citadino sobre o comportamento das enormes borboletas vanessas em relação a essas saxífragas.

Abril provocou uma espécie de loucura nos moradores do lugar e começou aquele desuso da estrada que passava pela terra de Nahum, levando ao seu completo abandono. Era a vegetação. Todas as árvores frutíferas deram botões de cores exóticas, e no solo pedregoso do quintal e dos pastos adjacentes brotara uma vegetação bizarra que só um botânico poderia associar à flora normal da região. Não se via nenhuma cor inteiramente sã em qualquer parte, exceto na relva e na folhagem verdes; mas havia, por todo lugar, aquelas variações tísicas e prismáticas de alguma tonalidade primária subjacente doentia, sem lugar entre as cores conhecidas da Terra. As plantas delicadas[3] viraram uma coisa ameaçadora e as sanguinárias cresciam insolentes em sua per-

[3] A expressão, no original, é *Dutchman's breeches, cuja tradução literal seria calças do holandês; trata-se de uma planta perene nativa da América do Norte* (*Dicentra cucularia*), de flores brancas pequenas e delicadas em formato de V, que lembram o de calças, não havendo um nome correspondente em português. (N.T.)

versão cromática. Ammi e os Gardner acreditavam que a maioria das cores tinha uma espécie de familiaridade assustadora e decidiram que elas lembravam uma daquelas do glóbulo quebradiço do meteoro. Nahum arou e semeou os dez acres de pasto e o terreno alto, mas não fez nada na terra ao redor da casa. Ele sabia que seria inútil, e esperava que a estranha vegetação estival absorvesse todo o veneno do solo. Estava preparado para quase tudo, então, e já se acostumara à sensação de haver algo por perto esperando para ser ouvido. O fato de os vizinhos evitarem sua casa o afetou, é claro, mas mais à sua esposa. Os rapazes estavam melhores, passando os dias todos na escola; porém não podiam deixar de se assustar com os mexericos. Thaddeus, um jovem especialmente sensível, foi o que mais sofreu.

Em maio, vieram os insetos, e o sítio de Nahum se transformou num pesadelo de zumbidos e rastejaduras. A maioria das criaturas não parecia muito comum em seus aspectos e movimentos, e seus hábitos noturnos contrariavam qualquer experiência anterior. Os Gardner deram de vigiar à noite — perscrutando todas as direções, ao acaso, à procura de alguma coisa — eles não saberiam dizer o quê. Foi aí que notaram que Thaddeus tinha razão sobre as árvores. A senhora Gardner foi a próxima a ver o fato da janela pela qual observava os ramos túmidos de um bordo contra o céu enluarado. Os galhos estavam claramente se mexendo e não soprava vento algum. Devia ser a seiva. A estranheza se entranhara em tudo que crescia então. Contudo, não foi alguém da família de Nahum que fez a descoberta seguinte. A convivência os havia embotado e o que eles não conseguiriam enxergar fora vislumbrado por um tímido vendedor de cata-ventos de Bolton que chegara certa noite a cavalo, sem conhecer as lendas da região. O que ele contou em Arkham mereceu um curto parágrafo na *Gazette*; e foi então que todos os fazendeiros, Nahum inclusive, notaram pela primeira vez. A noite estava escura e as lâmpadas infestadas de insetos eram fracas, mas nos arredores de uma fazenda no vale, que, pelo relato, devia ser a de Nahum, a escuridão era menos densa. Uma luminosidade fraca, mas distinta, parecia emanar de toda a vegetação, capim, folhas e brotos, enquanto, a certa altura, uma espécie de fosforescência pareceu se agitar furtivamente no pátio, perto do celeiro.

O capim ainda parecia intacto e as vacas pastavam livremente no terreno próximo da casa, mas perto do fim de maio, o leite começou a ficar ruim. Nahum ordenou então que as vacas fossem levadas para o terreno alto, o que fez com que esse problema parasse. Pouco tempo depois, a alteração no capim e nas folhas se tornou visível. Toda verdura estava ficando cinzenta e adquirindo uma qualidade quebradiça extremamente singular. Ammi era então a única pessoa que visitava o lugar e suas visitas estavam se tornando cada vez mais raras. Quando a escola fechou, os Gardner ficaram praticamente isolados do mundo; às vezes deixavam Ammi resolver seus problemas na cidade. Eles estavam se debilitando física e mentalmente, e ninguém se surpreendeu quando chegaram notícias da loucura da senhora Gardner.

Aconteceu em junho, por ocasião do aniversário da queda do meteoro, e a pobre mulher gritava sobre coisas no espaço que ela não conseguia descrever. Em seu delírio, não havia um único nome específico, apenas verbos e pronomes. Coisas se mexiam, mudavam, adejavam, e seus ouvidos zumbiam com impulsos que não eram totalmente sons. Algo fora tirado — ela estava sendo drenada de algo — alguma coisa que não deveria estava se prendendo a ela — alguém devia mantê-la a distância — nada ficava parado durante a noite — as paredes e janelas mudavam de lugar. Nahum não a mandou para o asilo do condado, deixando-a perambular pela casa enquanto fosse inofensiva para si e para os outros. Mesmo quando sua aparência mudou, ele não fez nada. Mas quando os rapazes começaram a ficar com medo dela e Thaddeus quase desmaiou com as caretas que ela lhe fazia, decidiu mantê-la trancada no sótão. Em julho, ela parou de falar e se arrastava de quatro, e antes de o mês terminar, Nahum teve a ideia maluca de que ela apresentava uma luminosidade fraca no escuro, como ele então via acontecer nitidamente com a vegetação próxima.

Foi pouco depois disso que os cavalos se tresmalharam. Alguma coisa os despertara, à noite, e seus relinchos e coices nas baias foram terríveis. Não havia praticamente nada a fazer para acalmá-los, e quando Nahum abriu a porta do estábulo, eles desembestaram para fora como cervos silvestres assustados. Fora preciso uma semana para rastrear os quatro, e quando foram encontrados, notou-se que estavam imprestáveis. Alguma coisa se partira em seus cérebros, e todos tiveram de ser sacrificados para o seu próprio bem. Nahum tomou um cavalo emprestado de Ammi para a fenação, mas notou que o animal não queria se aproximar do celeiro. Ele refugava, empacava e relinchava, até que não teve outro jeito senão conduzi--lo ao pátio, enquanto os homens usavam sua própria força para empurrar a pesada carroça até uma distância adequada do palheiro para um correto lançamento do feno. E durante todo esse tempo, a vegetação ia ficando cinzenta e quebradiça. Até as flores cujas cores haviam sido tão estranhas, estavam acinzentando também, e os frutos cresciam cinzentos, raquíticos e insossos. Os ásteres e varas de ouro brotavam cinzentos e torcidos, e as rosas, zínias e malvas-rosa do quintal da frente eram de uma aparência tão assustadora que o filho mais velho de Nahum, Zenas, as cortou. Os insetos estranhamente inchados morreram por essa época, inclusive as abelhas que haviam deixado suas colmeias e fugido para os bosques.

Em setembro, toda vegetação se desagregava facilmente num pó acinzentado e Nahum temia que as árvores morressem antes de o veneno sair do solo. Sua esposa tinha, então, acessos de furiosa gritaria, e ele e os rapazes viviam em permanente estado de tensão nervosa. Passaram a evitar as pessoas, e quando a escola reabriu, os rapazes não compareceram. Mas foi Ammi, numa de suas raras visitas, quem primeiro percebeu que a água do poço já não prestava. Ela tinha um gosto ruim que não era exatamente fétido, nem exatamente salobro, e Ammi aconselhou o amigo a cavar outro poço em terreno mais alto, para usar até o solo ficar em boas condições novamente. Contudo, Nahum ignorou o conselho, porque àquela altura já estava calejado em coisas estranhas e desagradáveis. Ele e os rapazes continuaram usando a fonte impura, bebendo dela com tanta indiferença e automatismo quanto comiam as refeições pobres e mal cozidas, e realizavam a faina tediosa e ingrata pelos dias incertos. Havia um quê de teimosa resignação em todos eles, como se andassem num outro mundo entre filas de guardiões inomináveis para um destino familiar e seguro.

Thaddeus enlouqueceu em setembro após uma visita ao poço. Fora até ele com um balde e voltara com as mãos vazias, gritando e agitando os braços, abandonando-se às vezes a um balbucio ou murmúrio vago sobre "as cores móveis por lá". Dois, numa mesma família, era bastante ruim, mas Nahum se mostrou muito corajoso na situação. Ele deixou o garoto correr de um lado para outro por uma semana até que ele começou a tropeçar e se ferir, e aí o trancou num quarto do sótão em frente ao da mãe. O modo como eles gritavam um para o outro atrás das portas trancadas era terrível, em especial para o pequeno Merwin, que imaginava que eles falavam em alguma língua horrorosa que não era desta Terra. Merwin estava ficando assustadoramente imaginativo e sua inquietude piorou depois da reclusão do irmão que era o seu melhor companheiro de brincadeiras.

Quase ao mesmo tempo, começou a mortandade nos animais de criação. As aves ficavam acinzentadas e morriam rapidamente, sua carne era seca e repugnante ao ser cortada. Os porcos ficaram enormes e depois começaram a sofrer transformações repulsivas que ninguém conseguia explicar. Sua carne era imprestável, claro, e Nahum ficara completamente desnorteado. Nenhum veterinário rural quis se aproximar do local, e o de Arkham se esquivou abertamente. Os suínos ficavam mais e mais cinzentos, frágeis e caindo aos pedaços antes de morrer. E seus olhos e focinhos manifestavam transformações singulares. Isso era por demais inexplicável, pois eles nunca foram alimentados com verduras contaminadas. Então, alguma coisa atingiu as vacas. Seu corpo, ou certas partes dele, às vezes, ficava extraordinariamente enrugado ou comprimido, e colapsos ou desintegrações atrozes eram comuns. Nos estágios finais — e a morte era sempre o resultado — havia um acinzentamento e uma fragilização semelhantes aos que atingiam os suínos. Veneno estava fora de questão, pois os casos ocorreram todos num celeiro trancado e intacto. Nenhuma mordida de predador poderia ter trazido o vírus, pois que animais vivos da Terra podem atravessar obstáculos sólidos? Só poderia ser uma doença natural — mas que doença causaria aqueles resultados além de qualquer imaginação. Quando chegou a época da colheita, não havia um animal sobrevivente no lugar, o gado e as aves estavam mortos e os cachorros haviam fugido. Estes, eram três, desapareceram todos numa certa noite e jamais se teve notícias deles. Os cinco gatos partiram algum tempo antes, mas isso mal foi notado, visto que não parecia haver mais nenhum rato e somente a senhora Gardner transformava os felinos graciosos em animais de estimação.

No 19 de outubro, Nahum entrou cambaleando na casa de Ammi com notícias pavorosas. A morte se abatera sobre o pobre Thaddeus em seu quarto no sótão, e viera de uma maneira que não poderia ser contada. Nahum cavara um túmulo no cemitério familiar cercado nos fundos da fazenda e ali depositara o que havia encontrado. Não poderia ter sido nada de fora, pois a pequena janela gradeada e a porta trancada estavam intactas; mas fora parecido com o que acontecera no celeiro. Ammi e a esposa consolaram o homem arrasado o melhor que podiam, mas estremeceram ao fazê-lo. Um terror absoluto parecia pairar em torno dos Gardner e de tudo que eles tocavam, e a simples presença de um deles em casa era um bafo de regiões inominadas e inomináveis. Foi com muita relutância que Ammi acompanhou Nahum até a sua casa e ali ele fez o que pôde para acalmar os soluços histéricos do pequeno Merwin. Zenas não precisou ser tranquilizado. Ultimamente ele dera pra não fazer nada, exceto olhar para o vazio e obedecer ao que o pai lhe dizia; e Ammi achava que o destino lhe fora muito piedoso. De vez em quando, os gritos de Merwin eram respondidos fracamente do sótão, e atendendo a um olhar inquisitivo, Nahum disse que a esposa estava ficando muito debilitada. Com a aproximação da noite, Ammi tratou de partir, pois nem mesmo a amizade o faria permanecer naquele lugar quando o brilho tênue da vegetação começava e as árvores podiam ou não ter balançado sem vento. Foi uma verdadeira sorte para Ammi não ser muito impressionável. Mesmo do jeito como as coisas se apresentavam, sua mente cedera apenas um pouco; mas se tivesse podido raciocinar e refletir sobre todos os prodígios ao seu redor, inevitavelmente teria se tornado um maníaco completo. No lusco-fusco do entardecer, ele apressou o retorno para casa, os gritos da mulher louca e da criança nervosa reverberavam pavorosamente em seus ouvidos.

Três dias depois, Nahum irrompeu na cozinha de Ammi de manhã bem cedo e na ausência de seu anfitrião, balbuciou de novo uma história desesperada que a senhora Pierce ouviu hirta de pavor. Era o pequeno Merwin, daquela vez. Ele se fora. Saíra tarde da noite com uma lanterna e um balde para pegar água e não voltara. Durante dias ele andara em pandarecos sem saber o que fazer. Gritava por tudo. Um grito insano ressoara do pátio então, mas antes que o pai pudesse chegar até a porta, o menino se fora. Não se via nenhum clarão da lanterna que levara consigo, nenhum traço da criança. Na ocasião, Nahum pensou que a lanterna e o balde haviam sumido também; mas quando amanheceu e o homem voltava exausto de uma busca durante a noite inteira pelas matas e campos, encontrara algumas coisas muito estranhas perto do poço. Um volume de ferro esmagado e aparentemente meio derretido do que fora, com certeza, a lanterna, enquanto um cabo torto e uma armação de ferro retorcida ao seu lado, ambos meio derretidos, pareciam sugerir os restos do balde. Isso era tudo. Nahum era incapaz de compreender, a senhora Pierce estava desconcertada e Ammi, quando chegou em casa e ouviu a história, não conseguiu oferecer nenhuma sugestão. Merwin se fora e não valia a pena contar às pessoas da vizinhança, que agora evitavam completamente os Gardner. Thad se fora, e agora Merwin. Alguma coisa se esgueirava e esgueirava querendo ser vista e ouvida. Nahum logo partiria e queria que Ammi zelasse pela sua mulher e por Zenas se sobrevivessem a ela. Devia ser algum tipo de condenação, embora ele não conseguisse imaginar o motivo, pois sempre trilhara com retidão os caminhos do Senhor, até onde sabia.

Por mais de duas semanas, Ammi ficou sem ver Nahum. Então, preocupado com o que poderia ter acontecido, venceu seus medos e fez uma visita ao sítio de Gardner. Não saía fumaça da grande chaminé e, por alguns instantes, o visitante temeu o pior. O aspecto da fazenda toda era assustador — capim e folhas ressequidos e acinzentados pelo chão, trepadeiras despencando em destroços quebradiços de arcaicas empenas e paredes, e grandes árvores desfolhadas agarrando o céu plúmbeo de novembro com uma malevolência estudada que Ammi não teve dúvida que provinha de alguma mudança sutil na inclinação dos galhos. Mas Nahum estava vivo, afinal. Ele estava fraco e deitado num sofá na cozinha de teto baixo, mas perfeitamente consciente e capaz de dar ordens simples a Zenas. No local fazia um frio mortal, e como Ammi visivelmente tremia, o anfitrião gritou para Zenas trazer mais lenha. A lenha, de fato, era muito necessária, pois a cavernosa lareira estava apagada e vazia, com uma nuvem de fuligem esvoaçando com o vento frio que descia pela chaminé. Nahum perguntou-lhe então se a madeira extra o deixara mais confortável, e só então Ammi percebeu o que acontecera. A corda mais forte se rompera enfim, e a mente do infeliz fazendeiro fora colocada à prova de novos padecimentos.

Perguntando com tato, Ammi não conseguiu obter nenhuma informação clara sobre o ausente Zenas. "No poço; ele vive no poço" foi tudo o que o perturbado pai conseguira dizer. Perpassou então pela mente do visitante uma súbita lembrança da esposa insana e ele mudou a linha do inquérito. "Nabby? Ora, ela está aqui!" foi a resposta surpreendente do pobre Nahum, e Ammi logo viu que ele mesmo teria de procurá-la. Deixando o balbuciante inofensivo no sofá, tirou as chaves de seu prego atrás da porta e subiu a escada rangente até o sótão. Estava tudo muito fechado e malcheiroso lá em cima, e não se ouvia som algum de nenhuma direção. Das quatro portas à vista, somente uma estava trancada, e nesta ele experimentou várias chaves da argola que levara. A terceira era a correta e depois de algumas tentativas desajeitadas, Ammi abriu a porta baixa e branca.

Estava muito escuro no interior, pois a janela era pequena e meio tampada pelas barras de madeira bruta. O fedor era quase insuportável e, antes de prosseguir, ele teve de recuar para um outro quarto para voltar com os pulmões cheios de ar respirável. Ao entrar, avistou alguma coisa escura no canto, e depois de observá-la melhor, pôs-se a gritar. Enquanto gritava, imaginou que uma nuvem passageira eclipsava a janela e, um segundo depois, sentiu-se roçado como que pela passagem de uma repulsiva corrente de vapor. Cores estranhas dançaram diante dos seus olhos e não fosse o torpor que lhe provocou a sensação de horror, provavelmente teria pensado no glóbulo do meteoro que o martelo de geólogo havia arrancado, e na vegetação doentia que brotara na primavera. Nada mais via ou pensava, porém, a não ser no monstro blasfemo que tinha à sua frente e que, com toda certeza, havia compartilhado o destino inominável do jovem Thaddeus e dos animais de criação. Mas o terrível daquele horror era que, muito lenta e perceptivelmente, se movia enquanto continuava a se desmanchar.

Ammi não me dera novos detalhes dessa cena, mas a forma no canto não reaparece em sua narrativa como um objeto em movimento. Existem coisas que não devem ser mencionadas, e o que é feito por mero humanismo, às vezes é severamente julgado pela lei. Eu inferi que nada com movimento restou naquele quarto de sótão, pois deixar algo com capacidade de locomoção ali seria um fato monstruoso o bastante, por si só, para condenar qualquer criatura responsável ao tormento eterno. Somente alguém rústico como o fazendeiro calejado não teria desmaiado ou enlouquecido; mas Ammi cruzou consciente aquela porta baixa e deixou o segredo maldito trancado atrás dela. Urgia atender Nahum naquele momento; ele precisava ser alimentado, medicado dentro do possível e transportado para algum lugar onde melhor poderiam cuidar dele.

Começando a descer pela escada escura, Ammi ouviu um baque no térreo. Chegou a imaginar ter ouvido também um grito sufocado e lembrou-se nervosamente do vapor repulsivo que o roçara naquele quarto pavoroso acima. Que presença o seu grito e a sua chegada teriam desencadeado? Detido por um vago temor, ouviu outros sons vindos de baixo. Indubitavelmente, alguma coisa pesada estava sendo arrastada, provocando um horripilante e diabólico ruído de sucção de algo ignobilmente viscoso. Com a capacidade de associação elevada a uma altura febricitante, ele inadvertidamente pensou no que tinha visto lá em cima. Bom Deus! Que fantástico mundo onírico era esse em que se metera? Não ousava avançar nem recuar e ali ficou, tremendo, encurralado na curva escura da escada. Seu cérebro ardia com cada pequeno detalhe da cena. Os sons, a apavorante sensação de expectativa, a escuridão, a altura da escada estreita — e Deus misericordioso! — a tênue mas inconfundível luminosidade de todo o madeiramento à vista: degraus, laterais, sarrafos expostos e as vigas também.

A um relincho nervoso do cavalo de Ammi do lado de fora, seguiu-se de imediato um tropel indicando uma disparada frenética. Pouco depois, cavalo e charrete já não podiam ser ouvidos, deixando o homem aterrorizado na escada escura imaginando o que o havia afugentado. Mas isso não foi tudo. Houve um outro som lá fora também. Uma espécie de espirro líquido — água — certamente provindo do poço, pensou. Ele deixara Hero, este era o nome do cavalo, desamarrado perto dele, e uma roda da charrete devia ter raspado na mureta e derrubado uma pedra no seu interior. E a fosforescência pálida continuava cintilando naquele madeirame odiosamente antigo. A casa, outrora tão agradável, mostrava agora a sua idade. Deus! Como era velha! A maior parte dela fora erguida antes de 1670, e o telhado de duas águas não muito depois de 1730.

Um arranhão fraco no assoalho lá embaixo soou distintamente então, e Ammi agarrou ainda mais firmemente o pesado pedaço de pau que havia apanhado no sótão para algum propósito. Recompondo-se aos poucos, ele completou a descida e dirigiu-se corajosamente para a cozinha. Mas não concluiu o percurso, porque aquilo que ele procurava não estava mais lá. Tinha vindo ao seu encontro e ainda estava vivo, até certo ponto. Se ele se arrastara ou havia sido arrastado por forças externas, Ammi não poderia dizer; mas a morte o alcançava. Tudo acontecera na última meia hora, mas o colapso, acinzentamento e desintegração já estavam muito avançados. O esfacelamento era horrível e fragmentos secos estavam descascando. Ammi não conseguiu tocá-lo, e ficou olhando, horrorizado, a caricatura repuxada do que havia sido um rosto. "O que era, Nahum — o que era?", indagou num murmúrio, e os lábios saltados entreabertos só conseguiram balbuciar uma resposta final:

"Nada... nada... a cor... ela queima... fria e molhada, mas queima... vivia no poço... eu vi... uma espécie de fumaça... como as flores na última primavera... o poço brilha à noite... Thad e Mernie e Zenas... tudo que é vivo... suga a vida de tudo... naquela pedra... deve ter vindo naquela pedra... venenou o lugar todo... num sei o que ela quer... aquela coisa redonda que os homens da faculdade escavaram da pedra... eles esmagaram... era da mesma cor... da mesma, como as flores e as plantas... deve ter outras delas... sementes... sementes... elas brotaram... vi pela primeira vez esta semana... deve ter pegado forte no Zenas... era um rapagão, cheio de vida... ela vence a mente e aí pega você... queima você... na água do poço... você estava certo nisso... água maligna... Zenas nunca voltou do poço... não pôde sair... arrasta você... cê sabe que tem alguma coisa chegando mas num adianta... eu vi mais de uma vez dês que Zenas foi pego... onde está Nabby, Ammi?... minha cabeça não está boa... num sei quanto tempo dês que eu a alimentei... ela vai pegar ela si a gente não cuidar... só uma cor... o rosto dela tá ficano daquela cor, às vezes, quando escurece... e ela queima e suga... ela vem de algum lugar ondi as coisas não são como aqui... um dos professor disse... ele estava certo... cuidado, Ammi, ela vai fazer mais arguma coisa.... suga a vida..."

Mas isso foi tudo. Aquilo que falava não conseguiu mais falar porque havia se desmanchado completamente. Ammi colocou uma toalha de mesa vermelha quadriculada sobre o que restara e saiu cambaleando para os campos pela porta dos fundos. Ele subiu a encosta até o pasto de dez acres e se arrastou para a sua casa pela estrada do norte e pelos bosques. Não poderia passar por aquele poço de onde seu cavalo fugiu. Olhando antes pela janela, havia notado que não faltava nenhuma pedra na sua borda. O tranco da charrete não havia deslocado nada, afinal — o barulho de queda na água devia ter sido de alguma outra coisa — alguma coisa que entrara no poço depois de ter acabado com o pobre Nahum...

Quando Ammi chegou em casa, o cavalo tinha chegado com a charrete antes dele, causando uma crise de nervosismo em sua esposa. Tranquilizando-a sem dar maiores explicações, partiu imediatamente para Arkham e notificou as autoridades de que a família Gardner deixara de existir. Não deu detalhes, apenas contou sobre as mortes de Nahum e Nabby, a de Thaddeus já era conhecida, e mencionou que a causa parecia ser a mesma enfermidade estranha que havia extinguido os animais domésticos. Declarou também que Merwin e Zenas estavam desaparecidos. Houve muitas indagações no posto policial e, por fim, Ammi foi compelido a levar três agentes à fazenda de Gardner, junto com o juiz de instrução, o médico-legista e o veterinário que havia examinado os animais doentes. Ele foi contra a vontade, pois a tarde já ia avançada e temia o cair da noite naquele lugar maldito, mas serviu-lhe de algum conforto ter muitas pessoas junto.

Os seis homens partiram num carroção seguindo a charrete de Ammi, e chegaram à fazenda empestada por volta das quatro horas. Calejados como eram em experiências horripilantes, nenhum ficou impassível contudo com o que foi encontrado no sótão e embaixo da toalha vermelha quadriculada no chão do térreo. O aspecto todo do local, com sua desolação cinza, já era bastante terrível, mas aquelas duas coisas desmanchadas excediam todos os limites. Ninguém conseguiu demorar o olhar nelas e até o médico-legista admitiu que havia muito pouco para examinar. Amostras seriam analisadas, decerto, e ele tratou de obtê-las — e nisso houve um desdobramento muito intrigante no laboratório da faculdade para onde os dois frascos de pó foram finalmente levados. No espectroscópio, as duas amostras produziram um espectro desconhecido, em que muitas das faixas desconcertantes eram precisamente iguais às que o estranho meteoro produzira no ano anterior. A propriedade de emitir esse espectro desapareceu em um mês, o pó se resumindo, dali em diante, a fosfatos e carbonatos alcalinos apenas.

Ammi não teria contado aos homens sobre o poço se pensasse que pretendiam fazer alguma coisa ali naquele momento. O pôr do sol se avizinhava e ele estava ansioso para ir embora. Mas não pôde deixar de olhar de relance, nervosamente, para o círculo de pedra junto da grande cegonha, e quando um investigador lhe perguntou, admitiu que Nahum tinha tanto medo de alguma coisa lá dentro que jamais pensara em procurar Merwin e Zenas naquele lugar. Depois disso, tudo que restava era drenar e explorar o poço imediatamente, e assim Ammi teve de esperar, tremendo, enquanto balde após balde de água malcheirosa era puxado e esvaziado no solo absorvente do lado de fora. Os homens fungavam de nojo com o fluido, e, mais perto do fim, taparam os narizes contra o fedor que estavam revelando. Não foi um trabalho demorado como eles temiam, pois, curiosamente, a água não era funda. Não é preciso contar com muita exatidão o que eles encontraram. Merwin e Zenas estavam ambos lá, em parte, embora os vestígios fossem, sobretudo, dos esqueletos. Havia também um pequeno cervo e um grande cão quase no mesmo estado, e vários ossos de animais pequenos. A lama e o limo no fundo pareciam inexplicavelmente porosos e borbulhantes, e um homem que desceu, sustentado pelos outros, levando uma vara comprida, descobriu que podia enterrá-la a qualquer profundidade na lama do chão sem encontrar qualquer obstrução sólida.

O crepúsculo havia descido e trouxeram lanternas da casa. Então, quando parecia que não havia mais nada para se obter do poço, todos entraram na casa e ficaram conferenciando na velha sala de estar enquanto a luz intermitente de uma meia-lua espectral brincava lívida na desolação cinérea do exterior. Os homens estavam francamente perplexos com o caso todo e não conseguiram encontrar um elemento comum convincente para relacionar a estranha condição da vegetação, a doença incomum dos animais domésticos e pessoas, e as inexplicáveis mortes de Merwin e Zenas no poço infecto. Eles tinham ouvido as conversas dos camponeses, é verdade; mas não puderam acreditar que ocorrera alguma coisa contrária à lei natural. Não havia dúvida de que o meteoro envenenara o solo, mas a enfermidade de pessoas e animais que não haviam comido nada cultivado naquele solo era outra questão. Seria a água do poço? Muito possivelmente. Analisá-la seria uma boa ideia. Mas que estranha loucura poderia ter feito os rapazes se jogarem no poço? Seus atos foram tão parecidos — e os fragmentos mostravam que ambos haviam sofrido a morte quebradiça cinzenta. Por que tudo ficava tão cinza e friável?

Foi o juiz de instrução, sentado perto da janela que dava para o pátio, o primeiro a notar a claridade em volta do poço. A noite descera por completo e todos os abomináveis terrenos pareciam irradiar uma luminosidade tênue que não se resumia aos raios intermitentes do luar; mas esse novo brilho era algo definido e distinto, e parecia brotar do poço escuro como o facho amortecido de uma lanterna, provocando reflexos baços nas pequenas poças no chão onde a água fora esvaziada. Era uma cor muito esquisita, e quando os homens todos se aglomeraram na janela, Ammi teve um sobressalto violento, pois aquele estranho feixe de miasma espectral não tinha uma tonalidade desconhecida. Ele já havia visto antes aquela cor e temia pensar no que ela poderia significar. Ele a vira no asqueroso glóbulo quebradiço daquele aerólito, dois verões atrás; a vira na vegetação enlouquecida da primavera e pensava ter visto, por um instante, naquela manhã, contra a pequena janela gradeada daquele terrível quarto do sótão onde coisas inomináveis haviam acontecido. Ela havia lampejado ali por um segundo e uma corrente de vapor viscosa e repugnante roçara nele — e depois o pobre Nahum fora apanhado por alguma coisa daquela cor. Assim ele o dissera, no fim — dissera que ela era como o glóbulo e as plantas. Depois disso veio a correria no pátio e o barulho de queda no poço — e agora aquele poço estava eructando na noite uma claridade pálida e insidiosa daquela mesma tonalidade demoníaca.

É mérito da acuidade mental de Ammi que ele tivesse decifrado, mesmo naquele momento de tensão, um ponto que era essencialmente científico. Ele não poderia deixar de pensar, ao colher a mesma impressão de um vapor vislumbrado durante o dia, contra uma abertura de janela, contra o céu matinal, e de uma exalação noturna vista como uma névoa fosforescente contra a paisagem escura e crestada. Não estava certo — era contra a Natureza — e ele pensou naquelas últimas palavras terríveis de seu amigo arrasado: "Ela vem de algum lugar onde as coisas não são como aqui... assim disse um daqueles professores..."

Os três cavalos no pátio, amarrados num par de arbustos mirrados ao lado da estrada, estavam relinchando e cavoucando o chão freneticamente naquele momento. O cocheiro do carroção correu para a porta pensando fazer alguma coisa, mas Ammi pousou uma mão trêmula no seu ombro. "Num vai lá", murmurou. "Tem mais coisa aí do que a gente sabe. Nahum disse que tinha alguma coisa vivendo no poço que suga sua vida. Ele disse que deve ser alguma coisa que cresceu de uma bola redonda como aquela que nós todos vimos na pedra do meteoro que caiu faz um ano, em junho. Suga e queima, ele disse, e é só uma nuvem de cor como aquela luz lá fora agora, que a gente mal consegue ver e mal sabe o que é. Ele disse que viu ela nesta última semana. Deve ser alguma coisa que veio do céu como, no ano passado, os homens da faculdade diz que a pedra do meteoro veio. O jeito como é feita e o jeito que funciona não é de forma nenhuma do mundo de Deus. É alguma coisa do além".

Os homens pararam, então, indecisos, enquanto a luz do poço se intensificava e os cavalos amarrados pateavam e gemiam num frenesi crescente. Foi de fato um momento terrível; com o terror próprio daquela casa antiga e maldita, quatro conjuntos monstruosos de fragmentos — dois da casa e dois do poço — no telheiro do fundo, e aquele feixe de profana e misteriosa claridade irisada das profundezas viscosas na frente. Ammi detivera o condutor por impulso, esquecendo-se de que ficara ileso após o roçar pegajoso daquele vapor colorido no quarto do sótão, mas talvez tenha sido bom que ele agisse assim. Ninguém jamais saberá o que havia lá fora naquela noite; e embora a blasfêmia do além não tivesse, até então, ferido nenhum ser humano que não estivesse mentalmente debilitado, é impossível dizer o que ela não poderia ter feito naquele último momento, com sua força aparentemente aumentada e os sinais especiais de suas intenções que ela logo exibiria sob o céu enluarado meio encoberto de nuvens.

De repente, um dos observadores à janela soltou uma exclamação de espanto. Os outros se fixaram nele e acompanharam imediatamente seu olhar dirigido para cima, para o ponto onde seu olhar errante se fixara. As palavras eram desnecessárias. O que havia sido discutido em fofocas, não era mais discutível; e é por conta do que cada homem daquele grupo concordou, aos sussurros, mais tarde, que os dias estranhos jamais são comentados em Arkham. É preciso dizer que não havia vento naquela hora da noite. Formou-se um pouco depois, mas naquele momento nenhum soprava. Até as pontas secas da sebe perene — mostardas, cinzentas e mangradas — e as franjas da coberta do carroção, permaneciam imóveis. E, no entanto, no meio dessa calma tensa e maligna, os desfolhados ramos altos de todas as árvores do quintal estavam se mexendo. Eles se crispavam em espasmos mórbidos parecendo agarrar numa loucura convulsiva e epiléptica as nuvens banhadas de luar; arranhavam, impotentes, o ar infecto com contrações e contorções, como que sacudidos por algum incorpóreo e entrelaçado fio de união ligado às negras raízes.

Ninguém respirou por vários segundos. Então uma nuvem de tonalidade mais escura cruzou pela Lua e a silhueta de galhos crispados se desfez instantaneamente. Isso provocou uma gritaria geral, abafada pelo espanto, mas rouca e quase idêntica, em cada garganta, pois o terror não se desfizera com a silhueta e, num instante pavoroso da escuridão mais profunda, os observadores viram se contorcer, na altura das copas das árvores, milhares de pontos minúsculos de uma radiação tênue e profana emitidos de cada ramo como o fogo de santelmo ou as chamas que descem sobre as cabeças dos apóstolos em Pentecostes. Era uma constelação monstruosa de luz sobrenatural, como um enxame saturado de vaga-lumes necrófagos dançando sarabandas infernais sobre uma charneca maldita; e sua cor era daquela mesma intrusão inominável que Ammi viera a reconhecer e temer. Enquanto isso, o facho de fosforescência do poço ia ficando mais e mais brilhante, trazendo à mente dos homens acotovelados um sentimento de fatalidade e anomalia. Ela não estava mais *brilhando*; estava *escorrendo* para fora; e, à medida que o fluxo informe de cor indefinível deixava o poço, ele parecia fluir diretamente para o céu.

O veterinário estremeceu e foi até a porta da frente para protegê-la com uma tranca extrarresistente. Ammi não tremia menos, e teve que puxar e apontar, por falta de controle da voz, quando quis chamar a atenção para a luminosidade crescente das árvores. Os relinchos e o pateado dos cavalos se tornaram por demais assustadores, mas nenhuma alma daquele grupo na velha casa teria se aventurado a sair fosse lá por qualquer recompensa material. Com o tempo, o brilho das árvores foi aumentando, enquanto seus ramos incansáveis pareciam se retesar mais e mais para o alto. A madeira do dispositivo do poço estava brilhando; um policial apontou, sem abrir a boca, para alguns barracões e colmeias de madeira perto do muro de pedra a oeste. Também eles estavam começando a brilhar, embora os veículos presos dos visitantes parecessem incólumes até o momento. Em seguida, uma confusão e um tropel violentos ocorreram na estrada, e quando Ammi apagou a lâmpada para enxergar melhor, eles constataram que a desvairada parelha de baios havia arrancado seu arbusto e fugira com o carroção.

O choque serviu para desatar algumas línguas e sussurros confusos foram trocados. "Ela se espalha por tudo que houver de orgânico por perto", murmurou o legista. Ninguém replicou, mas o homem que estivera no poço sugeriu que sua vara devia ter remexido alguma coisa intangível. "Foi pavoroso", ele acrescentou. "Não tinha fundo. Só lodo e bolhas, e a sensação de alguma coisa à espreita lá embaixo." O cavalo de Ammi ainda pateava e relinchava de ensurdecer, na estrada, quase afogando os balbucios inseguros de seu dono, enquanto este murmurava suas reflexões desconexas: "Ela veio daquela pedra — cresceu lá — pega tudo que é vivo — se alimenta deles, mente e corpo — Thad, e Merwin, Zenas e Nabby — Nahum foi o último — todos beberam a água — ela agarrou firme eles — veio do além, onde as coisas num são como aqui — agora está indo pra casa..."

Nesse ponto, enquanto a coluna de cor misteriosa reluzia cada vez com mais e mais intensidade começando a se retorcer em fantásticas sugestões, de tal forma que cada espectador a descreveu de maneira diferente, veio, do pobre Hero amarrado, um som tal como ninguém ali jamais ouvira ou ouviu desde então de um cavalo. Todos que estavam naquela sala de estar baixa taparam os ouvidos; Ammi deu as costas para a janela, dominado por asco e pavor impossíveis de verbalizar. Quando Ammi olhou para fora de novo, o infeliz animal jazia inerte, desabado no chão banhado pelo luar entre os varais estilhaçados da charrete. Esse foi o fim de Hero e eles o enterraram no dia seguinte. Mas a hora não era para lamentos, pois quase naquele mesmo instante um dos agentes chamou a atenção, silenciosamente, para alguma coisa terrível no próprio recinto em que eles estavam. Sem a luz da lanterna, estava claro que uma tênue fosforescência começara a se infiltrar em todo o espaço. Ela brilhava no assoalho de pranchas largas e nos fragmentos de tapete, e cintilava nos caixilhos das vidraças. Corria para cima e para baixo da coluna de canto aparente, coruscava pela estante e o consolo da lareira e infectava as próprias portas e mobílias. A cada minuto que passava se fortalecia, indicando perfeitamente que os seres vivos e saudáveis precisavam sair daquela casa.

Ammi, utilizando a porta dos fundos, conduziu-os pela vereda atravessando os campos até o pasto de dez acres. Eles caminhavam e cambaleavam como num sonho, e não ousaram olhar para trás até estarem bem longe, no terreno elevado. Deram graças por terem seguido pela vereda, pois jamais conseguiriam passar pela trilha da frente, ao lado daquele poço. Já era bastante ruim passar pelos celeiros e estábulos reluzentes e aquelas árvores de pomar cintilando com as silhuetas diabólicas e retorcidas; mas, graças aos céus, os galhos faziam suas piores contorções para cima. A Lua se escondeu atrás de nuvens carregadas enquanto eles cruzavam a ponte rústica sobre o Chapman's Brook, e dali foi um tatear às cegas pelos campos abertos.

Quando olharam para trás, para o vale e o sítio distante dos Gardner no fundo, tiveram uma visão aterradora. Na fazenda brilhavam, com a odiosa mistura desconhecida de cores, árvores, edifícios e até o capim e as folhagens que não haviam mudado completamente para a letal fragilidade cinzenta. Os ramos estavam todos esticados para o céu, encimados por labaredas de chama maligna, e corrimentos bruxuleantes daquela mesma chama monstruosa se esgueiravam pelos paus de cumeeira da casa, dos estábulos e do celeiro. Era uma cena típica de uma visão de Fuseli, e sobre todo o resto reinava aquele tumulto de amorfismo luminoso, aquele arco-íris alienígena e sem dimensão de veneno secreto saindo do poço — fervilhando, tateando, rodeando, alcançando, cintilando, se esticando e borbulhando malignamente em seu cósmico e irreconhecível cromatismo.

Então, sem aviso, a coisa repulsiva disparou verticalmente para o céu como um foguete ou meteoro, sem deixar rastro, e desapareceu por um orifício redondo e curiosamente uniforme nas nuvens antes que algum dos homens pudesse arfar ou gritar. Nenhum observador poderá esquecer jamais aquela visão, e Ammi ficou olhando atônito para as estrelas do Cisne, com Deneb cintilando mais do que as outras, onde a cor misteriosa aparentemente se fundira na Via Láctea. Mas um estrondo no vale atraiu seu olhar de volta à terra. Foi exatamente isso: apenas um som de rachadura e estalar de madeira e não uma explosão, como tantos outros do grupo juraram. Mas o resultado deu no mesmo, pois num instante caleidoscópico e febril, explodiu daquela fazenda malsinada e maldita uma erupção cataclísmica e brilhante de centelhas e substâncias anormais, empanando a visão dos poucos que a viram, lançando para o zênite uma chuvarada de fragmentos de um fantástico e colorido que precisava ser expelido do nosso universo. Por entre vapores rodopiantes, eles seguiram a monstruosa morbidez que se fora, e um segundo depois se desvaneceram também. Atrás e abaixo restara apenas uma escuridão à qual os homens não ousaram voltar, e por toda parte crescia um vento que parecia descer impetuosamente em negras rajadas glaciais do espaço sideral. Ele uivava e gania, fustigando os campos e bosques retorcidos num frenesi cósmico louco até que o grupo apavorado percebeu que não valeria a pena esperar o surgimento da Lua para revelar o que sobrara do sítio de Nahum.

Atônitos demais para sugerir teorias, os sete homens trêmulos caminharam com dificuldade para Arkham pela estrada do norte. Ammi estava em pior estado que seus companheiros e implorou que o deixassem dentro da cozinha de sua casa antes de seguirem diretamente para a cidade. Não queria cruzar sozinho a mata empestada e fustigada pelo vento até sua casa na estrada principal. Isso porque ele sofrera um choque adicional do qual outros haviam sido poupados e ficara subjugado para sempre por um pavor latente que não ousou sequer mencionar durante muitos anos. Enquanto o resto dos observadores naquela colina tempestuosa mantinham os rostos obstinadamente presos no caminho, Ammi olhara para trás por um instante, para o vale coberto de desolação que abrigara até recentemente seu malsinado amigo. E daquele ponto distante atingido, ele vira alguma coisa tênue subir, para logo depois afundar novamente no lugar de onde o imenso horror informe arremetera para o céu. Era apenas uma cor — mas não alguma cor de nossa Terra ou nossos céus. E por reconhecer aquela cor e saber que aquele derradeiro resto tênue ainda devia estar à espreita lá embaixo, no poço, Ammi nunca se refez completamente depois disso.

Ammi jamais tornaria a chegar perto do lugar. Faz quase meio século, agora, que o horror aconteceu, mas ele nunca mais foi lá, e ficará contente quando o novo reservatório cobrir tudo. Eu também ficarei satisfeito, pois não gostei do modo como a luz do Sol mudava de cor ao redor da boca daquele poço abandonado pelo qual passei. Espero que a água fique sempre muito funda — mas ainda assim, jamais beberei dela. Não creio que venha a visitar a região de Arkham doravante. Três dos homens que haviam estado com Ammi voltaram na manhã seguinte para ver as ruínas à luz do dia, mas não havia nenhuma ruína de verdade. Apenas os tijolos da chaminé, as pedras do celeiro, um pouco de entulho mineral e metálico aqui e ali, e a borda daquele poço nefasto. Exceto pelo cavalo morto de Ammi, que eles rebocaram e enterraram, e a charrete que logo devolveram para ele, tudo que algum dia existira por ali havia desaparecido. Cinco acres malditos de deserto cinza empoeirado restavam, e jamais crescera alguma coisa ali desde então. Até hoje, ele se estende, exposto ao céu, como um grande terreno roído por ácido nas matas e campos, e os poucos que ousaram passar-lhe os olhos, apesar dos comentários rurais, o batizaram de "a charneca maldita".

As lendas rurais são curiosas. Elas poderiam ser ainda mais curiosas se a gente da cidade e os químicos da faculdade se interessassem o bastante para analisar a água daquele poço abandonado, ou a poeira cinza que nenhum vento parece dispersar. Os botânicos também deveriam estudar a flora atrofiada nas bordas daquele lugar, pois esclareceria uma crença do povo da região de que a praga está se espalhando — de pouco em pouco, dois centímetros por ano, talvez. Alguns dizem que a cor das pastagens vizinhas não é muito direita na primavera, e que criaturas silvestres deixam pegadas estranhas na neve fofa do inverno. A neve nunca parece tão densa na charneca maldita como em outros lugares. Cavalos — os poucos que sobraram nesta era motorizada — ficam ariscos no vale silencioso; e caçadores não podem confiar em seus cães muito perto da mancha de poeira acinzentada.

Eles dizem que as influências mentais são muito ruins, também; muitos passaram a se comportar de modo estranho nos anos seguintes à tragédia de Nahum, mas sempre lhes faltou energia para ir embora. Depois, as pessoas mais resolutas deixaram todas a região, e somente os forasteiros tentaram viver nas velhas herdades arruinadas. Não conseguiram ficar, porém; e fica-se pensando, às vezes, que percepção além da nossa suas histórias fabulosas e esquisitas de fantasias segredadas lhes deram. Seus sonhos noturnos, eles afirmam, são muito assustadores naquela região bizarra; com certeza, a aparência mesma da região tenebrosa é suficiente para espicaçar uma imaginação doentia. Nenhum viajante jamais escapou de um sentimento de estranheza naquelas ravinas profundas, e artistas estremecem enquanto pintam matas fechadas cujo mistério atinge tanto o espírito quanto o olhar. Eu próprio tenho curiosidade sobre a sensação que senti em minha caminhada solitária antes de Ammi narrar a sua história. Quando o crepúsculo desceu, desejei vagamente que algumas nuvens se juntassem, pois uma estranha timidez ante os espaços siderais profundos se infiltrara em minha alma.

Não perguntem a minha opinião. Eu não sei — isso é tudo. Não havia ninguém exceto Ammi a quem perguntar, pois a gente de Arkham não vai falar sobre os dias estranhos, e os três professores que viram o aerólito e seu glóbulo colorido estão mortos. Houvera outros glóbulos — podem acreditar. Um deve ter se nutrido e escapado, e provavelmente houve um outro que chegou tarde demais. Ele certamente ainda está no fundo do poço — eu sei que havia alguma coisa errada com a luz solar que vi por sobre a borda miasmática. Os campônios dizem que a praga se expande dois centímetros por ano, sugerindo uma espécie de crescimento ou nutrição acontecendo. Mas seja qual for o demônio que está incubando por lá, ele deve estar atado a alguma coisa senão iria se espalhar rapidamente. Estará preso às raízes daquelas árvores que agarram o ar? Uma das histórias correntes em Arkham fala de carvalhos grossos que brilham e se agitam como não deveriam à noite.

O que é isso, só Deus sabe. Em termos materiais, suponho que a coisa que Ammi descreveu seria chamada gás, mas esse gás seguia leis que não são do nosso cosmo. Não era fruto desses mundos e sóis que brilham nos telescópios e chapas fotográficas de nossos observatórios. Não era um sopro dos céus cujos movimentos e dimensões nossos astrônomos medem ou consideram vastos demais para medir. Era apenas uma cor que veio do espaço — uma mensageira apavorante de reinos não formados do infinito fora de toda a Natureza que conhecemos; de reinos cuja mera existência embota o cérebro e nos atordoa com os negros abismos extrassiderais que eles desfraldam diante de nossos olhares alucinados.

Duvido muito que Ammi tenha conscientemente mentido para mim, e não creio que toda sua história foi uma fantasia da loucura como a gente da cidade havia prevenido. Alguma coisa terrível chegara aos morros e vales naquele meteoro, e alguma coisa terrível — embora eu não saiba em que proporção — ainda permanece ali. Ficarei contente com a chegada da água. Enquanto isso, espero que nada aconteça a Ammi. Ele viu tanto da coisa — e a influência dela foi tão insidiosa. Por que será que ele nunca conseguiu ir embora? Com que clareza ele não recordava aquelas palavras do moribundo Nahum — "não pode ir embora... arrasta você... cê sabe que alguma coisa tá vindo, mas não adianta..." Ammi é um velho tão bom — quando a turma do reservatório for trabalhar, preciso escrever ao engenheiro-chefe para vigiar ele de perto. Eu detestaria pensar nele como o mostrengo cinza, retorcido, quebradiço que insiste cada vez mais em me perturbar o sono.

(1927)

eLe

Eu o vi numa noite de insônia enquanto caminhava desesperado para salvar minha alma e minha visão. Ter vindo a Nova York fora um erro, pois enquanto procurara admiração e uma inspiração pungente nos repletos labirintos de ruas antigas que se contorciam infinitamente de esquecidos pátios, praças e cais para pátios, praças e cais igualmente esquecidos, e nas modernas torres e píncaros ciclópicos que se erguem babilônicos e sombrios sob luas minguantes, eu só havia encontrado uma sensação de horror e opressão que ameaçava me dominar, entorpecer e destruir.

A desilusão fora gradual. Quando chegara pela primeira vez à cidade, eu a vira, ao pôr do sol, de uma ponte majestosa sobre suas águas, com seus incríveis píncaros e pirâmides elevando-se como delicadas florações de lagos de brumas violáceas para brincar com as nuvens flamejantes e as primeiras estrelas do anoitecer. Depois, ela se havia acendido, de janela em janela, acima das ondulações cintilantes onde lanternas balançavam e deslizavam, e buzinas graves latiam harmonias exóticas e ela própria havia se transformado num firmamento estrelado de sonho, perfumada de música feérica, com as maravilhas de Carcassonne, Samarcand e El Dorado, e todas as cidades gloriosas e meio fantásticas. Pouco tempo depois, fui levado por aqueles caminhos ancestrais tão caros a minha fantasia — vielas e passagens curvas e estreitas onde filas de casas de tijolo georgiano vermelho piscavam com mansardas de vidraças pequenas sobre pórticos de colunas que haviam contemplado seges douradas e coches estofados — e no primeiro lampejo de percepção dessas coisas há muito ansiadas, pensei que havia realmente alcançado os tesouros que fariam de mim, com o tempo, um poeta.

Mas sucesso e felicidade não eram para ser. A luz brilhante do dia revelou apenas esqualidez e estranheza, e a elefantíase repugnante de pedra se erguendo e se espalhando por onde a Lua havia sugerido encanto e magia antiga; e as multidões de pessoas que pululavam pelas ruas como calhas, eram de estrangeiros escuros e atarracados com feições embrutecidas e olhos estreitos, estrangeiros ardilosos sem sonhos e sem afinidade com a paisagem circundante, que não podiam significar nada para alguém de olhos azuis da velha cepa, com o amor pelas belas alamedas verdes e brancos campanários de vilarejos da Nova Inglaterra no coração.

Assim, em vez dos poemas que almejara, veio-me apenas a horrorizada melancolia e a inefável solidão; e eu vi, por fim, a assustadora verdade que ninguém antes ousara exprimir — o segredo inconfidenciável dos segredos — o fato de que esta cidade de pedra e estridor não é uma perpetuação consciente da velha Nova York como Londres é da velha Londres e Paris da velha Paris, mas que ela está, de fato, completamente morta, seu corpo estatelado imperfeitamente embalsamado e infestado de seres animados estranhos que nada têm a ver com ela como ela era em vida. Feito essa descoberta, deixei de dormir em paz, embora um pouco de uma resignada tranquilidade me voltasse à medida que eu gradualmente criava o hábito de ficar afastado das ruas durante o dia, só me aventurando a sair à noite, quando a escuridão convoca o pouco de passado que ainda paira espectral em tudo, e velhos alpendres brancos lembram as formas elegantes que um dia passaram por eles. Com essa maneira de alívio, cheguei a escrever alguns poemas e até me abstive de voltar para minha gente, não querendo parecer que estava me arrastando de volta de uma ignóbil derrota.

Então, na caminhada de uma noite de insônia, encontrei o homem. Foi num grotesco pátio escondido da área de Greenwich, pois lá, em minha ignorância, eu me estabelecera, tendo ouvido dizer que o local era o abrigo natural de poetas e artistas. As arcaicas vielas e casas e os cantos inesperados de praças e pátios haviam, de fato, me encantado, e quando descobri que os poetas e artistas eram embusteiros altissonantes de uma originalidade superficial e cujas vidas são uma negação de toda aquela beleza pura que é a poesia e a arte, eu ali permaneci por amor a essas coisas veneráveis. Eu as imaginava como haviam sido em seu auge, quando Greenwich era um vilarejo plácido ainda não engolido pela cidade; e nas horas antes do amanhecer, quando todos os farristas já se haviam esgueirado, eu costumava perambular sozinho por suas esquinas enigmáticas e meditar sobre os curiosos arcanos que gerações haviam depositado ali. Isso mantinha minha alma viva e me proporcionava um pouco daqueles sonhos e visões pelas quais o poeta em mim clamava.

O homem veio ao meu encontro por volta das duas de uma madrugada nevoenta de agosto enquanto eu caminhava lentamente por uma série de pátios separados, acessíveis agora somente pelas passagens não iluminadas dos edifícios intermediários, mas que já haviam sido as partes constituintes de uma malha contínua de vielas pitorescas. Eu soubera deles por rumores vagos e percebi que não poderiam estar agora em nenhum mapa; mas o fato de terem sido esquecidos só aumentava meu apego a eles, de forma que eu os procurara com o dobro da minha ansiedade habitual. Agora que os encontrara, minha ansiedade redobrou de novo, pois alguma coisa na sua disposição sugeria vagamente que não poderiam haver muitos como eles, com complementos silenciosos, escuros, encravados soturnamente entre altas paredes nuas e construções de fundo desertas, ou emergindo sem iluminação por trás de arcadas não comprometidas por hordas dos imigrantes ou guardadas por artistas furtivos e arredios cujas práticas não recomendam a publicidade ou a luz do dia.

Ele se dirigiu a mim sem ser convidado, notando meu estado de espírito e meus olhares enquanto eu estudava certas portas com aldrava no alto de degraus com corrimão de ferro, o brilho pálido das soleiras rendilhadas iluminando fracamente meu rosto. Seu próprio rosto estava à sombra, e ele usava um chapéu de aba larga que, de alguma forma, combinava à perfeição com o manto antiquado que trajava; mas eu fiquei curiosamente inquieto antes mesmo de ele me dirigir a palavra. Seu talhe era muito esbelto, de uma magreza quase cadavérica, e a voz se mostrou espantosamente mansa e grave, embora não profunda. Ele havia reparado em mim, assim ele disse, muitas vezes, durante minhas perambulações, e inferira que eu me assemelhava a ele no amor pelos vestígios dos tempos passados. Será que eu não apreciaria a orientação de alguém com longa prática nessas explorações e dono de um conhecimento local muito mais profundo do que qualquer recém--chegado óbvio poderia ter adquirido?

Enquanto ele falava, tive um vislumbre de seu rosto sob o feixe amarelo de uma janela solitária de sótão. Era um semblante idoso nobre, bonito até; e trazia uma marca de linhagem e refinamento incomum para a época e o lugar. No entanto, alguma qualidade naquilo me perturbou quase tanto quanto suas feições me agradaram — talvez ele fosse branco demais, ou impassível demais, ou muito em desacordo com o local, para eu me sentir tranquilo e confortável. Eu o segui, porém, pois naqueles dias enfadonhos minha busca por beleza e mistério arcaicos era tudo que mantinha minha alma viva, e considerei um raro favor do Destino topar com alguém cujas explorações afins pareciam ter penetrado mais fundo que as minhas.

Alguma coisa na noite constrangeu o homem de manto ao silêncio, e por uma longa hora ele me guiou sem palavras inúteis, fazendo apenas os comentários mais breves sobre nomes, datas e mudanças antigas, e dirigindo meu avanço, no mais das vezes, com gestos, enquanto nos espremíamos por interstícios, percorríamos corredores na ponta dos pés, escalávamos muros de tijolos e, uma vez, nos arrastamos de quatro por uma passagem baixa com arco de pedra cuja imensa extensão e reviravoltas tortuosas apagaram a menor sugestão de localização geográfica que eu conseguira preservar. As coisas que vimos eram muito antigas e maravilhosas, ou, pelo menos, assim me pareceram sob os poucos raios de luz esporádicos pelos quais as via, e jamais esquecerei as colunas jônicas e pilares cônicos cambaleantes, e os mourões de cerca de ferro com topo em formas de vaso, e janelas com dintéis reluzentes, e claraboias decorativas que pareciam brilhar mais pálidas e estranhas quanto mais longe nos aprofundávamos naquele labirinto inexaurível de antiguidade desconhecida.

Não encontramos vivalma e, à medida que o tempo passava, as janelas iluminadas começaram a rarear. As luzes de rua que encontrávamos no início eram de petróleo, e do antigo padrão em losango. Mais tarde, notei algumas com velas; e, por fim, depois de atravessar um horrível pátio não iluminado onde o guia precisou me conduzir com a mão enluvada pela escuridão absoluta até um estreito portão de madeira numa parede alta, chegamos a um pedaço de beco iluminado apenas por lanternas na frente de cada sétima casa — lanternas de latão, incrivelmente coloniais, com tampos cônicos e orifícios nos lados. Essa viela muito íngreme ascendia para o alto da colina — mais íngreme do que eu julgava possível nessa parte de Nova York — e sua extremidade superior estava totalmente bloqueada pelo muro coberto de hera de uma construção particular, além da qual eu podia ver uma pálida cúpula e os topos de árvores balançando contra uma vaga luminosidade do céu. Nesse muro havia um pequeno e baixo portão de arco de carvalho escuro crivado de pregos, que o homem começou a destrancar com uma chave enorme. Conduzindo-me para dentro, ele mudou o curso em pleno escuro sobre o que me pareceu um caminho de cascalho, e, finalmente, subindo um lance de degraus de pedra até a porta da casa, que ele destrancou e abriu para mim.

Nós entramos, e ao fazê-lo, senti uma vertigem com o cheiro de bolor infinito que brotara para nos receber e que devia resultar de séculos de mórbida decadência. Meu anfitrião não pareceu notar isso e, por cortesia, eu me mantive em silêncio enquanto me pilotava por uma escadaria curva e um vestíbulo até o quarto cuja porta escutei ele trancar depois de entrarmos. Então, eu o vi correr as cortinas das três janelas envidraçadas que mal se revelavam contra a claridade do céu; depois cruzou o recinto até a cornija da lareira, bateu sílex com aço e acendeu duas velas de um candelabro de doze castiçais, sinalizando para falarmos em voz baixa.

Naquela claridade tênue, notei que estávamos numa biblioteca espaçosa, bem mobiliada e apainelada datando do primeiro quarto do século XVIII, com esplêndidos frontões de portas, um delicioso dintel gótico e uma cornija de lareira magnificamente ornamentada com volutas e urnas. Acima das estantes abarrotadas, dispostas, com intervalos, ao longo das paredes, estavam retratos de família bem enquadrados, todos marcados por uma obscuridade enigmática e exibindo inconfundível semelhança com o homem que então fazia um gesto para eu me acomodar numa cadeira ao lado de uma graciosa mesa Chippendale. Antes de ele próprio se sentar do outro lado da mesa à minha frente, meu anfitrião fez uma pequena pausa como que embaraçado; depois, tirando vagarosamente as luvas, o chapéu de aba larga e o manto, ficou teatralmente exposto num traje médio-georgiano completo, do cabelo trançado e folhos no pescoço aos calções, meias de seda e sapatos de fivela que eu não havia anteriormente percebido. Afundando devagar numa cadeira com encosto em forma de lira, ele fixou o olhar intenso em mim.

Sem o chapéu, adquiriu o aspecto de uma idade extrema que mal era perceptível antes, e fiquei pensando se essa marca não percebida de singular longevidade não seria uma das fontes da minha inquietação. Quando ele falou, enfim, sua voz suave, rouca e cuidadosamente abafada, com muita frequência estremecia; e, às vezes, eu tinha grande dificuldade em acompanhá-lo enquanto ouvia com um arrepio de espanto e um alerta meio rejeitado que crescia a cada instante.

"Vós estais vendo, Senhor", começou meu anfitrião, "um homem de hábitos muito excêntricos por cujo traje nenhuma desculpa precisa ser oferecida a alguém com vossa sagacidade e vossas inclinações. Refletindo sobre tempos melhores, não hesitei em investigar vossos hábitos e adotar vossos trajes e maneiras; uma indulgência que não ofende a ninguém se for praticada sem ostentação. Foi sorte minha conservar a herdade rural de meus ancestrais, por engolido que tenha sido por duas cidades, primeiro Greenwich, que se ergueu aqui depois de 1800, depois Nova York, que se juntou por volta de 1830. Foram muitas as razões para conservar este lugar em minha família e eu não tenho sido negligente no desempenho dessas obrigações. O cavalheiro que o herdou, em 1768, estudou certas artes e fez certas descobertas, todas relacionadas com influências inerentes a este particular pedaço de chão, e eminentemente merecedor da mais estrita guarda. Alguns efeitos curiosos dessas artes e descobertas proponho-me a vos mostrar agora, sob a condição do mais estrito sigilo; e acredito que posso confiar em meu julgamento dos homens para não ter nenhuma desconfiança, seja de vosso interesse, seja de vossa lealdade."

Ele fez uma pausa, mas tudo que pude fazer foi um aceno com a cabeça. Já disse que estava alarmado, mas para minha alma nada poderia ser mais mortal que o mundo material diurno de Nova York, e fosse esse homem um excêntrico inofensivo ou um manipulador de artes perigosas, eu não tinha escolha senão segui-lo e aplacar minha sensação de assombro no que ele tivesse para oferecer. Então eu ouvi.

"Para meu antepassado", ele continuou, suavemente, "parecia haver algumas qualidades muito notáveis na vontade humana; qualidades com um domínio insuspeito não só sobre os atos próprios e de outros, mas sobre cada variedade de força e substância existente na Natureza e sobre muitos elementos e dimensões considerados mais universais que a própria Natureza. Posso dizer que ele zombou da santidade de coisas tão grandiosas como o espaço e o tempo, e que fez usos estranhos dos ritos de certos índios pele-vermelha mestiços que acamparam certa vez nessa colina? Esses índios se encolerizaram quando o lugar foi construído e foram enfadonhos ao extremo com seus pedidos para visitar o terreno durante a Lua cheia. Durante anos, eles se esgueiravam por cima do muro todos os meses, quando conseguiam, e realizavam alguns atos às ocultas. Então, em 68, o novo senhor os flagrou durante suas atividades e se calou sobre o que viu. Dali por diante, ele fez uma barganha com eles e trocou seu livre acesso ao terreno pela exata natureza íntima do que eles faziam, aprendendo que seus avós adquiriram parte de seus costumes de ancestrais vermelhos e parte de um velho holandês do tempo dos Estados-Gerais. E, maldito seja, temo que o cavalheiro deve ter servido um rum monstruoso de ruim para eles — fosse ou não de propósito —, pois uma semana depois de tomar conhecimento do segredo, ele era a única pessoa viva que o conhecia. Vós sois, senhor, o primeiro forasteiro a saber que existe esse segredo, e garanto que eu não haveria me arriscado a mexer tanto com isso — os poderes — se vós não estivésseis tão ávido por coisas passadas."

Eu estremeci quando o homem foi ficando mais coloquial — e com o discurso familiar de outros tempos. Ele prosseguiu.

"Mas deveis saber, senhor, que aquilo que — o cavalheiro — obteve daqueles selvagens mestiços foi apenas uma pequena parte do conhecimento que ele veio a adquirir. Não foi à toa que ele frequentou Oxford ou que conversou com um velho químico e astrólogo em Paris. Em suma, ele havia se sensibilizado de que todo o mundo é apenas a fumaça de nossos intelectos; fora do alcance do vulgar, mas, para o sábio, a ser soprado e tragado como uma baforada de fumo de Virgínia de primeira. Tudo o que quisermos, podemos fazer; e o que não quisermos, podemos eliminar. Não direi que tudo isso é inteiramente verdade em conjunto, mas é verdade o bastante para oferecer um espetáculo muito bonito de vez em quando. Vós, imagino, seríeis deliciado com uma visão melhor de certas épocas do que vossa imaginação vos permite; portanto, contende, por favor, qualquer pavor ante o que eu pretendo mostrar. Vinde à janela e ficai em silêncio."

Meu anfitrião segurou-me a mão para me levar até uma das duas janelas no lado comprido do quarto malcheiroso e, ao primeiro toque de seus dedos nus, eu gelei. Sua carne, conquanto seca e firme, tinha a característica do gelo; e eu quase me esquivei do seu puxão. Mas, de novo, eu pensei na fatuidade e no horror da realidade e, corajosamente, me preparei para ir aonde fosse levado. Uma vez na janela, o homem abriu as cortinas de seda amarela e guiou meu olhar para a escuridão exterior. Por alguns instantes, eu não enxerguei nada exceto uma miríade de minúsculas luzes dançando muito, muito ao longe. Depois, como que em resposta a um gesto insidioso da mão de meu anfitrião, um relâmpago iluminou a cena e eu olhava para um mar de folhagem luxuriante — folhagem impoluta, e não o mar de telhados que qualquer mente sã esperaria. À minha direita, o Hudson cintilava ameaçador e, muito à frente, eu vi o bruxulear malsão de uma vasta marnota constelada de irrequietos vaga-lumes. O relâmpago apagou, e um sorriso cruel iluminou o rosto céreo do velho nigromante.

"Isso foi antes do meu tempo — antes do tempo do novo cavalheiro. Queirais permitir que tentemos de novo."

Eu me senti sufocado, mais sufocado do que me deixara a odiosa modernidade daquela cidade maldita.

"Bom Deus!", sussurrei, "podeis fazer isso para *qualquer época*?" E enquanto ele assentia com a cabeça e desnudava os tocos escuros que um dia foram dentes amarelos, eu me agarrei na cortina para não cair. Mas ele me endireitou com aquele terrível aperto gelado e fez uma vez mais seu gesto insidioso.

De novo o relâmpago espoucou — mas dessa vez numa cena não completamente estranha. Era Greenwich, a Greenwich como ela era, com um telhado ou fileira de casas aqui e ali como a vemos agora, mas com campos e alamedas arborizadas encantadores e trechos de áreas públicas gramadas. O pântano ainda cintilava ao longe, mas numa distância mais longínqua eu vi os campanários do que era então toda Nova York; de Trinity e St. Paul, e da Brick Church dominando suas irmãs, com uma névoa tênue de bosque pairando sobre tudo. Eu ofegava, não tanto pela vista em si como pelas possibilidades que minha imaginação aterrorizada conjurava.

"Vós poderíeis — ousaríeis — ir além?", eu falei, com admiração, e penso que ele a compartilhou por um segundo, mas o sorriso mau voltou.

"Além? O que eu vi vos transformaria numa estátua de pedra! Para trás, para trás — para frente, *para frente* — olhai, sua criança desmiolada!"

E enquanto rosnava a frase a meia-voz, ele gesticulou de novo trazendo para o céu um relâmpago mais cegante que os dois anteriores. Por três segundos inteiros eu pude vislumbrar aquela visão pandemoníaca e, naqueles segundos, tive uma visão que perseguirá meus sonhos para sempre. Eu vi o céu infestado de estranhas coisas voadoras e, abaixo deles, uma diabólica cidade escura de gigantescos terraços de pedra com pirâmides profanas apontando desvairadas para a Lua, e luzes infernais ardendo em incontáveis janelas. E enxameando asquerosamente as passagens elevadas, eu vi a gente de olhos amarelos esquivos daquela cidade, com trajes horrorosos laranja e vermelho dançando ensandecidas ao ritmo de timbales febris, o chocalhar de cascavéis obscenas e os gemidos maníacos de buzinas abafadas cujas incessantes endechas cresciam e baixavam como as ondas de um iníquo oceano de asfalto.

Tive essa visão, como dizia, e escutei, como que com o ouvido da mente, o pandemônio de cacofonia blasfemo que a acompanhava.

Era a realização em uivos de todo o horror que aquela cidade cadavérica sempre provocara em minha alma, e esquecendo toda a recomendação de silêncio, eu gritei, e gritei, e gritei enquanto meus nervos cediam e as paredes trepidavam ao redor.

Então, enquanto durava o relâmpago, eu vi que meu anfitrião estava tremendo também, com um ar de terrível pavor meio que borrando de seu rosto as traiçoeiras contorções de raiva que meus gritos haviam provocado. Ele cambaleou, agarrou a cortina como eu fizera antes, e sacudiu a cabeça violentamente como um animal caçado. Deus sabe que ele tinha motivo, pois quando os ecos de meus gritos se desvaneceram, surgiu um outro som tão diabolicamente sugestivo que só o torpor da emoção me manteve são e consciente. Era o rangido persistente, furtivo, da escada atrás da porta trancada, como o de uma horda descalça ou calçada de pele subindo; e, por fim, a manipulação cautelosa, deliberada, da maçaneta de latão que brilhava à pálida luz das velas. O velho me agarrou e cuspiu em mim pelo ar bolorento, vociferando coisas guturais enquanto balançava junto com a cortina amarela que estava segurando.

"A Lua cheia — seu maldito — seu... seu cão uivador — vós os chamastes, e eles vieram atrás de mim! Calçados de mocassins — homens mortos — que Deus vos destrua, seus diabos vermelhos, mas eu não envenenei nenhum rum vosso — não salvei vossa magia pestilenta? — vós vos encharcastes sozinhos de vossa doença, malditos sejais, e ainda precisais culpar o cavalheiro — deixai vir, vós! Soltai esse ferrolho — não tenho nada para vós aqui —"

Nesse ponto, três batidas lentas e muito firmes abalaram os painéis da porta, e uma espuma branca se formou na boca do mago alucinado. Seu pavor, transformando-se num desespero incontrolável, deu espaço para ressurgir sua ira contra mim, e ele deu um passo cambaleante na direção da mesa em cuja beirada eu me apoiava. A cortina, segurava ainda com sua mão direita enquanto a esquerda tentava me agarrar, foi se retesando até desabar de suas altas argolas, inundando o recinto daquele clarão de Lua cheia que o brilho do céu anunciava. Sob aquela luz esverdeada, o brilho das velas empalideceu, e de novo o ar de ruína se espalhou pelo quarto bafiento com seus painéis de parede carunchados, assoalho arqueado, cornija gasta, móveis bambos e cortinas esfarrapadas. Ela se espalhou também sobre o velho, fosse da mesma fonte, fosse por seu medo e sua veemência, e eu o vi murchar e escurecer enquanto se aproximava cambaleando, esforçando-se para me segurar com suas garras vulturinas. Somente os seus olhos permaneciam inteiros, e eles me fitavam com uma intensidade aumentada, irradiante, enquanto o rosto em volta deles se crestava e encolhia.

As batidas eram repetidas agora com maior insistência, e dessa vez traziam uma sugestão de metal. A figura negra diante de mim havia se transformado numa simples cabeça com olhos tentando inutilmente se arrastar pelo piso arriado na minha direção, lançando cuspidos fracos ocasionais de imortal perversidade. A essa altura, golpes rápidos e estilhaçantes atacavam os frágeis painéis e eu vi o brilho de uma machadinha de guerra quando ela penetrou na madeira rachada. Eu não me mexi, porque não conseguia, e fiquei olhando, estarrecido, quando a porta se despedaçou deixando entrar um fluxo informe e colossal de substância escura estrelada por olhos brilhantes e malévolos. Ela escoou espessa como um jorro de petróleo arrancando um telheiro apodrecido, derrubou uma cadeira ao se espalhar, escorrendo, por baixo da mesa e cruzando o quarto até a cabeça enegrecida com os olhos que ainda me fitavam intensamente. Ela se fechou em volta daquela cabeça, engolindo-a totalmente, e, no instante seguinte, começou a recuar levando sua carga invisível sem me tocar, escoando de novo por aquela passagem escura e pelas escadas invisíveis que rangeram como antes, embora na ordem inversa.

Então o piso cedeu, por fim, e eu escorreguei, ofegando, para o quarto escuro abaixo, sufocando com as teias de aranha e meio desfalecido de terror. A Lua verde brilhando pelas janelas quebradas indicou-me a porta entreaberta do corredor e, enquanto me erguia do assoalho coberto de detritos e me contorcia para me livrar do teto desabado, vi escoar por ele uma pavorosa torrente de negrura com uma multidão de olhos maléficos brilhando. Ela buscava a porta do porão e, quando a encontrou, desapareceu por ali. Nesse instante, senti o piso desse quarto inferior ceder como o de cima, e um estrondo no alto fora seguido pela passagem em queda, pela janela a oeste, de alguma coisa que deve ter sido a cúpula. Livrando-me naquele momento dos destroços, disparei pelo corredor para a porta da frente e, não conseguindo abri-la, peguei uma cadeira e quebrei uma janela, pulando-a freneticamente para a grama malcuidada onde a luz do luar dançava sobre matos e ervas com quase um metro de altura. O muro era alto e todos os portões estavam trancados, mas deslocando uma pilha de caixas para um canto, consegui ganhar seu topo e me agarrar na grande urna de pedra que ali havia.

Exausto como estava, só consegui ver ao meu redor muros e janelas estranhos e velhos telhados de duas águas. A rua íngreme pela qual cheguei não estava visível em parte alguma, e o pouco que eu tinha visto sucumbiu rapidamente na névoa que fluía do rio a despeito do resplendor do luar. De repente, a urna em que eu me agarrava começou a tremer como se compartilhasse meu aturdimento letal e, um instante depois, meu corpo despencava para um destino incerto.

A pessoa que me encontrou disse que eu devia ter me arrastado por um bom pedaço apesar de meus ossos fraturados, pois havia uma trilha de sangue se estendendo até onde ele ousara olhar. A chuva que aumentara logo apagou esse elo com o cenário de minha provação, e os relatos só puderam afirmar que eu surgira de um lugar desconhecido à entrada de um pequeno pátio escuro perto da Perry Street.

Jamais tentei retornar àqueles labirintos tenebrosos, nem enviaria alguém são para lá se pudesse. Não tenho ideia de quem ou o quê era aquela criatura ancestral, mas repito que a cidade está morta e cheia de horrores insuspeitos. Para onde ela foi, não sei, mas eu fui para casa, para as alamedas puras da Nova Inglaterra varridas pelas aragens perfumadas do mar ao entardecer.

(1925)

O ministro maligno

Fui introduzido no quarto do sótão por um homem grave, de aparência inteligente, usando roupas discretas e uma barba cinza--ferro que assim me falou:

"Sim, *ele* morou aqui — mas eu o aconselho a não fazer nada. Sua curiosidade o torna irresponsável. *Nós* nunca subimos aqui à noite, e é só por causa de *seu* testamento que o mantemos dessa maneira. Você sabe o que *ele* fez. Aquela sociedade abominável acabou se encarregando, e não sabemos onde *ele* está enterrado. Não houve maneira da lei ou de alguma outra coisa atingir a sociedade.

"Espero que não fique até depois de escurecer. E peço-lhe para deixar essa coisa em cima da mesa — a coisa que parece uma caixa de fósforos — em paz. Não sabemos o que é, mas suspeitamos que tenha algo a ver com o que *ele* fez. Nós até evitamos olhar muito para ela."

Alguns instantes depois, o homem me deixou sozinho no quarto do sótão. Ele estava muito sujo, empoeirado e só precariamente mobiliado, mas seu asseio revelava que não era o alojamento de um favelado. Havia estantes repletas de livros teológicos e clássicos, e uma outra contendo tratados de magia — Paracelso, Alberto Magno, Tritêmio, Hermes Trismegisto, Borello e outros em alfabetos estranhos cujos títulos eu não consegui decifrar. O mobiliário era muito simples. Havia uma porta, mas ela escondia apenas um armário. A única saída era a abertura no assoalho por onde chegava a escada íngreme de madeira bruta. As janelas eram do tipo de claraboia e as vigas de carvalho escuro revelavam uma incrível antiguidade. Nitidamente, essa casa era do Velho Mundo. Eu parecia saber onde estava, mas não consigo lembrar-me do que sabia então. A cidade com certeza *não* era Londres. Minha impressão é de um pequeno porto marítimo.

O pequeno objeto sobre a mesa me fascinou intensamente. Eu parecia saber o que fazer com ele, pois tirei uma lanterna elétrica portátil — ou algo assim — do bolso, e nervosamente testei seu flash. A luz não era branca, mas violeta, e parecia menos uma luz verdadeira do que algum bombardeio radioativo. Lembro-me de que não a considerava uma lanterna comum — na verdade, eu *trazia* uma lanterna comum em outro bolso.

Estava escurecendo e os velhos telhados e canos de chaminés lá fora pareciam muito bizarros pelas vidraças das claraboias. Finalmente eu juntei coragem e apoiei o pequeno objeto num livro sobre a mesa — e então dirigi os raios da luz violeta peculiar para ele. A luz lembrava mais uma chuva de granizo ou de pequenas partículas violetas do que um jato contínuo. À medida que as partículas atingiam a superfície vítrea no centro do estranho dispositivo, elas pareciam produzir uma crepitação, como os estrépitos de uma válvula atravessada por faíscas. A superfície vítrea escura apresentava um brilho rosado, e uma vaga figura branca parecia tomar forma em seu centro. Foi então que eu notei que não estava sozinho no quarto — e guardei o projetor de raios no bolso.

Mas o recém-chegado não falava — e eu não ouvi um som que fosse nos momentos imediatamente seguintes. Tudo parecia uma pantomima irreal vista a uma enorme distância através de uma névoa interposta — embora, por outro lado, o recém-chegado e todos os que vieram em seguida assomassem grandes e próximos, como se estivessem ao mesmo tempo perto e longe, segundo alguma geometria extraordinária.

O recém-chegado era um homem magro, moreno, de estatura mediana, usando os paramentos da igreja anglicana. Aparentava trinta anos, tinha uma tez pálida, cor de oliva, e feições muito boas, mas a fronte anormalmente alta. Seu cabelo preto estava bem aparado e cuidadosamente escovado, e ele estava barbeado embora exibisse o queixo azulado pelo crescimento da barba cerrada. Usava óculos sem aros com hastes de aço. Sua aparência, notadamente as feições faciais inferiores, parecia com as de outros ministros que eu já vira, mas ele tinha uma fronte muito mais alta e era mais escuro, e aparentava ser mais inteligente — além de mais sutil e disfarçadamente *maligno*. Naquele instante — quando acabara de acender a fraca lâmpada de óleo — ele parecia nervoso, e antes que me desse conta, estava atirando todos seus livros de magia na lareira ao lado da janela do quarto (onde a parede se inclinava abruptamente) que eu não havia notado anteriormente. As chamas devoraram os volumes gulosamente — saltando para o alto em cores estranhas e emitindo odores de uma repugnância inexprimível enquanto as folhas com os estranhos hieróglifos e as encadernações bichadas sucumbiam ao elemento devastador. De repente, notei que havia outros no quarto — homens de aparência grave em trajes clericais, um deles usando as faixas e calções de um bispo. Embora eu não pudesse ouvir nada, podia ver que eles estavam tomando uma decisão de enorme importância sobre aquele que chegara primeiro. Pareciam odiá-lo e temê-lo ao mesmo tempo, e ele parecia retribuir esses sentimentos. Seu rosto tomou uma expressão sombria, mas pude ver sua mão direita tremendo quando ele tentava agarrar o encosto de uma cadeira. O bispo apontou para a caixa vazia e para a lareira (onde as chamas haviam arrefecido em meio a uma massa carbonizada e informe) e pareceu estranhamente relutante. O que chegara primeiro fez então uma careta de desgosto e estendeu a mão esquerda para o pequeno objeto sobre a mesa. Todos pareceram então apavorados. Os clérigos começaram a encher os degraus da escada passando pelo alçapão no piso em procissão, virando e fazendo gestos ameaçadores enquanto saíam. O bispo foi o último a sair.

O que chegara primeiro foi, então, até um armário na parte interna do quarto e tirou dali um rolo de corda. Subindo numa cadeira, ele prendeu uma ponta da corda num gancho que havia na grande viga central aparente de carvalho preto e começou a fazer um nó corrediço na outra ponta. Percebendo que ele estava na iminência de se enforcar, eu me adiantei para dissuadi-lo ou salvá-lo. Ele me viu e interrompeu os preparativos, olhando para mim com uma espécie de *triunfo* que me intrigou e perturbou. Ele desceu com calma da cadeira e começou a avançar furtivamente para mim com um sorriso vulpino nos lábios finos de seu rosto moreno.

Senti uma espécie de perigo mortal e saquei o curioso projetor de raios como uma arma de defesa. Por que pensei que me ajudaria, eu não sei. Apontei-o para ele — em cheio, no seu rosto, e vi o semblante pálido brilhar, no início com uma luz violeta, e depois, rosada. O ar de exultação vulpina começava a ser escorraçado por uma aparência de medo profundo — que, porém, não eliminava por completo a exultação. Ele parou onde estava — e aí, agitando os braços violentamente no ar, começou a cambalear para trás. Notei que estava se dirigindo para o poço da escada no chão, e tentei gritar um aviso, mas ele não me ouviu. Um instante depois, se esgueirava para trás, pela abertura, e desaparecia.

Tive dificuldade para me deslocar até o poço da escada, mas quando ali cheguei não encontrei nenhum corpo estatelado no piso inferior. Notei, em lugar disso, um tropel de pessoas chegando com lanternas, pois o encanto do silêncio fantasmagórico se quebrara e de novo eu ouvi sons e vi figuras com a tridimensionalidade normal. Alguma coisa certamente havia atraído a multidão para o local. Teria sido algum barulho que eu não ouvira?

Naquele momento, as duas pessoas (na aparência, simples aldeões) que vinham mais à frente, me viram — e estacaram paralisadas. Uma delas soltou um grito agudo e reverberante:

"Ahrrh!... É ele, sinhô? De novo?"

Então todos se viraram e fugiram em desabalada carreira. Todos, isto é, menos um. Depois que a multidão partiu, eu vi o homem grave e barbado que me trouxera até aquele lugar — parado, sozinho, com uma lanterna. Ele olhava para mim boquiaberto e fascinado, mas não parecia com medo. Aí ele começou a subir a escada e se reuniu a mim no sótão. Ele falou:

"Então você *não* o deixou em paz! Lamento. Sei o que aconteceu. Já aconteceu antes, mas o homem ficou apavorado e se matou. Não devia ter feito *ele* voltar. Você sabe o que *ele* quer. Mas não precisa ficar apavorado como o outro homem que ele pegou. Uma coisa muito estranha e terrível aconteceu com você, mas ela não chegou a ponto de lesar sua mente e sua personalidade. Se ficar calmo e aceitar a necessidade de fazer alguns ajustes radicais em sua vida, poderá continuar desfrutando o mundo e os frutos de sua erudição. Mas não pode viver aqui — e não creio que gostará de voltar a Londres. Eu lhe recomendo a América.

"Não deve tentar mais nada com essa... coisa. Nada pode ser refeito agora. Só pioraria tudo fazer — ou convocar — alguma coisa. Você não está tão mau quanto poderia estar — mas deve sair logo daqui e ficar longe. Devia dar graças a Deus por isso não ter ido mais longe...

"Vou prepará-lo o mais sucintamente possível. Aconteceu uma certa mudança — na sua aparência pessoal. *Ele* sempre provoca isso. Mas num outro país você poderá se acostumar com isso. Tem um espelho na outra ponta do quarto e vou levá-lo até lá. Você ficará chocado — mas não verá nada repulsivo."

Eu estava então sacudido por um medo mortal, que o homem barbado quase precisou me amparar enquanto me conduzia pelo quarto até o espelho, a lâmpada fraca (isto é, aquela que estava previamente na mesa, e não a lanterna mais fraca que eu trouxera) na sua mão livre. Isso foi o que eu vi no espelho: um homem magro, moreno, de estatura mediana, usando os paramentos da igreja anglicana, aparentando trinta anos e usando um óculos sem aro com hastes de aço brilhando por baixo de uma fronte pálida cor de oliva de uma altura anormal.

Era o primeiro a chegar silencioso que havia queimado seus livros.

Pelo resto de minha vida, na aparência, eu haveria de ser aquele homem!

(1933)

os ratos nas paredes

Em 16 de julho de 1923, eu me mudei para Exham Priory assim que o último operário encerrou seu trabalho. A restauração fora uma tarefa fabulosa, pois pouco havia restado do grande edifício deserto além de uma casca em ruínas. No entanto, como ele fora a morada de meus antepassados, não poupei despesas. O lugar não era habitado desde o reinado de James I, quando uma tragédia de natureza odiosa, embora, em grande parte, inexplicável, atingira o dono, cinco de seus filhos e vários criados, e expulsara, sob uma nuvem de suspeita e terror, o terceiro filho, meu progenitor linear e único sobrevivente da abominada linhagem. Com esse único herdeiro denunciado como assassino, a herança foi revertida para a Coroa e o acusado não fez nenhuma tentativa para se livrar da culpa ou recuperar a propriedade. Abalado por algum temor maior que o da consciência ou da lei, e expressando apenas um desejo frenético de varrer a velha construção de sua vista e memória, Walter de la Poer, décimo primeiro Barão de Exham, fugiu para a Virgínia e ali fundou a família que, no século seguinte, veio a ser conhecida por Delapore.

Exham Priory permaneceu desocupado, embora mais tarde fosse outorgada aos bens da família Norrys e muito estudada pela peculiaridade de sua composição arquitetônica; uma arquitetura envolvendo torres góticas erguidas sobre uma subestrutura saxônica, ou românica, cujos alicerces, por sua vez, eram de uma ordem ou mistura de ordens ainda anterior — romana e até mesmo druídica, ou galesa nativa, se as lendas dizem a verdade. Esses alicerces eram uma coisa muito singular, fundindo-se num lado com o calcário sólido do penhasco de cuja borda o mosteiro dominava um vale desolado quase cinco quilômetros a oeste da vila de Anchester. Arquitetos e antiquários adoravam examinar essa estranha relíquia de séculos passados, mas os moradores da região a odiavam. Eles a haviam odiado centenas de anos antes, quando meus ancestrais ali viviam, e a odiavam agora, com o limo e o bolor do abandono que ela exibia. Ainda não se passara um dia de minha estada em Anchester quando soube que viera de uma linhagem maldita. E nessa semana os operários explodiram Exham Priory e estão ocupados apagando os traços de suas fundações.

As estatísticas cruas de minha ascendência, eu sempre conhecera, assim como o fato de que meu primeiro antepassado americano viera para as colônias sob nuvens de suspeitas singulares. Dos detalhes, porém, eu fora mantido em total ignorância pela política de reserva sempre mantida pelos Delapore. Diferentemente de nossos vizinhos plantadores, nós raramente fazíamos alarde de ancestrais que foram cruzados ou de outros heróis medievais e renascentistas; nenhum tipo de tradição era transmitido também, exceto o que fora registrado no envelope selado que o próprio fidalgo havia deixado antes da Guerra Civil para o seu primogênito, para ser aberto depois de sua morte. As glórias que cultivávamos eram as alcançadas desde a migração; as glórias de uma estirpe orgulhosa e honrada da Virgínia, ainda que um pouco reservada e antissocial.

Durante a guerra, nossa fortuna foi extinta e toda nossa existência foi alterada pelo incêndio de Carfax, nossa casa às margens do James. Meu avô, avançado em anos, perecera naquele atentado incendiário e com ele o envelope que nos ligava ao passado. Ainda posso me lembrar daquele incêndio como eu o vi, aos sete anos de idade, com os soldados federais vociferando, as mulheres gritando e os negros gemendo e rezando. Meu pai estava no Exército, defendendo Richmond, e depois de muitas formalidades, minha mãe e eu cruzamos as linhas para nos juntarmos a ele. Quando a guerra terminou, nós mudamos para o norte, de onde minha mãe viera; e eu progredi para a idade adulta, a meia-idade e a riqueza, enfim, como um impassível ianque. Nem meu pai, nem eu jamais soubemos o que nosso envelope hereditário contivera, e quando mergulhei na monotonia da vida comercial de Massachusetts, perdi todo interesse pelos mistérios que evidentemente se ocultavam no passado remoto de minha árvore familiar. Se tivesse suspeitado de sua natureza, com que alegria não teria deixado Exham Priory para seus limos, morcegos e teias de aranha!

Meu pai morreu em 1904, mas sem deixar qualquer mensagem para mim, ou para meu único filho, Alfred, um garoto de dez anos órfão de mãe. Foi esse garoto quem inverteu a ordem das informações familiares, pois embora eu só lhe houvesse transmitido conjecturas jocosas sobre o passado, ele me escreveu sobre algumas lendas ancestrais muito interessantes quando a última guerra o levou à Inglaterra, em 1917, como oficial de aviação. Aparentemente os Delapore haviam tido uma história pitoresca e, talvez, sinistra, pois um amigo de meu filho, o capitão Edward Norrys do Royal Flying Corps vivia perto da herdade da família em Anchester e relacionou algumas superstições campesinas que poucos romancistas poderiam igualar em insensatez e incredibilidade. O próprio Norrys, claro, não as levava tão a sério, mas elas divertiram meu filho e constituíram um bom material para suas cartas a mim. Foram essas lendas que dirigiram minha atenção em definitivo à minha herança transatlântica e me fizeram resolver adquirir e restaurar a casa da família que Norrys mostrara a Alfred em seu pitoresco abandono, e se oferecera para comprar para ele por um preço surpreendentemente razoável, pois seu próprio tio era o dono atual.

Comprei Exham Priory em 1918, mas fui quase imediatamente desviado de meus planos de restauração devido à volta de meu filho mutilado e inválido. Nos dois anos que ele viveu, só me preocupei em cuidar dele, chegando mesmo a deixar meus negócios aos cuidados de sócios. Em 1921, sentia-me desanimado e perdido, um fabricante aposentado não mais jovem, e resolvi ocupar os anos que me restavam com minha nova propriedade. Visitando Anchester em dezembro, fui acolhido pelo Capitão Norrys, um jovem roliço e amável que havia pensado muito em meu filho e foi muito solícito na coleta de plantas e anedotas para orientar a restauração. Exham Priory em si, eu vi sem emoção, uma mixórdia de ruínas medievais cambaleantes cobertas de liquens e minadas por ninhos de gralhas, pendendo perigosamente sobre um precipício, e sem pisos e outras feições internas além das paredes de pedra das torres separadas.

Enquanto ia recuperando por etapas a imagem do edifício tal como ele havia sido quando meus ancestrais o deixaram, três séculos antes, comecei a contratar operários para a reconstrução. Em todos os casos, fui obrigado a me afastar das imediações, pois os aldeões de Anchester tinham um medo e um ódio quase inacreditáveis pelo lugar. O sentimento era tão forte que às vezes passava para os operários vindos de outro lugar, causando inúmeras deserções, e parecia abarcar tanto o mosteiro como sua antiga família.

Meu filho havia me contado que fora um tanto evitado durante suas visitas porque era um De la Poer e agora eu próprio me vi envolvido num sutil ostracismo pela mesma razão, até convencer os camponeses do pouco que sabia de meus antepassados. Mesmo assim, eles não gostavam de mim e tive de coligir boa parte das tradições da vila por intermédio de Norrys. O que as pessoas não podiam perdoar, talvez, era que eu viera restaurar um símbolo que lhes era tão abominável, pois, racionalmente ou não, eles viam Exham Priory como nada menos que um abrigo de demônios e lobisomens.

Juntando as histórias que Norrys colheu para mim e suplementando-as com os relatos de vários estudiosos que haviam pesquisado as ruínas, deduzi que Exham Priory se erguia no local de um templo pré-histórico; uma coisa druídica ou pré-druídica que deve ter sido contemporânea de Stonehenge. Que ritos indescritíveis foram celebrados ali, poucos duvidavam, e corriam histórias desagradáveis da transferência desses ritos para a adoração de Cibele que os romanos haviam introduzido. Inscrições ainda visíveis no porão inferior exibiam letras inconfundíveis como "DIV... OPS... MAGNA. MAT...", signo da Magna Mater cujo culto secreto fora um dia inutilmente vedado a cidadãos romanos. Anchester fora o acampamento da Terceira Legião de Augusto, como muitas ruínas atestam, e dizia-se que o templo de Cibele era esplêndido e ficava apinhado de fiéis que realizavam cerimônias inomináveis sob as ordens de um sacerdote frígio. Histórias acrescentavam que o declínio da velha religião não pôs fim às orgias no templo, e que os sacerdotes viveram na nova fé sem uma efetiva mudança. Dizia-se também que os ritos não desapareceram com o poder romano, e que alguns saxões aumentaram o que restara do templo e lhe deram o contorno essencial que ele subsequentemente preservou, fazendo dele o centro de um culto temido por metade da heptarquia. Por volta de 1000 d.C., o lugar é mencionado numa crônica como sendo um sólido mosteiro de pedra abrigando uma ordem monástica estranha e poderosa, e cercado de extensos jardins que não precisava de muralhas para afastar uma população amedrontada. Ele nunca foi destruído pelos dinamarqueses, embora depois da Conquista Normanda deva ter sofrido uma grande decadência, pois não houve obstáculo quando Henrique III outorgou o lugar a meu ancestral, Gilbert de la Poer, Primeiro Barão de Exham, em 1261.

De minha família antes dessa data, não há nenhum registro maligno, mas algo estranho deve ter acontecido depois. Numa crônica, há uma referência a um De la Poer como "amaldiçoado por Deus" em 1307, enquanto as lendas do vilarejo não mostram menos que um pavor funesto e alucinado ao falar do castelo que se ergueu sobre os alicerces do velho templo e mosteiro. As histórias contadas ao pé do fogo traziam descrições horríveis, ainda mais horripilantes por sua apavorada reticência e nebulosa ambiguidade. Elas representavam meus antepassados como uma estirpe de demônios hereditários ao lado dos quais Gilles de Retz e o Marquês de Sade[1] pareceriam os mais rematados principiantes, e insinuavam aos sussurros sua responsabilidade pelos desaparecimentos ocasionais de aldeões por diversas gerações.

Os piores personagens, aparentemente, eram os barões e seus descendentes diretos; pelo menos, a maior parte comentava sobre esses. Se tivesse inclinações mais saudáveis, diziam, o herdeiro morreria de maneira misteriosa e antes da hora para dar lugar a um rebento mais típico. Parecia haver um culto interno na família, presidido pelo chefe da casa, e às vezes fechado, exceto para alguns membros. Temperamento, mais do que ascendência, era evidentemente a base desse culto, pois ele era frequentado por muitos que entraram na família por meio do casamento. Lady Margaret Trevor, de Cornwall, esposa de Godfrey, o segundo filho do quinto barão, tornou-se uma maldita preferida de crianças de toda a zona rural e a heroína demoníaca de uma velha balada horrorosa que ainda existia perto da fronteira galesa. Também preservada em baladas, embora sem ilustrar o mesmo ponto, está a história repugnante de Lady Mary de la Poer que, pouco depois de seu casamento com o Conde de Shrewsfield, foi assassinada por este e sua mãe, e ambos foram absolvidos e abençoados pelo padre a quem confessaram o que não ousaram repetir para o mundo.

[1] Gilles de Rais ou Gilles de Retz (1405?-1440) foi um nobre francês, que lutou em diversas batalhas ao lado de Joana D'Arc; foi acusado e condenado pelo assassinato e estupro de diversas crianças, sendo considerado um precursor do *serial killer* moderno. Marquês de Sade (1740-1814), aristocrata francês e escritor libertino, presos diversas vezes, inclusive por Napoleão Bonaparte, escreveu algumas de suas obras na prisão da Bastilha; seu livro mais conhecido é *120 dias de Sodoma* (a Editora Iluminuras publicou no Brasil boa parte de sua obra). (N.T.)

Esses mitos e baladas, típicos como eram de pura superstição, me repugnavam sobremaneira. Sua persistência, e sua aplicação a uma linhagem tão extensa de meus ancestrais me eram especialmente incômodas, ainda que as imputações de hábitos monstruosos se provaram uma reminiscência desagradável do único escândalo conhecido de meus antepassados imediatos — o caso de meu primo Randolph Delapore, de Carfax, que fora viver entre os negros e se tornara um sacerdote vodu depois de retornar da Guerra Mexicana.

Fiquei muito menos perturbado pelas histórias mais vagas de ganidos e uivos no vale estéril e ventoso abaixo do penhasco de calcário; da catinga do cemitério depois das chuvas primaveris; da coisa branca se estrebuchando e guinchando que o cavalo de Sir John Clave pisoteara, certa noite, num ermo; e do criado que enlouquecera com o que vira no mosteiro em plena luz do dia. Essas coisas eram fantasmagorias banais e eu era, naquela época, um cético contumaz. Os relatos sobre camponeses desaparecidos mereciam mais consideração, embora não fossem especialmente significativos em vista dos costumes medievais. Bisbilhotice significava morte, e mais de uma cabeça decapitada foi exibida publicamente nos bastiões — agora desaparecidos — em torno de Exham Priory.

Algumas histórias eram extremamente pitorescas e me fizeram desejar ter aprendido mais sobre mitologia comparativa na juventude. Havia, por exemplo, a crença de que uma legião de diabos com asas de morcego realizava sabás de bruxas, todas as noites, no mosteiro — uma legião cuja subsistência poderia explicar a abundância desproporcional de verduras cruas cultivadas nas hortas imensas. E, a mais vívida de todas, havia o épico dramático dos ratos — o exército desembestado de predadores obscenos que saíra correndo do castelo três meses depois da tragédia que o condenara ao abandono — o exército esquálido, imundo, voraz que varrera tudo à sua frente e devorara aves, gatos, cães, porcos, ovelhas e até dois infelizes humanos antes que sua fúria se aplacasse. Em torno daquele inolvidável exército de roedores gira todo um ciclo separado de mitos, pois ele se espalhou pelas casas do vilarejo levando maldições e horrores em seu curso.

Foram essas as informações que se me apresentaram enquanto me esforçava para completar, com a velha contumácia, a obra de restaurar o lar de meus ancestrais. Não se deve imaginar por um momento sequer que essas histórias constituíram meu ambiente psicológico dominante. Por outro lado, eu era continuamente elogiado e instigado pelo Capitão Norrys e os antiquários que me cercavam e auxiliavam. Quando a tarefa terminou, quase dois anos depois de iniciada, examinei os grandes salões, as paredes revestidas de lambris, os tetos abobadados, as janelas com pilaretes e as amplas escadarias com um orgulho que compensou com sobra as fabulosas despesas da restauração.

Cada atributo medieval estava habilmente reproduzido e as partes novas combinavam à perfeição com as paredes e fundações originais. A casa de meus pais estava completa, e eu esperava redimir, enfim, a fama local da linhagem que terminava em mim. Eu poderia residir ali para sempre, e provar que um De la Poer (pois havia adotado de novo a pronúncia original do nome) não precisava ser um demônio. Meu conforto era maior, talvez, porque, embora Exham Priory fosse adequado para o período medieval, seu interior fora totalmente renovado e estava livre de antigas pragas e antigos fantasmas.

Como já mencionei, mudei-me para lá em 16 de julho de 1923. Meu lar consistia de sete empregados e nove gatos, estes de uma espécie pela qual tenho especial apreço. Meu gato mais velho, "Nigger-Man", tinha sete anos e me acompanhara desde minha casa em Bolton, Massachusetts; os outros, eu havia acumulado enquanto morava com a família do Capitão Norrys durante a restauração do mosteiro. Durante cinco dias nossa rotina transcorreu na mais absoluta placidez, e eu passava a maior parte do tempo codificando velhos dados familiares. Havia obtido, então, registros apenas circunstanciais da tragédia final e da fuga de Walter de la Poer, que eu imaginava que seriam o conteúdo provável do documento hereditário perdido no incêndio em Carfax. Parecia que meu antepassado fora acusado com toda razão de ter matado todos os outros membros de sua residência, menos quatro servos confederados, enquanto dormiam, cerca de duas semanas depois de uma descoberta estarrecedora que mudou todo seu comportamento, mas que, implicitamente, ele não revelou a ninguém com exceção, talvez, dos criados que o ajudaram e depois fugiram para longe.

Esse massacre deliberado, que incluiu um pai, três irmãos e duas irmãs foi amplamente tolerado pelos aldeões e tratado com tanta displicência pela lei que seu autor escapou honrado, ileso e sem disfarce para a Virgínia; o sentimento geral murmurado era que ele havia expurgado a região de uma maldição imemorial. Que descoberta o levara a agir de maneira tão brutal, eu não conseguia sequer conjeturar. Walter de la Poer devia conhecer havia anos as histórias sinistras sobre sua família, de modo que esse material não poderia ter lhe dado alguma motivação nova. Teria ele testemunhado algum rito antigo estarrecedor, ou topado com algum símbolo revelador e apavorante no mosteiro ou nas suas vizinhanças? Na Inglaterra, ele era um reputado jovem tímido e cordial. Na Virgínia, parecera antes duro ou amargo que perturbado e apreensivo. Era mencionado no diário de outro fidalgo aventureiro, Francis Harley de Bellview, como um homem de honra, justiça, e cortesia exemplares.

Em 22 de julho, ocorreu o primeiro incidente que, embora levianamente ignorado na época, adquire um significado preternatural tendo em vista os acontecimentos subsequentes. Foi simples a ponto de ser quase descurado, e poderia não ter sido notado nas circunstâncias, pois não custa lembrar que, estando eu num edifício praticamente fresco e novo, exceto pelas paredes, e rodeado por um grupo bem equilibrado de serviçais, a apreensão teria sido absurda a despeito do local. O que eu recordei mais tarde foi apenas isto: que meu velho gato preto, cujos modos eu conhecia muito bem, atingiu nitidamente um nível de atenção e nervosismo absolutamente incompatível com a sua índole natural. Ele vagueava de quarto em quarto, incansável e perturbado, e farejava sem parar as paredes que formavam a estrutura gótica. Percebo como isso soa banal — como o inevitável cão nas histórias de fantasmas que sempre rosna antes que seu dono veja a figura coberta por um lençol —, mas não posso suprimi-lo aqui.

No dia seguinte, um criado se queixou da intranquilidade de todos os gatos da casa. Ele me procurou no estúdio, uma sala imponente no lado oeste do segundo andar, com abóbada de arestas, painéis de carvalho escuro e uma janela gótica tripla dando para o penhasco de calcário e o vale desolado; e ainda enquanto ele falava, avistei o vulto azeviche de Nigger-Man se arrastando ao longo da parede oeste e arranhando os painéis novos que revestiam a pedra antiga. Eu disse ao criado que devia haver algum odor ou exalação singular da velha estrutura de pedra, imperceptível aos sentidos humanos, mas que estava afetando os órgãos sensíveis de gatos mesmo através do novo revestimento de madeira. Eu acreditei mesmo naquilo, e quando o sujeito sugeriu a presença de camundongos ou ratos, comentei que não houvera ratos por ali durante trezentos anos, e que mesmo o camundongo de campo da região vizinha dificilmente poderia ser encontrado naquelas paredes altas em que nunca se soubera de sua presença. Naquela tarde, visitei o Capitão Norrys e ele me assegurou que seria incrível que camundongos silvestres infestassem o mosteiro de um modo tão repentino e sem precedente.

Naquela noite, dispensando como sempre um valete, eu me recolhi na câmara da torre oeste que escolhera para mim, alcançada do estúdio por uma escada de pedra e um corredor curto — a primeira da parte antiga, e última completamente restaurada. Este quarto era circular, muito alto e sem lambris, sendo revestido de arrás que eu próprio escolhera em Londres. Vendo que Nigger-Man estava comigo, fechei a pesada porta gótica e me retirei à luz das lâmpadas elétricas que tão habilmente imitavam velas, apagando por fim a luz e afundando na cama de baldaquino, entalhada, com o venerável gato em seu lugar habitual sobre os meus pés. Não corri as cortinas, mas olhei para fora pela janela estreita à minha frente. Havia um indício de aurora no céu e a silhueta dos delicados arabescos da janela se destacam com muita graça.

Em algum momento, eu devo ter adormecido, pois me lembro de uma sensação distinta de abandonar sonhos estranhos quando o gato teve um sobressalto violento. Eu o vi ao tênue brilho da aurora, a cabeça esticada para frente, as patas dianteiras sobre os meus calcanhares e as traseiras estendidas para trás. Ele estava fitando intensamente um ponto na parede um pouco a oeste da janela, um ponto que para os meus olhos não tinha nada que o distinguisse, mas para o qual toda minha atenção estava voltada naquele momento. Enquanto observava, percebi que Nigger-Man não se excitara à toa. Se o arrás realmente se mexeu, eu não posso dizer. Creio que sim, muito de leve. Mas o que posso jurar é que ouvi, vindo de trás dele, um ruído baixo e distinto de uma correria parecendo de ratos ou camundongos. Num átimo, o gato saltou sobre a tapeçaria protetora puxando a seção afetada para o chão com seu peso e expondo uma parede de pedra antiga e úmida, remendada aqui e ali pelos restauradores e sem nenhum traço de rondantes roedores. Nigger-Man corria pelo chão de um lado para outro perto dessa parte da parede, metendo as garras na tapeçaria caída e tentando, aparentemente, introduzir por vezes uma pata entre a parede e o piso de carvalho. Não encontrando nada, passado algum tempo ele retornou, cansado, ao seu lugar sobre os meus pés. Eu não havia me mexido, mas não consegui dormir mais naquela noite.

Pela manhã, inquiri todos os criados e descobri que nenhum deles havia notado alguma coisa incomum, exceto a cozinheira que lembrou as ações de um gato que havia repousado no peitoril de sua janela. Esse gato havia miado em alguma hora indeterminada da noite, despertando a cozinheira em tempo de ela o ver sair em disparada pela porta aberta e descer a escada. Eu cochilei até o meio do dia e à tarde tornei a visitar o Capitão Norrys, que se mostrou interessadíssimo no que lhe contei. Os estranhos incidentes — tão insignificantes, mas tão singulares — apelaram para seu senso do pitoresco e ele evocou algumas recordações das histórias de fantasmas locais. Ficamos realmente perplexos com a presença de ratos, e Norrys me emprestou algumas ratoeiras e um pouco de verde-paris que mandei os criados colocarem em pontos estratégicos quando retornei.

Recolhi-me cedo, sonolento como estava, mas fui assediado por sonhos horripilantes. Eu parecia estar olhando de uma altura imensa para uma gruta penumbrosa, repleta de imundícies, onde um porqueiro demoníaco de barba branca tocava com seu cajado uma horda de bestas flácidas esponjosas cuja aparência me provocou um asco indescritível. Então, enquanto o porqueiro havia parado e cochilava em seu trabalho, um enorme enxame de ratos choveu sobre o abismo fétido e saiu devorando igualmente os animais e o homem.

Dessa visão terrível eu fui abruptamente despertado pelos movimentos de Nigger-Man que estivera dormindo atravessado sobre os meus pés como era usual. Dessa vez, eu não precisei questionar a origem de seus rosnados e sibilos, e do medo que o fez afundar as garras em meu calcanhar, inconsciente do que fazia, pois em cada lado da câmara, as paredes pareciam vivas de sons nauseantes — o deslizar asqueroso de gigantescos ratos vorazes. Não havia nenhuma aurora para mostrar o estado do arrás — a parte caída dele e que fora recolocada —, e eu estava assustado demais para acender a luz.

Quando as lâmpadas arderam, enfim, eu notei uma agitação medonha em toda a tapeçaria fazendo os padrões peculiares executarem uma dança macabra singular. Esse movimento desapareceu quase de imediato e, com ele, o som. Saltando da cama, cutuquei o arrás com o cabo comprido de um esquentador que jazia por perto e levantei uma seção para ver o que havia por baixo. Nada além da parede de pedra remendada e até o gato havia perdido sua tensa percepção de presenças anormais. Quando examinei a ratoeira redonda que fora deixada no quarto, descobri todas as aberturas disparadas, embora não restasse traço do que havia sido apanhado e escapara.

Seguir dormindo estava fora de questão, por isso, acendendo uma vela, eu abri a porta e saí pelo corredor na direção da escada para meu estúdio, com Nigger-Man nos calcanhares. Antes de alcançarmos os degraus de pedra, porém, o gato disparou na frente e desapareceu pela velha escada abaixo. Enquanto a descia, tomei subitamente consciência de ruídos no grande salão abaixo; ruídos de uma natureza inconfundível.

As paredes revestidas de painéis de carvalho fervilhavam de ratos, correndo e perfurando precipitadamente enquanto Nigger-Man se precipitava de um lado para outro com a fúria de um caçador desafiado. Chegando lá embaixo, acendi a luz que, dessa vez, não fez o barulho sumir. Os ratos prosseguiram seu tumulto com um tropel tão forte e distinto que consegui finalmente atribuir uma direção definida aos seus movimentos. Aquelas criaturas, em quantidades aparentemente inesgotáveis, estavam envolvidas numa estupenda migração de alturas insondáveis para alguma profundeza concebível ou inconcebível.

Ouvi então passos no corredor e, um instante depois, dois criados abriam a porta maciça. Eles estavam vasculhando a casa atrás de uma fonte de perturbação desconhecida que deixara todos os gatos rosnando, em pânico, e os fizera descer precipitadamente vários lances de escadas e se acocorar, uivando, diante da porta fechada do porão. Perguntei-lhes se tinham ouvido os ratos, mas eles negaram. E quando me virei para chamar sua atenção para os ruídos nos painéis, percebi que o barulho havia cessado. Com os dois homens, desci até a porta do porão, mas os gatos já se haviam dispersado. Mais tarde, resolvi explorar a cripta abaixo, mas naquele momento fiz apenas uma ronda pelas ratoeiras. Todas haviam disparado, mas todas estavam sem presas. Satisfeito por ninguém ter ouvido os ratos além dos felinos e de mim, fiquei sentado no estúdio até amanhecer, meditando profundamente e relembrando cada fiapo de lenda que havia desenterrado referente ao edifício que habitava.

Dormi um pouco pela manhã, reclinado na confortável poltrona da biblioteca que, apesar de meu plano de mobiliar em estilo medieval, não poderia tê-la excluído. Mais tarde, telefonei para o Capitão Norrys que acorreu e me ajudou a explorar o porão inferior. Absolutamente nada de anormal foi encontrado, embora não pudéssemos conter um arrepio com a percepção de que a cripta fora construída por mãos romanas. Cada arco baixo e cada pilar maciço era romano — não o românico degradado dos canhestros saxões, mas o classicismo severo e harmonioso da era dos Césares; aliás, as paredes estavam repletas de inscrições familiares aos antiquários que repetidamente exploraram o local — coisas como "P. GETAE. PROP... TEMP... DONA..." e "L. PRAEC... VS... PONTIFI... ATYS..."

A referência a Átis me fez estremecer, pois eu havia lido Catulo e conhecia um pouco dos ritos repulsivos do deus oriental cuja adoração era tão confundida com a de Cibele. Norrys e eu, à luz das lanternas, tentamos interpretar os desenhos curiosos e quase apagados em alguns blocos de pedra de corte retangular desigual que eram geralmente considerados altares, mas não conseguimos extrair nada deles. Lembro-me de que um padrão, uma espécie de sol raiado, ao olhar de estudiosos implicava uma origem não romana, sugerindo que esses altares apenas haviam sido adotados pelos sacerdotes romanos, mas pertenciam a algum templo mais antigo e talvez aborígene do mesmo local. Num desses blocos havia manchas pardas que me fizeram pensar. O maior, no centro do local, tinha algumas marcas na face superior indicando uma conexão com fogo — provavelmente oferendas queimadas.

Eram essas as visões daquela cripta diante de cuja porta os gatos miaram e onde Norrys e eu resolvemos então passar a noite. Sofás foram trazidos para baixo pelos criados, aos quais foi dito para não se importarem com nenhuma atividade noturna dos gatos, e permitimos a presença de Nigger-Man, fosse para ajudar, fosse para fazer companhia. Decidimos manter a grande porta de carvalho — uma réplica moderna com frestas para ventilação — bem fechada; e, resolvido isso, nos recolhemos com as lanternas ainda acesas para esperar pelo que pudesse acontecer.

A abóbada ficava numa profundidade muito grande dentro das fundações do mosteiro, e, sem dúvida, muito abaixo da face saliente do penhasco de calcário que dominava o imenso vale. Que ela fora o destino dos tumultuosos e inexplicáveis ratos eu não poderia duvidar, embora não soubesse dizer por quê. Enquanto estávamos ali, de atalaia, minha vigília se misturou com sonhos intermitentes dos quais me despertavam os movimentos inquietos do gato sobre meus pés. Esses sonhos não eram saudáveis, e horrivelmente parecidos com o que eu tivera na noite anterior. Eu vi, mais uma vez, a gruta crepuscular e o porqueiro com suas indescritíveis bestas esponjosas chafurdando na imundície, e enquanto olhava essas coisas, elas pareceram mais próximas e mais distintas — tão distintas que eu quase podia observar suas caras. Então, observei as feições flácidas de uma delas — e despertei com tamanho grito que Nigger-Man deu um salto, enquanto o Capitão Norrys, que não adormecera, soltava uma gargalhada. Norrys poderia ter rido mais — ou, talvez, menos — se soubesse o que me fizera gritar. Mas eu próprio só me lembrei mais tarde. O horror extremo muitas vezes paralisa a memória de uma maneira misericordiosa.

Norrys me acordou quando os fenômenos começaram. Do mesmo sonho apavorante, eu fui tirado por suas sacudidelas suaves e seu apelo para eu ouvir os gatos. De fato, havia muito para ouvir, pois além da porta fechada no alto dos degraus de pedra havia um verdadeiro pandemônio de felinos gritando e arranhando, enquanto Nigger-Man, indiferente aos de sua raça do lado de fora, corria nervoso ao longo das paredes de pedra nuas em que eu ouvia a mesma babel de ratos se atropelando que me perturbara na noite anterior.

Um terror agudo cresceu então em minhas entranhas, pois havia ali anomalias que nada de normal poderia explicar bem. Aqueles ratos, se não eram obra de uma loucura só por mim compartilhada com os gatos, deviam estar entocados e deslizando pelas paredes romanas que eu imaginava que eram blocos maciços de calcário... a menos que a ação da água ao longo de mais de dezessete séculos houvesse perfurado túneis sinuosos que os roedores haviam desobstruído e ampliado... Mesmo assim, o horror espectral não era menor, pois se eram pragas vivas, por que Norrys não ouvia sua repugnante agitação? Por que ele me chamava a atenção para observar Nigger-Man e ouvir os gatos lá fora, e por que divagava desconcertado e incerto sobre o que os havia despertado?

Quando consegui lhe contar, com a maior racionalidade possível, o que pensava estar ouvindo, meus ouvidos me deram a última impressão desfalecente de correria; que havia recuado *ainda mais para baixo*, para muito abaixo daquele mais profundo dos porões, até parecer que todo o penhasco abaixo estava fervendo de ratos farejando. Norrys não era tão cético quanto eu previra, e pareceu ficar profundamente abalado. Ele veio até mim para observar que os gatos à porta haviam cessado seu clamor, como que dando os ratos por perdidos; enquanto Nigger-Man tinha uma nova explosão de inquietude e escarvava freneticamente com a pata a base do grande altar de pedra no centro da câmara, que estava mais perto do sofá de Norrys que do meu.

Meu medo do desconhecido era muito grande, a essa altura. Algo de espantoso havia ocorrido, e eu notei que o Capitão Norrys, um homem mais jovem, mais corajoso e, presumivelmente mais materialista, estava tão afetado quanto eu — talvez por conta da perene e íntima familiaridade com as crendices locais. Naquele momento, tudo que nos restava era observar o velho gato preto enquanto ele arranhava com fervor decrescente a base do altar, olhando ocasionalmente para cima e miando para mim daquela maneira persuasiva que costumava fazer quando desejava que eu lhe fizesse algum favor.

Norrys levara então a lanterna mais para perto do altar e estava examinando o lugar onde Nigger-Man escavava com a pata; ajoelhado, em silêncio, ele tratava de raspar os liquens seculares que ligavam o bloco maciço pré-romano ao piso marchetado. Não encontrou nada e estava prestes a abandonar seus esforços quando observei uma circunstância trivial que me fez estremecer, apesar de não implicar nada mais do que eu já havia imaginado.

Contei a ele, e ambos observamos fascinados sua quase imperceptível manifestação com a fixação provocada pelo reconhecimento da descoberta. Foi apenas isso — que a chama da lanterna colocada perto do altar estava tremulando de leve com um sopro de ar que ela anteriormente não recebera, e que decerto provinha da fresta entre o piso e o altar onde Norrys estava raspando os liquens.

Passamos o resto da noite no estúdio vivamente iluminado, discutindo nervosamente o que deveríamos fazer em seguida. A descoberta de que alguma câmara mais profunda que a mais profunda construção conhecida dos romanos se abria por baixo daquele edifício maldito, alguma cripta não suspeitada pelos antiquários curiosos de três séculos, seria suficiente para nos excitar sem qualquer antecedente do sinistro. Nas circunstâncias, a fascinação fora dobrada; e fizemos uma pausa em dúvida se devíamos abandonar nossa busca e sair do mosteiro para sempre por supersticiosa cautela, ou gratificar nosso senso de aventura e arrostar os horrores que poderiam estar à nossa espera nas profundezas insondadas. Pela manhã, chegamos a um acordo e decidimos ir a Londres para reunir um grupo de arqueólogos e cientistas capaz de lidar com o mistério. É preciso mencionar que, antes de abandonar o porão inferior, havíamos tentado inutilmente mover o altar central que reconhecemos como a porta para um novo poço de pavor inominável. Que segredo guardava a porta, pessoas mais sábias do que nós descobririam.

Durante muitos dias, em Londres, o Capitão Norrys e eu apresentamos nossos fatos, conjeturas e as crendices a cinco autoridades eminentes, homens dignos de confiança com respeito a revelações familiares que as futuras explorações poderiam expor. Notamos que a maioria deles ficou pouco propensa a zombarias, mas, ao contrário, profundamente interessada e sinceramente simpática. Nem seria preciso nomeá-los, mas posso dizer que incluíam Sir William Brinton, cujas escavações em Troad excitaram a maior parte do mundo em sua época. Quando todos tomamos o trem para Anchester, eu pressentia a iminência de revelações assustadoras, uma sensação simbolizada pelos americanos pesarosos ante o anúncio da morte inesperada do Presidente no outro lado do mundo.

Na noite de 7 de agosto, chegamos a Exham Priory, onde os criados me asseguraram que nada de anormal havia acontecido. Os gatos, até o velho Nigger-Man, estiveram perfeitamente calmos, e nenhuma ratoeira da casa fora disparada. Nós devíamos começar a exploração no dia seguinte, e nessa expectativa, providenciei quartos bem aparelhados para todos os hóspedes. Eu próprio me recolhi à minha câmara da torre, com Nigger-Man atravessado sobre os meus pés. O sono chegou depressa, mas sonhos odiosos me assaltaram. Havia uma visão de festim romano como o de Trimálquio, com uma monstruosidade numa travessa coberta. Depois veio aquela coisa maldita e recorrente do porqueiro e sua tropa imunda na gruta crepuscular. Quando despertei já era dia claro, com os sons normais da casa abaixo. Os ratos, vivos ou espectrais, não me haviam perturbado; e Nigger-Man ainda estava dormindo tranquilamente. Ao descer, descobri que a mesma tranquilidade prevalecera em todas as partes; uma condição que um dos criados reunidos — um sujeito chamado Thornton, dedicado às coisas psíquicas — atribuiu absurdamente ao fato de que já me fora mostrada a coisa que certas forças desejavam me mostrar.

Todos estavam então prontos e, às onze horas da manhã, nosso grupo completo de sete homens portando lanternas elétricas potentes e equipamentos de escavação desceu para o porão, aferrolhando a porta atrás de nós. Nigger-Man nos acompanhara, pois os pesquisadores não quiseram menosprezar sua excitabilidade e estavam de fato interessados em que ele estivesse presente para o caso da aparição de roedores obscuros. Observamos rapidamente apenas as inscrições romanas e os desenhos misteriosos do altar, pois três dos sábios já as haviam visto e todos conhecíamos suas características. A atenção principal foi dedicada ao imponente altar central e, no espaço de uma hora, Sir William Brinton o havia feito pender para trás, balanceado por algum tipo de contrapeso invisível.

Ali se revelou então um horror tal que nos teria esmagado se não estivéssemos preparados. Por uma abertura quase quadrada do piso ladrilhado, espalhando-se por um lance de degraus de pedra tão prodigiosamente gasto que era pouco mais que um plano inclinado no centro, estava um arranjo pavoroso de ossos humanos ou semi-humanos. Os que conservavam sua organização em esqueletos exibiam atitudes de pânico e eles todos mostravam marcas das presas dos roedores. Os crânios denotavam algo próximo da absoluta idiotia, brutalidade ou um primitivismo à beira do simiesco. Na passagem descendente, de teto curvo e degraus com aquele revestimento macabro, e que parecia talhada na rocha sólida, soprava uma corrente de ar. Essa corrente não era como o sopro súbito e asqueroso que sai de uma cripta fechada, mas uma brisa fria com um toque refrescante. Não nos demoramos muito ali e, tremendo, começamos a abrir caminho pelos degraus. Foi então que Sir William, examinando as paredes entalhadas, fez a curiosa observação de que a passagem, segundo a direção dos golpes, devia ter sido cinzelada *de baixo para cima*.

Preciso ser muito objetivo agora, e escolher bem as palavras.

Depois de abrir caminho com dificuldade por alguns degraus em meio aos ossos roídos, vimos que havia luz adiante; não alguma fosforescência mística, mas uma luz diurna filtrada que só poderia vir de frestas desconhecidas no penhasco que dava para o imenso vale. Que essas frestas não tivessem sido percebidas de fora, não era de se estranhar, pois não só o vale é totalmente desabitado, como o penhasco é tão alto e projetado que somente um aeronauta poderia estudar sua face em detalhes. Alguns degraus depois, ficamos literalmente sem fôlego com o que vimos. Tão literalmente que Thornton, o investigador psíquico, desmaiou nos braços dos homens estupefato que vinham atrás dele. Norrys, com o rosto gorducho absolutamente lívido e flácido, apenas soltou um grito desarticulado, enquanto penso que o que eu fiz foi arquejar, ou sibilar, e tapar os olhos. O homem atrás de mim — o único do grupo que era mais velho do que eu — grasnou o banal "Meu Deus!" com voz mais estridente que eu já ouvira. Dos sete homens instruídos, somente Sir William Brinton manteve a compostura, o que o enaltece mais ainda, porque ele liderava o grupo e deve ter tido a visão antes de todos.

Era uma gruta fracamente iluminada de uma altura imensa estendendo-se até se perder de vista; um mundo subterrâneo de mistério ilimitado e inspirações pavorosas. Ela continha construções e outros restos arquitetônicos — com o olhar esgazeado, eu vi uma organização fantástica de túmulos, um círculo de monólitos bárbaros, uma ruína romana de cúpula baixa, um extenso edifício saxão e um edifício de madeira inglês antigo — mas tudo isso era apoucado pelo espetáculo pavoroso da superfície geral do solo. Por muitos metros em torno dos degraus se estendia uma confusão insana de ossos humanos, ou ossos pelo menos tão humanos quanto aqueles nos degraus. Como um mar espumoso, eles se estendiam, alguns separados, outros, total ou parcialmente articulados em esqueletos; estes últimos invariavelmente em posturas de um pavor alucinado, seja combatendo alguma ameaça, seja agarrando outras formas com intenção canibalesca.

Quando o Dr. Trask, o antropólogo, parou para classificar os crânios, ele descobriu uma mistura degradada que o deixou muito perplexo. A maioria era anterior ao homem de Piltdown na escala da evolução, mas, em todos os casos, definitivamente humana. Muitos eram de uma categoria superior, e pouquíssimos os crânios de tipo sensivelmente desenvolvidos ao máximo. Todos os ossos estavam roídos, principalmente por ratos, mas um pouco por outros da multidão semi-humana. Misturados a eles estavam muitos ossos minúsculos de ratos — baixas do exército letal que encerrou o épico antigo.

Espanta-me que qualquer um de nós tenha vivido e conservado sua sanidade depois daquele pavoroso dia de descobertas. Nem Hoffmann nem Huysmans[2] poderiam conceber uma cena mais incrível, mais repelente, ou mais goticamente grotesca que a gruta crepuscular onde nós sete caminhamos aos tropeções, cada um esbarrando numa revelação após outra e tentando não pensar, naquele momento, nos acontecimentos que deviam ter ocorrido ali trezentos, mil, dois mil ou dez mil anos antes. Era a antecâmara do inferno e o pobre Thornton desmaiou de novo quando Trask lhe disse que alguns esqueletos deviam ter descendido de quadrúpedes nas últimas vinte ou mais gerações.

Horror se sobrepunha a horror quando começamos a interpretar os restos arquitetônicos. As criaturas quadrúpedes — com seus recrutas ocasionais da classe bípede — haviam sido mantidas

[2] E.T.A. Hoffmann (1776-1822), escritor alemão considerado mestre da literatura fantástica. J.K. Huysmans (1848-1907) é um escritor francês cuja obra mais conhecida é *À rebours* (*Às avessas*, 1884), bastante ligado às excentricidades do simbolismo. (N.T.)

em cercados de pedra, dos quais deviam ter fugido em seu derradeiro desvario de fome ou pânico de ratos. Houvera grandes hordas delas, evidentemente cevadas com as verduras toscas cujos restos poderiam ser encontrados como uma espécie de forragem venenosa no fundo dos enormes celeiros de pedra mais antigos que Roma. Agora eu sabia por que meus ancestrais haviam criado hortas tão grandes — que os céus me ajudem a esquecer! O propósito das hordas, eu não precisei perguntar.

Sir William, parado com sua lanterna na ruína romana, traduziu em voz alta o mais chocante ritual que eu jamais conheci; e contou sobre a dieta do culto antediluviano que os sacerdotes de Cibele encontraram e combinaram com o seu. Norrys, por mais acostumado que estivesse com as trincheiras, não conseguiu andar ereto quando saiu do edifício inglês. Era um açougue e uma cozinha — ele havia esperado isso —, mas fora demais ver instrumentos ingleses familiares naquele local, e ler grafitos ingleses familiares ali, alguns deles já de 1610. Eu não poderia entrar naquele edifício — aquele edifício cuja atividade infernal só foi interrompida pela adaga de meu ancestral Walter de la Poer.

Onde me aventurei a entrar foi na construção saxônica baixa cuja porta de carvalho havia caído e ali eu encontrei uma terrível fila de dez celas de pedra com barras enferrujadas. Três delas tinham inquilinos, todos esqueletos de classe superior, e no dedo indicador ósseo de um deles eu achei um sinete com meu próprio brasão. Sir William encontrou uma cripta com celas bem mais antigas embaixo da capela romana, mas elas estavam vazias. Embaixo delas, havia uma cripta baixa com caixas de ossos arrumados formalmente, algumas trazendo inscrições paralelas terríveis entalhadas em latim, grego e na língua da Frígia. Nesse ínterim, o Dr. Trask abrira um dos túmulos pré-históricos e trouxera à luz crânios que eram pouco mais humanos que o de um gorila, com entalhes ideográficos indescritíveis. Enquanto durava todo esse horror, meu gato se pavoneava imperturbável. Em certo momento, eu o vi empoleirado no alto de uma montanha de ossos e pensei nos segredos que poderiam se ocultar por trás de seus olhos amarelos.

Depois de compreendermos, até certo ponto, as revelações pavorosas desse espaço soturno — um espaço tão odiosamente antecipado por meu sonho recorrente — voltamos para as profundezas aparentemente ilimitadas da caverna escura onde nenhum raio de luz do penhasco poderia penetrar. Jamais saberemos que mundos estígios invisíveis se escancaram além da pequena distância que fomos, pois foi decidido que esses segredos não são bons para a humanidade. Mas havia muito para nos ocuparmos à mão, pois ainda não tínhamos avançado tanto quando as lanternas revelaram aquela maldita infinidade de poços onde os ratos haviam se banqueteado, e cuja súbita falta de reabastecimento fizera o voraz exército de roedores primeiro se atirar sobre as hordas vivas de criaturas famintas e depois irromper do mosteiro naquela orgia histórica de devastação que os camponeses jamais esquecerão.

Deus! Aqueles poços soturnos infectos de ossos bicados, serrados e crânios abertos! Aqueles abismos de pesadelo repletos de ossos pitecantropoides, celtas, romanos e ingleses de incontáveis séculos profanos! Alguns estavam cheios e ninguém saberia dizer que profundidade eles tiveram algum dia. Outros ainda pareciam não ter fim sob a luz de nossas lanternas, e estavam povoados de fantasias inomináveis. O que acontecera, eu pensei, aos infelizes ratos que caíram nessas ratoeiras em meio à escuridão em suas buscas nesse pavoroso Tártaro?

Em certo momento, meu pé escorregou para uma proximidade aterradora da borda escancarada e eu fiquei transido de medo. Eu devia estar absorto havia algum tempo, pois não consegui ver ninguém do grupo além do roliço Capitão Norrys. Então me chegou um som daquela distância infinita e escura que eu pensei reconhecer, e vi meu velho gato preto passar em disparada por mim e mergulhar como um deus egípcio alado diretamente para o abismo infinito do desconhecido. Mas eu não estava muito atrás, pois não houve mais dúvida um segundo depois. Era o velho tropel daqueles ratos diabólicos sempre atrás de novos horrores e determinados a me conduzir para aquelas cavernas arreganhadas do centro da Terra onde Nyarlathotep, o deus furioso e sem face, uiva cegamente na escuridão para os sopros de dois flautistas idiotas informes.

Minha lanterna se extinguiu, mas eu continuei correndo. Ouvi vozes, e uivos, e ecos, mas, sobretudo, se avultava ali lentamente aquele tropel insidioso e ímpio; lentamente crescendo, crescendo, como um cadáver rígido intumescido emerge lentamente de um rio oleoso que corre sob intermináveis pontes de ônix para um mar pútrido e negro. Alguma coisa abalroou em mim — alguma coisa macia e carnuda. Devem ter sido os ratos; o exército ignóbil, gelatinoso, voraz que se refestela com os mortos e os vivos... Por que não deveriam os ratos devorar um De la Poer assim como um De la Poer devora coisas proibidas?... A guerra devorou meu menino, ao diabo todos eles... e os ianques devoraram Carfax com chamas e queimaram Grão Senhor Delapore e o segredo... Não, não, eu lhes digo, eu *não* sou aquele porqueiro demônio na gruta crepuscular! Não *era* a cara gorda de Edward Norrys naquela coisa flácida esponjosa! Quem diz que eu sou um De la Poer? Ele sobreviveu, mas meu menino morreu!... Um Norrys ficar com a terra de um De la Poer?... É vodu, eu digo... aquela cobra sarapintada... Thornton, seu maldito, eu te ensinarei a desmaiar com o que minha família faz!... Sangue de Cristo!, seus calhordas, eu os ensinarei a gostar... querem me levar do seu jeito?...*Magna Mater! Magna Mater!...Atys... Dia ad aghaidh 's ad aodann... agus bas dunach ort! Dhonas 's dholas ort, agus leat-sa!... Ungl ungl... rrrlh... chchch...*

Isso é o que eles dizem que eu falei quando me acharam na escuridão depois de três horas; acharam-me agachado na escuridão sobre o corpo roliço meio comido do Capitão Norrys, com meu próprio gato saltando e rasgando minha garganta. Agora eles explodiram Exham Priory, tiraram meu Nigger-Man de mim e me trancaram neste quarto gradeado em Hanwell com sussurros assustados sobre minha herança e experiência. Thornton está no quarto ao lado, mas me impedem de falar com ele. Também estão tentando suprimir a maioria dos fatos relacionados com o mosteiro. Quando falo do pobre Norrys, eles me acusam dessa coisa odiosa, mas precisam saber que eu não a fiz. Eles precisam saber que foram os ratos; os ratos escorregadios apressados cuja correria jamais me deixara dormir; os ratos endemoninhados que disparam por trás do estofamento deste quarto e me chamam para horrores maiores dos que eu já conheci; os ratos que eles jamais poderão ouvir; os ratos, os ratos nas paredes.

(1923)

A RUA

Há quem diga que coisas e lugares têm alma, e há quem diga que não; eu, pessoalmente, não ouso dizer, mas vou lhes contar sobre a Rua.

Homens vigorosos e honrados moldaram aquela Rua: homens bons e valentes de nosso sangue que vieram das Ilhas Abençoadas do outro lado do oceano. No começo, ela não passava de um caminho batido por carregadores de água da fonte do bosque para o aglomerado de casas perto da praia. Depois, à medida que mais homens chegavam ao grupo crescente de casas e procuravam um lugar para morar, eles construíram cabanas no lado norte, cabanas de grossas toras de carvalho com alvenaria no lado virado para a floresta, pois muitos índios espreitavam dali com flechas incendiárias. E, alguns anos depois, os homens construíram cabanas no lado sul da Rua.

Subindo e descendo a Rua, passavam homens sérios de chapéus cônicos portando, na maior parte do tempo, mosquetes ou caçadeiras. E havia também suas esposas de touca e seus filhos serenos. À noite, esses homens com suas mulheres e filhos sentavam-se ao redor das lareiras enormes lendo e conversando. Eram muito simples as coisas sobre as quais eles liam e conversavam, mas eram coisas que lhes incutiam coragem e bondade, e os ajudavam, durante o dia, a subjugar a floresta e lavrar os campos. E os filhos ouviriam e aprenderiam as leis e feitos dos antigos, e daquela amada Inglaterra que jamais viram ou não conseguiam se lembrar.

Veio a guerra e, depois disso, os índios não perturbaram mais a Rua. Os homens, diligentes no trabalho, prosperaram e ficaram tanto mais felizes quanto podiam. E os filhos cresceram em conforto, e mais famílias vieram da Terra Natal para morar na Rua. E os filhos dos filhos, e os filhos dos recém-chegados, cresceram. O vilarejo era agora uma cidade, e uma a uma as cabanas deram lugar a casas — casas simples, bonitas, de tijolo e madeira, com degraus de pedra e parapeitos e claraboias de ferro sobre as portas. Não eram criações frágeis, essas casas, pois eram feitas para servir a muitas gerações. Dentro delas havia cornijas entalhadas de lareira e escadas graciosas, móveis, louças e pratarias, sensatos, agradáveis, trazidos da Terra Natal.

Assim a Rua absorvia os sonhos de um povo jovem e se rejubilava à medida que seus moradores iam ficando mais graciosos e felizes. Onde antes havia apenas vigor e honradez, gosto e aprendizado existiam agora também. Livros, pinturas e música chegaram às casas, e os jovens iam para a universidade que surgiu no alto da colina ao norte. No lugar dos chapéus cônicos e mosquetes havia agora chapéus de três bicos e pequenas espadas, e rendas e perucas brancas como neve. E havia as pedras redondas sobre as quais ressoava o estrépito de muitos cavalos de raça e estrondeavam muitas carruagens douradas; e calçadas de tijolos com poiais e postes para as montarias.

Havia naquela Rua muitas árvores: olmos, carvalhos e bordos altaneiros; assim, no verão, a paisagem era toda verdura suave e chilreios de passarinhos; e atrás das casas havia roseirais murados com caminhos bordejados de sebes e relógios de sol, onde, à noite, a Lua e as estrelas brilhavam magicamente enquanto as flores olorosas reluziam de orvalho.

Assim a Rua seguiu sonhando, passando por guerras, calamidades e mudanças. Certa vez, a maioria dos jovens partiu e alguns nunca voltaram. Foi quando eles enrolaram a velha bandeira e desfraldaram um novo estandarte de listras e estrelas. Mas embora os homens falassem de grandes mudanças, a Rua não as sentiu, pois sua gente ainda era a mesma, falando das velhas coisas familiares nos velhos relatos familiares. E as árvores ainda abrigavam pássaros canoros e, no anoitecer, a Lua e as estrelas olhavam para baixo, para as flores orvalhadas nos roseirais cercados.

Com o tempo, não havia mais espadas, chapéus de três bicos ou perucas na Rua. Como pareciam estranhos os habitantes com suas bengalas, cartolas altas e cabelos à escovinha! Novos sons vieram de longe — primeiro, os resfôlegos e os uivos estranhos do rio distante quase dois quilômetros, e depois, muitos anos depois, resfôlegos, uivos e estrondos estranhos de outras direções. O ar já não era tão puro quanto antes, mas o espírito do lugar não havia mudado. O sangue e a alma de seus ancestrais haviam moldado a Rua. Tampouco o espírito mudou quando eles escavaram a terra para assentar tubulações estranhas, ou quando ergueram altos postes sustentando curiosos arames. Havia tanto saber antigo naquela Rua que o passado não poderia ser facilmente esquecido.

Então vieram dias terríveis, quando muitos que haviam conhecido a Rua nos velhos tempos não a reconheciam mais, e muitos que a conheciam não a haviam conhecido antes, e partiam, pois seus sotaques eram ásperos e estridentes, e seus semblantes e rostos desagradáveis. Seus pensamentos também se chocavam com o espírito justo da Rua, de modo que a Rua se sujeitou a eles, em silêncio, enquanto suas casas ruíam e suas árvores morriam uma a uma, e seus roseirais ficavam cobertos de mato e de lixo. Mas ela teve uma sensação de orgulho, certo dia, quando de novo saíram marchando homens jovens, alguns dos quais jamais voltaram. Esses jovens estavam vestidos de azul.

Com o passar dos anos, uma sorte pior sucedeu à Rua. Suas árvores haviam desaparecido, então, e seus roseirais foram deslocados pelos fundos dos novos prédios feios e baratos nas ruas paralelas. Mas as casas permaneceram, apesar da devastação dos anos, das tempestades, dos vermes, pois elas haviam sido feitas para servir a muitas gerações. Novos tipos de rostos apareceram na Rua, rostos morenos, sinistros, com olhos furtivos e feições bizarras, cujos donos falavam palavras não familiares e colocavam cartazes em caracteres conhecidos e desconhecidos na maioria das casas decaídas. Carrinhos de mão se apinhavam nas sarjetas. Um mau cheiro sórdido, indefinível, se alastrou pelo lugar, e o espírito antigo adormeceu.

Uma grande excitação tomou conta da Rua certa vez. Guerra e revolução grassavam no outro lado dos mares; uma dinastia havia desmoronado e seus súditos depravados estavam afluindo, com intenções dúbias, para a Terra Ocidental. Muitos desses se alojaram nas casas maltratadas que um dia haviam conhecido as canções de pássaros e o aroma de rosas. Então a própria Terra Ocidental despertou e se uniu à Terra Natal em sua luta titânica pela civilização. Sobre as cidades tremulou, uma vez mais, a velha bandeira, acompanhada da nova bandeira, e de uma mais simples, mas gloriosa, tricolor. Mas não tremularam muitas bandeiras sobre a Rua, pois ali brotava apenas medo, ódio e ignorância. De novo, homens jovens partiram, mas não tantos como aqueles jovens de outros tempos. Alguma coisa estava faltando. E os filhos daqueles homens jovens de outros tempos, que de fato tinham partido em trajes oliva-pardo com o verdadeiro espírito de seus ancestrais, vieram de lugares distantes e não conheciam a Rua e seu espírito antigo.

No além-mar houve uma grande vitória e, triunfante, a maioria dos jovens voltou. Os carentes não eram mais carentes, mas o medo, o ódio e a ignorância ainda pairavam sobre a Rua, pois muitos haviam ficado para trás e muitos estrangeiros vieram de lugares distantes para as velhas casas. E os jovens que haviam voltado já não moravam mais ali. Mestiços e sinistros era a maioria dos estrangeiros, mas entre eles podiam-se ver alguns rostos iguais aos que haviam forjado a Rua e seu espírito. Iguais, mas diferentes, pois havia nos olhos de todos um brilho estranho e doentio como que de cobiça, ambição, vingança ou zelo desviado. Tumulto e traição estavam à solta entre uns poucos maus que tramavam para assestar na Terra Ocidental seu golpe de morte, para que eles pudessem ascender ao poder sobre suas ruínas, assim como assassinos haviam ascendido naquela terra infeliz e gelada de onde veio a maioria deles. E o centro daquela conspiração era na Rua, cujas casas em ruínas pululavam de estrangeiros criadores de discórdia e ressoavam com os planos e discursos daqueles que conspiravam para o dia marcado de sangue, chamas e crime.

Sobre os vários ajuntamentos estranhos na Rua, a Lei dissera muito, mas pouco pudera provar. Com grande diligência, homens com insígnias ocultas permaneciam e escutavam sobre locais como a Padaria do Petrovitch, a esquálida Escola de Economia Moderna de Rifkin, o Clube do Círculo Social e o Café Liberdade. Ali se congregava um grande número de pessoas sinistras, mas seus discursos eram sempre cifrados ou numa língua estrangeira. E ainda as velhas casas permaneciam com seu saber esquecido de séculos mais nobres passados; de robustos inquilinos coloniais e roseirais orvalhados ao luar. Às vezes, um poeta ou viajante solitário chegava para vê-las e tentava retratá-las em sua glória desaparecida; mas esses viajantes e poetas não eram muitos.

Espalhou-se, então, amplamente, o rumor de que as casas abrigavam os líderes de um vasto bando de terroristas que em um dia designado iniciariam uma orgia de massacres para o extermínio da América e de todas as velhas e excelentes tradições que a Rua havia amado. Panfletos e papéis esvoaçaram pelas sarjetas imundas; impressos em muitas línguas e em muitos caracteres, mas todos portando mensagens de crime e rebelião. Nesses escritos, as pessoas eram conclamadas a demolir as leis e virtudes que nossos pais haviam exaltado, a esmagar a alma da velha América — a alma que havia e que fora legada por mil e quinhentos anos de liberdade, justiça e moderação anglo-saxônicas. Dizia-se que os mestiços que moravam na Rua e se congregavam em seus edifícios apodrecidos eram os cérebros de uma revolução hedionda, que, à sua palavra de comando, muitos milhões de bestas intoxicadas e desmioladas estenderiam suas garras das favelas de um milhar de cidades, queimando, matando e destruindo até que a terra de nossos pais não existisse mais. Tudo isso era dito e repetido, e muitos esperavam com pavor o quarto dia de julho, sobre o qual os estranhos escritos muito sugeriam; contudo, nada pôde ser encontrado a que se colocar a culpa. Ninguém saberia dizer quais prisões poderiam cortar a conspiração demoníaca pela raiz. Muitas vezes, vieram grupos de policiais de casacos azuis para vasculhar as casas vacilantes, até que eles pararam de vir, pois também eles estavam ficando cansados da lei e da ordem, e haviam largado toda a cidade à sua sorte. Então vieram homens de oliva-pardo portando mosquetes, até parecer que, em seu triste sono, a Rua poderia ter alguns sonhos assombrosos daqueles outros tempos, quando homens portando mosquetes com chapéus cônicos caminhavam por ela da fonte no bosque ao aglomerado de casas perto da praia. Contudo, nenhum ato pôde ser realizado para impedir o cataclismo iminente, pois os homens mestiços e sinistros eram calejados nas artimanhas.

Assim a Rua seguiu dormindo intranquila até uma noite em que se reuniram na Padaria do Petrovitch, e na Escola de Economia Moderna Rifkin, e no Clube do Círculo Social, e no Café Liberdade, e em outros lugares também, vastas hordas de pessoas cujos olhos se arregalavam com um triunfo e uma expectativa horríveis. Por canais ocultos, mensagens estranhas viajaram, e muito se falou de mensagens ainda mais estranhas por viajar, mas a maior parte disso só foi imaginada mais tarde, quando a Terra Ocidental estava a salvo do perigo. Os homens de oliva-pardo não sabiam dizer o que estava acontecendo, ou o que deviam fazer, pois os sinistros mestiços eram hábeis em sutilezas e dissimulação.

E, no entanto, os homens de oliva-pardo sempre se recordarão daquela noite e vão falar da Rua quando contarem sobre aquilo a seus netos, pois muitos foram enviados para lá, ao amanhecer, numa missão diferente da que esperavam. Era sabido que aquele ninho de anarquia era antigo e que as casas estavam alquebradas pela devastação dos anos, e das tempestades, e dos vermes; entretanto, o acontecido naquela noite de verão foi uma surpresa pela sua extraordinária uniformidade. Foi, de fato, um acontecimento excepcionalmente singular, embora, no fim das contas, simples. Isso porque, sem avisar, nas primeiras horas depois da meia-noite, toda a devastação dos anos, das tempestades e dos vermes atingiu um clímax fenomenal; e depois do desabamento, não ficou nada em pé na Rua salvo duas velhas chaminés e parte de uma forte parede de tijolo. Tampouco nada que estivera vivo saiu vivo das ruínas.

Um poeta e um viajante, que chegaram junto com a enorme multidão que procurou a cena, contam histórias bizarras. O poeta diz que nas horas que antecederam a aurora, ele viu indistintamente ruínas sórdidas ao clarão das lâmpadas de arco; que dali emergiu dos destroços uma outra cena da qual ele poderia distinguir luar, casas bonitas, olmos, carvalhos e bordos altaneiros. E o viajante declara que, em vez do fedor habitual do lugar, pairava por lá uma delicada fragrância como a de rosas plenamente desabrochadas. Mas não são sabidamente falsos os sonhos de poetas e as histórias de viajantes?

Há quem diga que as coisas e lugares têm alma, e há quem diga que não têm; eu, pessoalmente, não ouso dizer, mas lhes contei sobre a Rua.

(1920)

O Horror de Dunwich

Górgonas, e Hidras, e Quimeras — histórias pavorosas de Celeno e as Hárpias — podem se reproduzir no cérebro da superstição — mas elas já lá estavam antes. Elas são transcrições, tipos — os arquétipos estão em nós, e são eternos. De que outra forma a exposição daquilo que sabemos, quando despertos, que é falso, poderia nos afetar? Será que naturalmente concebemos terror vindo dessas coisas, consideradas em sua capacidade de nos poderem infligir ferimentos corporais? Ó, mínimo de tudo! Esses terrores são de uma existência mais antiga. Eles datam de antes do corpo — ou sem o corpo, eles teriam sido os mesmos... Que o tipo de medo aqui tratado é puramente espiritual — que ele é tão forte quanto sem objetivo na terra, que ele predomina no período de nossa infância sem pecado — são problemas cuja solução poderia oferecer alguma percepção provável de nossa condição pré-mundana, e, no mínimo, uma espiada na terra de sombras da pré-existência.

Charles Lamb
Witches and Other Night-Fears

I

Quando um viajante no centro-norte de Massachusetts pega a bifurcação errada na encruzilhada do pedágio de Aylesbury logo depois da Dean's Corner, ele penetra numa região deserta e singular.

O terreno é ascendente e os muros de pedra ladeados de urzes brancas se espremem cada vez mais contra os sulcos da estrada sinuosa e poeirenta. As árvores dos frequentes cinturões florestais parecem grandes demais, e as ervas, sarças e capins silvestres adquirem uma exuberância raramente encontrada em regiões povoadas. Ao mesmo tempo, os campos cultivados parecem singularmente poucos e estéreis, enquanto as casas, muito esparsas, apresentam um aspecto uniforme de velhice, esqualidez e dilapidação. Sem saber o porquê, hesita-se em pedir informações às figuras solitárias curtidas que são avistadas aqui e ali nas portas arruinadas e nos campos em aclive juncado de pedras. Essas figuras são tão silenciosas e furtivas que a pessoa sente-se, de certa forma, diante de coisas proibidas com as quais seria melhor não se envolver. Quando uma lombada do caminho permite a visão das montanhas por cima dos bosques escuros, o estranho sentimento de intranquilidade aumenta. Os cumes são redondos e simétricos demais para dar uma sensação de conforto e naturalidade e o céu destaca, às vezes com especial nitidez, os círculos bizarros de altos pilares de pedras que coroam a maioria delas.

Gargantas e ravinas de uma profundeza problemática cortam o caminho, e as pontes de madeira bruta aparentam sempre uma segurança duvidosa. Quando a estrada volta a descer, surgem terrenos pantanosos com que as pessoas instintivamente antipatizam, e, de fato, quase temem à noite, quando bacuraus invisíveis tagarelam e os vaga-lumes surgem numa profusão anormal para dançar aos ritmos roufenhos, arrepiantes de rãs-touro coaxando com estridência. A linha fina e lustrosa dos trechos superiores do Miskatonic provoca uma curiosa sugestão de serpente quando se curva perto da base dos morros arredondados por entre os quais ela sobe.

À medida que os morros se aproximam, presta-se mais atenção em suas encostas arborizadas do que em seus cumes coroados de pedras. Essas encostas se erguem tão escuras e escarpadas que se deseja que elas mantenham a distância, mas não existe estrada para escapar delas. Cruzando uma ponte coberta, avista-se um vilarejo prensado entre a correnteza e a encosta vertical da Round

Mountain, e fica-se espantado com o amontoado de telhados de duas águas apodrecendo que sugerem um período arquitetônico anterior ao da região vizinha. Não tranquiliza ver, com um olhar mais atento, que a maioria das casas está deserta e caindo aos pedaços, e que a igreja com o campanário partido agora abriga o único e desleixado estabelecimento comercial do vilarejo. Teme-se cruzar o túnel tenebroso da ponte, mas não há como evitá-lo. Uma vez cruzado, é difícil evitar a impressão de um tênue cheiro hediondo nas ruas da vila, como o de um bolor acumulado e a decadência de séculos. É sempre um alívio sair do lugar e seguir a estrada estreita que contorna a base dos morros e cruza a região plana além deles até onde ela se junta com o pique de Aylesbury. Mais tarde, fica-se sabendo, às vezes, que se atravessou Dunwich.

Os forasteiros visitam Dunwich o mínimo possível e desde uma certa temporada de horror, todas as placas indicando o caminho para lá foram retiradas. A paisagem, julgada por um cânone estético comum, é mais do que naturalmente bela, mas não há uma afluência de artistas ou turistas de verão. Dois séculos atrás, quando as conversas sobre sangue de bruxas, adoração de Satã e presenças estranhas na floresta não eram motivos de riso, era costume dar razões para se evitar o município. Em nossa época sensata — desde que o horror de Dunwich de 1928 foi abafado pelos que levavam o bem-estar da vila e do mundo a sério — as pessoas a evitavam sem saber exatamente por quê. Uma razão, talvez — embora ela não se aplique a estrangeiros desinformados — é que os nativos estão agora repulsivamente decadentes, tendo percorrido até muito longe aquele caminho da regressão tão comum em muitos lugarejos atrasados da Nova Inglaterra. Eles vieram a formar um povo em si, com os estigmas físicos e mentais bem definidos da degeneração e da consanguinidade. Sua inteligência média é penosamente baixa, e seus anais tresandam de depravação aberta e assassinatos meio ocultos, incestos e façanhas de uma violência e perversidade quase inomináveis. A velha aristocracia local, representada pelas duas ou três famílias brasonadas que vieram de Salem em 1692, se manteve um pouco acima do nível geral de decadência, apesar de muitos ramos terem chafurdado tão profundamente no populacho sórdido que restam apenas seus nomes como um indício da origem de sua desgraça. Alguns dos Whateley e dos Bishop ainda enviam seus primogênitos a Harvard e Miskatonic, embora esses filhos raramente voltem para os tetos bolorentos de duas águas sob os quais eles e seus ancestrais se criaram.

Ninguém, nem mesmo os que conhecem os fatos relacionados ao horror recente, sabe dizer qual é o problema de Dunwich, embora lendas antigas falem de ritos profanos e conclaves de índios nos quais invocavam formas proibidas de sombra que saíam dos grandes morros arredondados, e faziam orações orgíacas selvagens que eram respondidas por altos estalidos e estrondos no solo abaixo. Em 1747, o reverendo Abijah Hoadley, recém-chegado à Igreja Congregacional de Dunwich Village, pregou um sermão memorável sobre a proximidade da presença de Satã e seus diabinhos, em que dizia:

"É preciso admitir que essas Blasfêmias de um infernal Séquito de Demônios são Assuntos conhecidos demais para serem negados; as Vozes amaldiçoadas de *Azazel* e *Buzrael*, de *Belzebu* e *Belial*, sendo ouvidas agora do Interior da Terra em cima por uma Quantidade de Testemunhas confiáveis ora existentes. Eu próprio, há não mais de uma Quinzena, captei uma Fala muito clara de Potências malignas na Colina atrás de minha Casa; na qual ocorreram um tal chocalhar e estrondear, grunhir, guinchar e assobiar como nenhuma Coisa desta Terra poderia produzir, e que deve ter vindo daquelas Cavernas que somente a Magia Negra pode descobrir, e somente o Diabo destrancar."

Hoadley desapareceu pouco depois de pregar esse sermão, mas o texto, impresso em Springfield ainda subsiste. Ruídos nas colinas continuaram sendo relatados todos os anos e ainda constituem um quebra-cabeça para geólogos e fisiógrafos.

Outras tradições falam de cheiros fétidos perto dos círculos de pilares de pedra que encimam as colinas e de presenças etéreas fugazes ouvidas vagamente certas horas de pontos determinados no fundo das grandes ravinas; enquanto outras tentam explicar o Devil's Hop Yard — uma encosta escura e escalvada onde não cresce árvore, arbusto ou folha de grama. Os nativos se apavoram mortalmente também com os inúmeros bacuraus que se manifestam nas noites tépidas. Juram que os pássaros são psicopompos à espera das almas dos moribundos, e que sincronizam seus gritos lúgubres com a respiração estertorada do sofredor. Se eles conseguem apanhar a alma volátil quando ela deixa o corpo, instantaneamente saem voando e chilreando um riso demoníaco, mas se não conseguem, recaem gradualmente num silêncio acabrunhado.

Essas histórias são antiquadas e ridículas, é claro, porque chegam de tempos muito remotos. Dunwich é, de fato, ridiculamente velha — de longe, mais velha do que qualquer outra comunidade num raio de quarenta quilômetros dela. Ao sul do vilarejo, ainda se pode ver as paredes do porão e a chaminé da antiga casa dos Bishop que fora construída antes de 1700, enquanto as ruínas do moinho nas quedas, construído em 1806, constituem a peça de arquitetura mais moderna à vista. Ali a indústria não floresceu e a movimentação fabril do século XIX teve vida curta. O mais antigo de tudo são os grandiosos anéis de colunas de pedra toscamente talhadas no topo dos montes, mas em geral são atribuídos antes aos índios que aos colonos. Depósitos de crânios e ossos encontrados no interior desses círculos e em torno de uma rocha de bom tamanho em forma de mesa na Sentinel Hill sustentam a crença popular de que esses pontos foram, um dia, cemitérios dos pocumtucks; ainda que muitos etnólogos, desconsiderando o absurdo dessa teoria, continuam acreditando que os restos sejam caucasianos.

II

Foi no município de Dunwich, numa casa rural grande e parcialmente habitada numa encosta a seis quilômetros da vila e dois e meio de qualquer outra moradia, que Wilbur Whateley nasceu às 5 horas da manhã de um domingo, 2 de fevereiro de 1913. Essa data era lembrada por ser o dia de Candelária, que os moradores de Dunwich curiosamente observam com um outro nome, e porque os ruídos soaram nos morros e todos os cachorros do campo latiram sem parar durante toda a noite anterior. Menos digno de nota foi o fato de que a mãe pertencia aos decaídos Whateley, uma mulher albina, sem atrativos, um tanto deformada, de trinta e cinco anos, que vivia com o pai idoso e meio louco de quem as mais apavorantes histórias de bruxaria foram segredadas em sua juventude. Lavínia Whateley não tinha marido conhecido, mas, segundo o costume da região, não fez nenhuma tentativa de rejeitar a criança; sobre a ascendência do outro lado, a gente da região poderia especular — e especulou — quanto quis. Ao contrário, ela ficou estranhamente orgulhosa do bebê escuro com feições caprinas que fazia um contraste tão grande com seu próprio albinismo doentio e seus olhos rosados, e ouviram-na murmurar profecias estranhas sobre os poderes incomuns e o futuro formidável do filho.

Lavínia era do tipo capaz de murmurar essas coisas, pois era uma criatura solitária chegada a perambular pelos montes durante tempestades e tentava ler os grandes livros malcheirosos que seu pai herdara de dois séculos de Whateley, e que estavam rapidamente se desfazendo em pedaços pela idade e pelas traças. Ela nunca fora à escola, mas era prenhe de fragmentos desconexos dos conhecimentos ancestrais que o Velho Whateley lhe ensinara. A casa remota sempre fora temida por causa da reputação do Velho Whateley de praticante de magia negra, e a morte violenta e obscura da senhora Whateley quando Lavínia tinha doze anos não ajudara a popularizar o local. Isolada entre influências estranhas, Lavínia se entregava a devaneios grandiosos e alucinados e a ocupações singulares; seu ócio era muito perturbado por cuidados domésticos num lar onde todos os padrões de ordem e limpeza haviam desaparecido muito antes.

Uma gritaria pavorosa ecoou acima dos ruídos do próprio morro e dos latidos dos cães na noite em que Wilbur nasceu, mas nenhum médico ou parteira conhecida presidiram sua chegada. Vizinhos não souberam dele antes de uma semana, quando o Velho Whateley conduziu seu trenó pela neve até Dunwich Village e discursou de maneira incoerente para o grupo de desocupados no Osborn's armazém. Parecia haver uma mudança no velho — um elemento adicional de dissimulação no cérebro nebuloso que sutilmente o transformara de objeto a sujeito do medo — embora ele não fosse do tipo que ficaria perturbado com qualquer acontecimento familiar comum. No meio disso tudo, ele mostrava alguns traços do orgulho notado mais tarde na filha, e o que ele disse sobre a paternidade da criança foi lembrado por diversos ouvintes ainda muitos anos depois.

"Num mimporto cum o que as pessoa pensa — si o menino da Lavinha parecesse cum seu pai, ele num parecia cum nada que ocêis espera. Ceis não precisa pensar que us único caras é os cara daqui. Lavinha tem muita leitura e viu coisas que a maioria doceis só fala. Carculo que o home dela é um marido tão bão quanto se pode encontrá desse lado de Aylesbury; e se ocêis soubesse tanto sobre os morro como eu, ceis não pediria um casamento religioso meió, nem ela. Vô dizê uma coisa procêis — *argum dia ceis vai ouvi falá de um fio de Lavínha chamano o nome do seu pai no arto de Sentinel Hill!*"

As únicas pessoas que viram Wilbur no seu primeiro mês de vida foram o velho Zechariah Whateley, dos decaídos Whateley, e a concubina de Earl Swayer, Mamie Bishop. A visita de Mamie fora francamente por curiosidade, e as histórias que ela contou mais tarde fizeram justiça às suas observações; mas Zechariah viera tocando um par de vacas Alderney que o Velho Whateley havia comprado de seu filho Curtis. Isso marcou o começo de uma corrida de compra de gado por parte da pequena família de Wilbur que terminou em 1928, quando o horror de Dunwich chegou e partiu; no entanto, em nenhum momento, o desconjuntado estábulo dos Whateley pareceu atopetado de reses. Veio um período em que as pessoas ficaram curiosas o bastante para se esgueirar e contar o rebanho que pastava precariamente na encosta íngreme acima da velha casa rural, e elas nunca conseguiram contar mais de dez ou doze exemplares anêmicos, parecendo exangues. Evidentemente, alguma praga ou doença, advinda talvez dos pastos insalubres ou dos fungos e madeiras apodrecidas do imundo estábulo, causava uma alta mortalidade nos animais dos Whateley. Ferimentos ou feridas singulares, com o aspecto de incisões, pareciam afligir o gado visível; e uma ou duas vezes, durante os primeiros meses, alguns visitantes imaginaram ter notado feridas similares nas gargantas do velho grisalho e barbado e de sua suja e desgrenhada filha albina.

Na primavera seguinte ao nascimento de Wilbur, Lavínia retomou suas costumeiras andanças pelos montes levando em seus braços desproporcionados a criança parda. O interesse público pelos Whateley arrefeceu depois que a maioria dos habitantes da região viu o bebê, e nenhum se deu ao trabalho de comentar o rápido desenvolvimento que o recém-chegado parecia exibir a cada dia. O crescimento de Wilbur foi, de fato, fenomenal, pois três meses depois do seu nascimento, ele atingira um tamanho e uma força muscular raramente encontrados em crianças com menos de um ano. Seus movimentos e até mesmo seus sons vocais mostravam um controle e uma intencionalidade muito peculiares para um bebê, e ninguém estava realmente despreparado quando, aos sete meses, ele começou a andar sem ajuda, com tropeções que bastou mais um mês para eliminar.

Foi um pouco depois dessa época — no Halloween — que uma grande fogueira foi vista, à meia-noite, no topo da Sentinel Hill onde a velha pedra em forma de mesa se acomoda no meio de seus túmulos de ossos antigos. Um falatório considerável começou quando Silas Bishop — dos Bishop não decaídos — mencionou ter visto o menino correndo resolutamente morro acima à frente da mãe, cerca de uma hora antes de a fogueira ser notada. Silas estava cercando uma novilha desgarrada, mas quase se esqueceu da sua missão quando tivera uma visão fugaz das duas figuras sob a luz fraca da sua lanterna. Elas disparavam quase sem fazer ruído pela vegetação rasteira e o observador espantado pareceu pensar que estavam completamente nuas. Mais tarde, ele não demonstrou certeza sobre o menino, que poderia estar vestindo algum tipo de cinto franjado e um calção ou calça escura. Depois disso, Wilbur nunca mais fora visto vivo e consciente sem um traje completo e inteiramente abotoado, cujo desarranjo ou ameaça de desarranjo sempre parecia enchê-lo de cólera e alarme. Seu contraste com a mãe esquálida e o avô, a esse respeito, foi considerado notável até o horror de 1928 sugerir a mais válida das razões.

Os rumores do janeiro seguinte se mostraram vagamente interessantes pelo fato de que "o pirralho negro de Lavínia" havia começado a falar, e com a idade de onze meses apenas. Sua fala era notável, tanto por se diferenciar das pronúncias comuns da região, quanto por exibir uma ausência do balbucio de que muitas crianças de três ou quatro anos poderiam perfeitamente se orgulhar. O menino não era falador, mas quando falava parecia refletir um elemento esquivo inteiramente ausente em Dunwich e seus habitantes. A estranheza não estava no que ele dizia, ou mesmo na linguagem simples que usava, mas parecia se relacionar vagamente com a sua entonação ou os órgãos internos que produziam os sons falados. Seu aspecto facial também era notável para sua maturidade, pois embora partilhasse a ausência de queixo da mãe e do avô, seu nariz firme e precocemente formado combinava com a expressão dos olhos grandes, escuros, quase latinos para lhe dar um ar de inteligência quase adulta e quase preternatural. Entretanto, ele era extremamente feio apesar da aparência de brilhante, com algo de caprino ou animalesco nos lábios grossos, pele amarelada de poros grandes, cabelos crespos ásperos e orelhas estranhamente alongadas. Logo passou a ser execrado mais que a mãe e o avô, e todas conjecturas sobre ele eram apimentadas por referências à magia passada do Velho Whateley e a como os morros certa vez se abalaram quando ele gritou o nome terrível de *Yog-Sothoth* no meio do círculo de pedras, com um grande livro aberto em seus braços à sua frente. Os cachorros detestavam o garoto, que sempre era obrigado a tomar várias medidas defensivas contra as ladrantes ameaças.

III

Nesse ínterim, o Velho Whateley continuou comprando gado sem que o tamanho do rebanho aumentasse de maneira mensurável. Ele também cortou madeira e começou a consertar as partes não utilizadas de sua casa — uma coisa espaçosa de telhado pontudo totalmente enterrada na encosta rochosa, e cujos três quartos térreos menos arruinados sempre foram suficientes para ele e a filha. Aquele velho devia ter reservas prodigiosas de energia para poder fazer tanto trabalho duro e, embora ainda balbuciasse, às vezes, de maneira desconexa, seu trabalho de carpintaria parecia resultar de cálculos sólidos. Ele fora iniciado assim que Wilbur nasceu, quando um dos muitos galpões de ferramentas havia sido arrumado, revestido com tábuas e equipado com uma fechadura nova resistente. Mas na restauração do abandonado andar superior da casa, ele não se mostrou um artesão menos completo. Sua mania se revelou apenas nos tapumes de madeira que colocou em todas as janelas da parte recuperada — embora muitos tivessem declarado que já era uma maluquice se incomodar com a própria restauração de tudo. Menos inexplicável foi o conserto de outro quarto térreo para o neto — um quarto que muitos visitantes viram, embora nenhum jamais tivesse sido admitido no andar superior. Esse quarto ele forrou todo de estantes firmes e altas nas quais aos poucos começou a arrumar, numa ordem aparentemente cuidadosa, todos os livros e pedaços de livros antigos esfacelados que na sua época ficavam amontoados promiscuamente em cantos estranhos dos diversos cômodos.

"Eles me serviram um pouco", ele diria enquanto tentava consertar uma página rasgada com letras negras com uma cola preparada sobre o enferrujado fogão da cozinha, "mas o garoto ta mais preparado pra fazê meió uso deles. Ele mandô deixá eles im orde, pois elis vai sê tudo do seu cunhecimento."

Quando Wilbur tinha um ano e sete meses — em setembro de 1914 — seu tamanho e suas realizações eram quase alarmantes. Ele ficara grande como uma criança de quatro e falava com fluência e incrível sagacidade. Ele corria à vontade pelos campos e colinas e acompanhava a mãe em todas suas andanças. Em casa, estudava diligentemente as curiosas ilustrações e mapas nos livros do avô, enquanto o Velho Whateley o instruía e catequizava durante as longas tardes silenciosas. A essa altura, a restauração da casa havia terminado e os que a viram se perguntaram por que uma das janelas superiores havia sido transformada numa sólida porta de tábuas. Era uma janela na parte de trás da empena do lado leste, encostada no morro, e ninguém conseguira imaginar por que uma rampa de madeira com presilhas fora construída do chão até ela. Na época da conclusão dessa obra, as pessoas notaram que a velha oficina, firmemente aferrolhada e com as janelas bloqueadas por tábuas desde o nascimento de Wilbur, fora abandonada de novo. A porta ficava descuidadamente aberta e quando Earl Sawyer ali entrou, certa vez, depois de uma visita para vender gado ao Velho Whateley, ele ficou nauseado pelo cheiro singular que sentiu — um fedor tal, assegurou, como jamais sentira em toda sua vida exceto perto dos círculos indígenas sobre os morros, e que não poderia vir de alguma coisa sã ou desta Terra. Mas, naquela época, as casas e celeiros dos habitantes de Dunwich não se notabilizavam pela pureza olfativa.

Os meses seguintes não registraram acontecimentos visíveis, salvo que todos juraram um crescimento lento mas persistente dos misteriosos ruídos nos morros. Na véspera do 1º de maio de 1915, aconteceram tremores que até a gente de Aylesbury sentiu, enquanto o Halloween seguinte produziu um estrondo subterrâneo curiosamente sincronizado com irrupções de labaredas — "coisa daqueles bruxos Whateley" — do cume da Sentinel Hill. Wilbur estava tendo um crescimento excepcional e parecia um menino de dez anos quando entrou em seu quarto ano de vida. Ele lia avidamente por conta própria, então, mas falava muito menos do que antes. Uma reserva decidida o estava absorvendo e, pela primeira vez, as pessoas começaram a falar especificamente da nascente aparência de maldade no seu rosto caprino. Às vezes ele murmurava num jargão pouco familiar e cantarolava em ritmos bizarros que arrepiavam o ouvinte com uma sensação de inexplicável terror. A aversão que lhe votava os cães já havia se tornado motivo de observação geral, e ele era obrigado a carregar uma pistola para atravessar o campo em segurança. O uso ocasional da arma não melhorou sua popularidade entre os donos de guardiões caninos.

Os poucos visitantes da casa frequentemente encontravam Lavínia sozinha, no térreo, enquanto sons de gritos e passos singulares ressoavam no segundo andar bloqueado. Ela nunca falava o que seu pai e o menino estavam fazendo lá em cima, embora uma vez houvesse empalidecido e revelado um grau de medo anormal quando um vendedor ambulante de peixe brincalhão experimentou a porta trancada que conduzia à escada. Esse vendedor contou aos desocupados de Dunwich Village que pensou ter ouvido um cavalo tropeando no andar de cima. Os desocupados ficaram pensativos, lembrando-se da porta e da rampa, e do gado que sumia tão depressa. Então eles estremeceram ao recordar as histórias da juventude do Velho Whateley e as coisas bizarras que são invocadas da terra quando um novilho é sacrificado na época aprazada a alguns deuses pagãos. Havia algum tempo que se notava que os cachorros começaram a odiar e temer tão intensamente todo o lugar dos Whateley quanto odiavam e temiam a pessoa do jovem Wilbur.

Em 1917, veio a guerra, e o juiz de paz Sawyer Whateley, na condição de presidente da junta de recrutamento local, teve muita dificuldade para conseguir uma cota de jovens de Dunwich aptos para serem enviados a um campo de treinamento ao menos. O governo, alarmado com esses sinais de decadência regional "por atacado", enviou vários oficiais e especialistas médicos para investigar; eles realizaram uma pesquisa que os leitores de jornais da Nova Inglaterra ainda podem se lembrar. Foi a publicidade dessa investigação que colocou alguns repórteres na pista dos Whateley e fez o *Boston Globe* e o *Arkham Advertiser* publicarem matérias dominicais exuberantes sobre a precocidade do jovem Wilbur, a magia negra do Velho Whateley e as estantes de livros estranhos, o segundo andar vedado da velha casa rural e a esquisitice de toda a região e os ruídos em seus morros. Wilbur tinha quatro anos e meio, então, e parecia um rapaz de quinze. Seus lábios e bochechas exibiam uma penugem áspera e escura e sua voz começara a mudar de registro.

Earl Sawyer foi até o sítio dos Whateley com grupos de repórteres e de cinegrafistas, e chamou sua atenção para o estranho fedor que parecia então exalar dos espaços superiores vedados abaixo. Segundo ele, era precisamente o cheiro que havia sentido no barracão de ferramentas abandonado quando a casa fora enfim consertada; e os odores fracos que às vezes ele pensara sentir perto do círculo de pedras nas montanhas. Os moradores de Dunwich leram as matérias quando elas apareceram e sorriram diante dos erros evidentes. Eles se perguntaram, também, por que os autores haviam dado tamanha importância ao fato de o Velho Whateley sempre pagar seu gado com peças de ouro de uma data muito remota. Os Whateley haviam recebido os visitantes com mal disfarçada aversão, embora não ousassem atrair mais publicidade com uma resistência violenta ou uma recusa a falar.

IV

Durante uma década, os anais dos Whateley se confundem indistintamente com a vida normal de uma comunidade mórbida acostumada a seus modos esquisitos e indiferente a suas orgias de May Eve e All-Hallows.[1] Duas vezes por ano, eles acendiam fogueiras no topo da Sentinel Hill, ocasião em que os estrondos nos morros ocorriam com crescente violência, enquanto em todas as estações aconteciam feitos estranhos e prodigiosos na solitária casa rural. Com o passar do tempo, visitantes professaram ter ouvido sons no andar superior bloqueado mesmo quando toda a família estava no térreo e eles se perguntavam com que assiduidade uma vaca ou um bezerro era geralmente sacrificado. Falou-se de uma queixa à Sociedade para a Prevenção da Crueldade contra Animais, mas isso não deu em nada, pois os moradores de Dunwich nunca gostaram de chamar a atenção do mundo para si.

Por volta de 1923, quando Wilbur era um garoto de dez anos cuja mente, voz, estatura e face barbada dava a impressão de maturidade, um segundo grande trabalho de carpintaria aconteceu na velha casa. Ele foi todo na parte superior vedada e, julgando pelos pedaços de madeira descartados, as pessoas concluíram que o jovem e seu avô haviam derrubado todas as divisórias e removido até o assoalho do sótão, deixando apenas um vasto espaço aberto entre o primeiro andar e o telhado pontudo. Eles

[1] May Eve, véspera do 1º de maio, dia de festas da primavera associadas ao plantio e à fecundidade em muitas comunidades do Hemisfério Norte desde tempos antigos; All-Hallows, o mesmo que Halloween, a noite de 31 de outubro, véspera do Dia de Todos os Santos e motivo de várias celebrações de outono e da colheita desde a antiguidade nas mesmas comunidades. (N.T.)

haviam derrubado a grande chaminé central, também, e equipado o fogão enferrujado com uma frágil coifa de estanho levando para fora.

Na primavera seguinte a esse evento, o Velho Whateley notou o aumento do número de bacuraus que saía da ravina Cold Spring para vir chilrear embaixo da sua janela à noite. Ele pareceu atribuir um grande significado a essa circunstância, e dizia aos desocupados do Osborn's que achava que sua hora estava chegando.

"Elis assuvia bem em compasso com minha respiração agora", dizia, "e eu acho que elis ta se preparano pra pegá minha alma. Elis sabe que ela tá saindo e num qué perdê ela. Ceis vai sabê, rapazes, dispois que eu mi for, si elis me pegô ou não. Se pegô, vai ficá cantano e rino inté o dia raiá. Si não pegô, elis meio que vai ficá quieto. Ispero qui elis i as alma qui elis caça tem umas briga bem dura as veiz."

Na Lammas Night[2] de 1924, o doutor Houghton de Aylesbury foi chamado às pressas por Wilbur Whateley que havia vergastado o único cavalo que lhe restara pela escuridão e lhe telefonara do Osborn's, no vilarejo. Ele encontrou o Velho Whateley em estado muito grave, com o batimento cardíaco e a respiração estertorada indicando que seu fim não estava muito distante. A disforme filha albina e o neto curiosamente barbado estavam ao pé do leito, enquanto do espaço vazio em cima vinha uma impressão inquietante de avanço e recuo ritmado como as ondas em alguma praia plana. O doutor, porém, ficou especialmente perturbado com os chilreios dos pássaros noturnos no lado de fora; uma legião aparentemente interminável de bacuraus que gritavam sua mensagem incansável em repetições sincronizadas diabolicamente com os estertores do moribundo. Era sinistro e sobrenatural — demais, pensou o doutor Houghton, como toda a região onde ele entrara com tanta relutância para atender ao chamado de urgência.

[2] Dia 1º de agosto, antigamente celebrado na festa da colheita dos povos antigos do Hemisfério Norte. (N.T.)

Por volta da uma hora, o Velho Whateley recuperou a consciência e conteve seus estertores para sussurrar algumas palavras ao neto.

"Mais espaço, Willy, mais espaço logo. Ocê cresce — e aquilo cresce mais depressa. Ele logo vai está pronto pra servi ocê, menino. Abra os portão para Yog-Sothoth com o longo canto que ocê vai achá na página 751 *da edição completa*, e depois ponha fogo na prisão. Fogo da terra não pode queimá ela de quarqué forma."

Ele estava nitidamente pirado. Fazendo uma parada durante a qual o bando de bacuraus lá fora ajustou seus gritos para o ritmo alterado enquanto alguns indícios dos estranhos ruídos do morro surgiram ao longe, ele acrescentou uma ou duas sentenças.

"Alimenta eli sempre, Willy, e cuide da quantidade; mas num deixa eli crescê depressa dimais para o lugar, pois si eli estourá o lugá ou caí fora antes qui ocê abra pra Yog-Sothoth, tá tudo acabado e num adianta. Só elis da raça do além faz ele murtiplicá e trabaiá... Só elis, os antigo que qué vortá..."

Mas o discurso cedera lugar aos estertores, de novo, e Lavínia gritou com a maneira como os bacuraus acompanharam a mudança. A situação se manteve inalterada por mais de uma hora, quando veio o rouco estertor final. O doutor Houghton desceu as pálpebras enrugadas sobre os olhos cinzentos vidrados enquanto a algazarra dos pássaros diminuía quase imperceptivelmente até silenciar. Lavínia soluçava, mas Wilbur apenas deu de ombros enquanto um ruído surdo e prolongado ribombava no morro.

"Eles não pegaram ele", murmurou com sua pesada voz grave.

Wilbur era, àquela altura, um estudioso de uma erudição realmente fabulosa à sua maneira unilateral, e era discretamente conhecido, por correspondência, de muitos bibliotecários de lugares distantes onde livros raros e proibidos de tempos antigos eram conservados. Ele era cada vez mais odiado e temido em Dunwich por causa de alguns desaparecimentos de jovens que a suspeita pousara vagamente em sua porta, mas sempre conseguira silenciar as investigações pelo medo ou pelo uso daquele fundo de ouro antigo que ainda, como no tempo de seu avô, saía com regularidade e em quantidades crescentes para a compra de gado. Ele tinha, então, uma aparência extraordinariamente madura, e sua estatura, tendo atingido o limite de um adulto normal, parecia prestes a superar essa medida. Em 1925, quando um acadêmico da Universidade de Miskatonic com o qual se correspondia o visitou, certo dia, e partiu pálido e intrigado, ele estava com dois metros de altura.

Durante todos aqueles anos, Wilbur tratara a mãe albina e disforme com crescente desprezo, e a proibira, por fim, de ir com ele aos montes no May Eve e no Halloween; e em 1926, a pobre criatura se queixou a Mamie Bishop que tinha medo dele.

"Tem mais coisa dele que não posso te contá, Mamie", disse ela, "e hoje tem coisa que nem eu mesma sei. Juro por Deus que num sei o que ele quer nem o que tá tentando fazê."

Naquele Halloween, os estrondos no morro soaram mais altos do que nunca e o fogo ardeu na Sentinel Hill, como sempre, mas as pessoas deram mais atenção à gritaria compassada dos bandos enormes de bacuraus curiosamente retardatários que pareciam se reunir perto da casa às escuras dos Whateley. Depois da meia-noite, suas notas estridentes explodiram numa espécie de gargalhada pandemônica que encheu os campos, e eles só se acalmaram ao amanhecer. Depois sumiram, voando para o sul onde, esgotados, permaneceram por um mês. O que isso significava, ninguém teve muita certeza até mais tarde. Nenhum morador da região parecia ter morrido — mas a pobre Lavínia Whateley, a albina deformada, não foi vista nunca mais.

No verão de 1927, Wilbur consertou dois celeiros no pátio da fazenda e começou a transferir seus livros e pertences para eles. Pouco depois disso, Earl Sawyer disse aos desocupados do Osborn's que outras obras de carpintaria estavam sendo feitas na casa dos Whateley. Wilbur estava vedando todas as portas e janelas do térreo, e parecia retirar todas as divisórias como ele e o avô haviam feito no andar de cima quatro anos antes. Ele estava vivendo num dos celeiros, e Sawyer achou que ele parecia inusitadamente preocupado e trêmulo. As pessoas em geral suspeitavam de que ele soubesse alguma coisa sobre o desaparecimento da mãe, e pouquíssimas se aproximavam de sua vizinhança então. Sua altura havia aumentado para mais de dois metros e dez centímetros, e não mostrava sinais de parar seu desenvolvimento.

V

O inverno seguinte trouxe um acontecimento não menos extraordinário que a primeira viagem de Wilbur para fora da região de Dunwich. A correspondência com a Biblioteca Widener em Harvard, a Bibliothèque Nationale de Paris, o Museu Britânico, a Universidade de Buenos Aires e a Biblioteca da Universidade de Miskatonic em Arkham, não lhe garantira o empréstimo de um livro que ele queria desesperadamente; então viajou, por fim, em pessoa, desmazelado, sujo, barbado e falando um dialeto insólito para consultar o exemplar da Miskatonic, que ficava geograficamente mais perto dele. Com quase dois metros e quarenta de altura e carregando uma valise nova e barata do Osborn's, aquela gárgula escura e caprina apareceu um dia em Arkham à procura do temido volume guardado a chave e ferrolho na biblioteca da faculdade — o odioso *Necronomicon* do louco árabe Abdul Alhazred na versão latina de Olaus Wormius, impresso na Espanha no século XVII. Ele nunca tinha visto uma cidade antes, mesmo assim todo seu interesse se resumiu a chegar à zona da universidade, onde, aliás, passou distraidamente pelo grande cão de guarda de presas brancas que latiu com uma fúria e uma ferocidade fora do normal, forcejando para se livrar da forte corrente que o prendia.

Wilbur levava consigo o exemplar inestimável, mas incompleto, da versão inglesa do doutor Dee que seu avô lhe confiara, e tendo obtido acesso ao exemplar latino, começou imediatamente a cotejar os dois textos para localizar determinada passagem que teria aparecido na página 751 de seu volume incompleto. Então não pôde se furtar de perguntar ao bibliotecário — o mesmo erudito Henry Armitage (mestrado na Miskatonic, PhD em Princeton, doutorado em literatura na Johns Hopkins) que visitara a fazenda uma vez e o cumulou de perguntas polidas. Estava em busca, teve de admitir, de uma espécie de fórmula ou encantamento contendo o apavorante nome *Yog-Sothoth*, e ficara intrigado de encontrar discrepâncias, duplicações e ambiguidades que tornavam a questão da sua localização muito difícil. Enquanto ele copiava a fórmula que por fim escolheu, o doutor Armitage olhou casualmente, por cima do seu ombro, para as páginas abertas; a da esquerda, da versão latina, continha ameaças monstruosas à paz e à sanidade do mundo.

"Não se deve pensar, também", dizia o texto tal como Armitage o traduziu mentalmente, "que o homem é o mais antigo ou o último dos senhores da Terra, nem que a massa comum de vida e substância caminha sozinha. Os Antigos eram, os Antigos são e os Antigos serão. Não nos espaços que conhecemos, mas entre eles, Eles caminham serenos e primordiais, sem dimensão e, para nós, invisíveis. Yog-Sothoth conhece o portal. Yog-Sothoth é o portal. Yog-Sothoth é a chave e o guardião do portal. Passado, presente, futuro estão todos unidos em Yog-Sothoth. Ele sabe onde os Antigos abriram caminho no passado e onde Eles abrirão novamente. Ele sabe onde Eles palmilharam campos terrestres e onde Eles ainda os percorrem, e porque ninguém pode avistá-Los enquanto caminham. Por Seu cheiro, os homens às vezes conseguem saber que Eles estão por perto, mas de Seu semblante nenhum homem pode saber, exceto apenas nas feições daqueles que Eles geraram na humanidade; e desses existem muitos tipos, diferindo em aparência desde o mais verdadeiro ideal de homem para aquela forma sem visão ou substância que são Eles. Eles caminham invisíveis e infames por lugares ermos onde as Palavras foram pronunciadas e os Ritos gritados nas suas Temporadas; o vento murmureja com as vozes Deles, e a Terra sussurra com as consciências Deles. Eles subjugam a mata e esmagam a cidade, mas que a mata e a cidade não vejam a mão que as fere. Kadath, na vastidão fria, Os conheceu, e o que sabe o homem de Kadath? O deserto gelado do Sul e as ilhas submersas do oceano conservam pedras onde o Seu selo está gravado, mas quem viu a cidade gelada ou a torre coberta de festões de algas e crustáceos? O grande Cthulhu é Seu primo, mas ele só Os pode ver vagamente. *Iä! Shub-Niggurath!* Como uma loucura nós Os conheceremos. A mão Deles está em vossas gargantas, mas ainda assim não Os vedes; e Sua habitação é igual a vosso guardado limiar. Yog-Sothoth é a chave do portal por onde as esferas se encontram. O homem reina agora onde um dia Eles reinaram; em breve Eles reinarão onde agora o homem reina. Depois do verão vem o inverno, depois do inverno, verão. Eles esperam pacientes e poderosos, pois aqui Eles reinarão mais uma vez."

O doutor Armitage, associando o que lia com o que ouvira de Dunwich e suas presenças ameaçadoras, e de Wilbur Whateley e sua aura hedionda, sombria que se estendera de um nascimento dúbio à nuvem de um provável matricídio, sentiu uma onda de pavor tão palpável quanto a exalação da fria viscosidade de um túmulo. O gigante caprino curvado à sua frente parecia gerado em algum outro planeta ou dimensão; alguma coisa só em parte humana, associada a abismos negros de essência e entidade que se estendem como fantasmas titânicos para além de todas as esferas de força e matéria, espaço e tempo. Naquele instante, Wilbur levantou a cabeça e começou a falar daquela maneira estranha, ressonante, que sugeria órgãos sonoros diferentes daqueles do desenvolvimento normal da humanidade.

"Senhor Armitage", ele disse, "creio que devo levar esse livro para casa. Há nele coisas que preciso testar sob certas condições que não posso obter aqui e seria um pecado mortal permitir que uma regra burocrática mo impedisse. Deixe-me levá-lo, senhor, e eu juro que ninguém vai notar a ausência. Nem preciso lhe dizer que vou cuidar bem dele. Não fui eu que deixei esta cópia de Dee do jeito que está..."

Ele parou quando viu a negativa firme no rosto do bibliotecário e seu próprio semblante caprino adquiriu uma expressão astuciosa. Armitage, quase pronto para lhe dizer que podia levar uma cópia das partes que precisasse, pensou de repente nas possíveis consequências e se conteve. Era responsabilidade demais entregar a um ser como aquele a chave para esferas exteriores tão ímpias. Whateley viu o pé em que as coisas estavam e tentou responder com elegância.

"Certo, está bem, se pensa assim. Talvez Harvard não seja tão encrenqueira quanto o senhor." E sem dizer mais nada, ele se levantou e saiu do edifício, curvando-se para atravessar as portas.

Armitage ouviu o latido selvagem do grande cão de guarda e estudou os passos longos de gorila de Whateley enquanto ele cruzava o trecho do campus visível da janela. Pensou nos contos pavorosos que ouvira e recordou as velhas histórias dominicais no *The Advertiser*; essas coisas, e o conhecimento antigo que recolhera de rústicos e aldeões de Dunwich durante sua única visita ao lugar. Coisas invisíveis de fora da Terra — ou, pelo menos, não da terra tridimensional — se arrojavam fétidas e horríveis pelas ravinas da Nova Inglaterra, e pairavam repulsivamente nos cumes das montanhas. Disso ele há muito tinha certeza. Agora parecia sentir a presença próxima de alguma parte terrível do horror intruso e vislumbrar um avanço diabólico no domínio negro do velho e antes passivo pesadelo. Trancou o *Necronomicon* com um estremecimento de asco, mas a sala ainda exalava um fedor profano e inidentificável. "Como uma loucura nós os conheceremos", citou. Sim — o cheiro era o mesmo que o havia nauseado na casa dos Whateley menos de três anos antes. Ele pensou em Wilbur, caprino e aziago, mais uma vez, e riu zombando dos rumores rústicos sobre a sua estirpe.

"Endogamia?", murmurou Armitage, a meia voz, para si mesmo. "Bom Deus, que simplórios! Mostre-lhes *Great God Pan* de Arthur Machen e eles vão pensar que é um escândalo comum de Dunwich! Mas que coisa — que maldita influência informe de dentro ou de fora desta Terra tridimensional — fora o pai de Wilbur Whateley? Nascido no dia da Candelária — nove meses depois do May Eve de 1912, quando o falatório sobre os estranhos ruídos da terra chegaram a Arkham — o que andara pelas montanhas naquela noite de maio? Que horror de Roodmas[3] se fixara no mundo em carne e sangue metade humanos?"

Nas semanas seguintes, o doutor Armitage começou a colher todos os dados possíveis sobre Wilbur Whateley e as presenças informes em torno de Dunwich. Ele entrou em contato com o doutor Houghton de Aylesbury que atendera o Velho Whateley em sua última doença e encontrara muito no que pensar nas palavras finais do avô tal como foram citadas pelo médico. Uma visita a Dunwich Village não lhe trouxera muita coisa de novo; mas um exame atento do *Necronomicon*, naquelas partes em que Wilbur procurara com tanta avidez, pareceu fornecer pistas novas e terríveis sobre a natureza, os métodos e os desejos do estranho mal que tão vagamente ameaçava este planeta. Conversas com vários estudiosos de sabedoria arcaica de Boston, e cartas para vários outros de muitos lugares, valeram-lhe uma admiração crescente que passou, aos poucos, por vários graus de alarme até um estado de medo espiritual realmente agudo. Com a chegada do verão, ele sentiu que alguma coisa precisava ser feita sobre os terrores emboscados no vale superior do Miskatonic e sobre o ser monstruoso conhecido pelo mundo humano como Wilbur Whateley.

[3] Roodmas: dia de festa pagã, o mesmo que Beltane ou 1º de maio, em que os povos pagãos antigos acendiam fogueiras para proteger seu gado de doenças, entre outras crenças.

VI

O horror de Dunwich propriamente dito aconteceu entre Lammas e o equinócio de 1928, e o doutor Armitage esteve entre os que testemunharam seu prólogo monstruoso. Ele tinha ouvido, nesse entretempo, sobre a grotesca viagem de Whateley a Cambridge e seus esforços frenéticos para tomar emprestado ou copiar um trecho do *Necronomicon* na Biblioteca Widener. Esses esforços haviam sido em vão, pois Armitage emitira advertências veementes a todos os bibliotecários encarregados do terrível volume. Wilbur ficara extremamente nervoso em Cambridge; ansioso pelo livro, mas quase igualmente ansioso para voltar para casa, como se temesse as consequências de ficar muito tempo longe dela.

No início de agosto, o quase que esperado desfecho se desenrolou e, nas primeiras horas da madrugada do terceiro dia, o doutor Armitage foi abruptamente despertado pelos gritos alucinantes do feroz cão de guarda do campus da faculdade. Profundos e terríveis, os rosnados, grunhidos e latidos meio alucinados prosseguiram, em volume sempre crescente, mas com pausas significativas. Um grito explodiu enfim de uma garganta muito diferente — um grito tal que acordou metade dos que dormiam em Arkham e assombrou seus sonhos para sempre no futuro; um grito tal que não poderia provir de nenhuma criatura nascida na Terra, ou inteiramente na Terra.

Armitage se vestiu às pressas e, correndo pela rua e pelos gramados para os edifícios da faculdade, viu que havia outros à sua frente, e ouviu os ecos estridentes de um alarme contra roubo saindo da biblioteca. Avistava-se uma janela aberta às escuras sob o luar. Aquilo que tinha vindo havia de fato concluído sua entrada, pois os latidos e os gritos, agora se desfazendo numa mistura de grunhidos e gemidos baixos, provinham inconfundivelmente de dentro. Uma espécie de instinto advertiu Armitage de que o que estava acontecendo não era uma coisa para olhos desprevenidos verem, por isso, usando de autoridade, ele fez a multidão recuar enquanto destrancava a porta do vestíbulo. Entre os demais, ele viu o professor Warren Rice e o doutor Francis Morgan, homens a quem havia relatado algumas de suas conjecturas e apreensões, e para esses dois, fez um gesto para que entrassem com ele. Os sons no interior, tirante o ganido vigilante e raivoso do cão, haviam quase desaparecido naquele momento, mas Armitage percebeu então, com um sobressalto, que um coro alto de bacuraus entre os arbustos iniciara um diabólico chilreio compassado como que em uníssono com os estertores finais de um moribundo.

O edifício estava inteiramente tomado por um fedor medonho que o doutor Armitage conhecia bem demais, e os três homens se apressaram pelo vestíbulo até a pequena sala de leituras genealógicas de onde vinham os ganidos fracos. Por um segundo, ninguém ousou acender a luz, até que Armitage juntou coragem e acionou o interruptor. Um dos três — não se sabe ao certo qual — soltou um grito agudo diante do que se estendia diante deles entre mesas remexidas e cadeiras reviradas. O professor Rice declara que perdeu completamente a consciência por um instante, embora não tivesse cambaleado ou caído.

A coisa que jazia meio curvada de lado num poço fétido de icor amarelo-esverdeado e viscosidade betuminosa media quase dois metros e setenta de altura, e o cão havia dilacerado toda a sua roupa e parte de sua pele. Ela não estava completamente morta, mas se mexia em silêncio, com espasmos, enquanto seu peito arquejava num uníssono monstruoso com o chilreio alucinado dos urubus expectantes do exterior. Pedaços de couro de sapato e fragmentos de roupas estavam espalhados por toda a sala, e perto da janela jazia um saco de lona vazio do qual evidentemente foram atirados. Perto da escrivaninha central estava caído um revólver, um cartucho amolgado, mas não disparado, explicando-se, posteriormente, por que ele não fora atirado. A coisa em si, porém, empanou todas as outras imagens naquele momento. Seria banal e não totalmente exato dizer que a pena de nenhum ser humano poderia descrevê-la, mas se pode dizer que ela não poderia ser vivamente visualizada por alguém cujas ideias sobre aspecto e contorno estejam ligadas muito de perto a formas de vida comuns deste planeta e às três dimensões conhecidas. Ela era em parte humana, sem dúvida, com as mãos e a cabeça muito humanas, e a face caprina, sem queixo, trazia a marca dos Whateley. Mas o torso e as partes inferiores do corpo eram teratologicamente fabulosos, de forma que só uma roupa muito folgada poderia ter permitido que ela caminhasse pela Terra sem ser perseguida ou eliminada.

Acima da cintura, era semiantropoide, embora o peito, no qual as patas lacerantes do cão ainda descansavam vigilantes, tinha a pele reticulada, coriácea, de um crocodilo ou aligátor. As costas eram malhadas de amarelo e preto e sugeriam vagamente a cobertura escamosa de certas cobras. O pior, porém, ficava abaixo da cintura, pois ali toda a semelhança humana se fora e começava a fantasia absoluta. A pele era coberta por uma pelagem áspera, densa, escura, e do abdômen projetava-se claramente uma série de longos tentáculos cinzento-esverdeados com aberturas para sucção vermelhas.

Seu formato era estranho e parecia acompanhar as simetrias de alguma geometria cósmica desconhecida na Terra ou no sistema solar. Em cada anca, profundamente incrustado numa espécie de órbita rósea ciliada, estava o que parecia ser um olho rudimentar, enquanto no lugar de uma cauda, pendia dali uma espécie de tronco, ou tentáculo, com marcas anulares púrpuras e muitas evidências de ser uma boca ou garganta não desenvolvida. Os membros, exceto por sua pelagem escura, se assemelhavam vagamente às pernas traseiras dos gigantescos sáurios terrestres pré-históricos, e terminavam em patas sulcadas de veias que não eram cascos nem garras. Quando a coisa respirava, sua pseudocauda e seus tentáculos mudavam compassadamente de cor como que por alguma causa circulatória normal ao matiz esverdeado não humano de sua ancestralidade. Nos tentáculos foi observada uma intensificação da coloração esverdeada, enquanto na parte traseira era manifesta uma aparição amarelada que se alternava com um branco acinzentado mórbido nos espaços entre os anéis purpúreos. De sangue genuíno, não havia nada; somente o fétido icor amarelo-esverdeado que escorria pelo chão pintado além do raio de viscosidade, deixando uma curiosa descoloração atrás.

Quando a presença dos três homens pareceu despertar a coisa moribunda, ela começou a murmurar, sem virar nem erguer a cabeça. O doutor Armitage não fez nenhum registro escrito de seus balbucios, mas garante confidencialmente que nada foi pronunciado em inglês. No começo, as sílabas desafiaram qualquer correlação com alguma fala da Terra, contudo, mais perto do fim, surgiram alguns fragmentos desconexos evidentemente tirados do *Necronomicon*, aquela blasfêmia monstruosa em cuja busca a coisa perecera. Esses fragmentos, tal como Armitage deles se recorda, traziam algo como "*N'gai, n'gha'ghaa, bugg-shoggog, y'hah: Yog-Sothoth, Yog-Sothoth...*" Eles se extinguiram enquanto os urubus guinchavam em crescentes ritmados de profana antecipação.

Deu-se, então, uma interrupção dos estertores e o cão levantou a cabeça e soltou um uivo prolongado e lúgubre. Uma alteração aconteceu na face caprina, amarela, da coisa prostrada, e os grandes olhos negros se fecharam assustadoramente. Do lado de fora da janela, o ruído das aves havia cessado de repente e por sobre os murmúrios da multidão que se formava elevou-se o som de um adejar de asas e uma revoada em pânico. Contra a Lua, vastas nuvens de observadores emplumados alçaram voo e sumiram de vista, ensandecidos com a presa que estavam procurando.

De repente, o cão se ergueu com um salto, soltou um latido de pavor e pulou nervosamente pela janela pela qual entrara. Um grito se ergueu da multidão e o doutor Armitage berrou para os homens do lado de fora que ninguém devia entrar antes da polícia ou de um médico legista. Ele ficou grato por as janelas serem altas demais para alguém espiar e fechou as cortinas escuras com cuidado. A essa altura, dois policiais haviam chegado, e o doutor Morgan, reunindo-se a eles no vestíbulo, tentava convencê-los, para seu próprio bem, a adiar a entrada na sala de leitura malcheirosa até que chegasse o legista e a coisa prostrada fosse coberta.

Nesse meio tempo, coisas pavorosas estavam acontecendo no assoalho. Não é preciso descrever o tipo e a velocidade de encolhimento e desintegração que ocorreu diante dos olhos do doutor Armitage e do professor Rice, mas é admissível dizer que, afora a aparência externa de rosto e mãos, o elemento verdadeiramente humano em Wilbur Whateley devia ter sido muito pequeno. Quando o legista chegou, restava apenas uma massa esbranquiçada pegajosa nas tábuas pintadas e o cheiro monstruoso quase desaparecera. Aparentemente, Whateley não tivera crânio nem esqueleto ósseo; pelo menos, em nenhum sentido verdadeiro ou estável. Ela havia puxado, depois, um pouco seu desconhecido pai.

VII

No entanto, isso tudo foi apenas o prólogo do verdadeiro horror de Dunwich. As formalidades foram encaminhadas por oficiais estarrecidos, detalhes anormais foram mantidos longe da imprensa e do público e pessoas foram enviadas a Dunwich e Aylesbury para levantar bens e notificar qualquer pessoa que pudesse ser herdeira do falecido Wilbur Whateley. Elas encontraram a região em grande ebulição, seja pelos crescentes estrondos embaixo das montanhas arredondadas, seja pelo fedor incomum e os sons envolventes e progressivos que emergiam com crescente intensidade da grande casca vazia que era então a morada dos Whateley. Earl Sawyer, que cuidara do cavalo e do gado durante a ausência de Wilbur, desenvolvera uma agudíssima crise nervosa. Os funcionários inventaram desculpas para não entrar no repulsivo lugar lacrado, contentando-se em limitar suas pesquisas das dependências do falecido a uma única visita aos barracões recém-reparados. Eles encheram um relatório volumoso no fórum de Aylesbury e comenta-se que persistem alguns litígios com respeito à herança entre os numerosos Whateley, decaídos ou não, do vale superior do Miskatonic.

Um manuscrito quase interminável em caracteres estranhos, escrito num livro de razão enorme e considerado uma espécie de diário pelo espaçamento e as variações de tinta e caligrafia, representou um quebra-cabeça desconcertante para os que o encontraram na velha cômoda que servira de escrivaninha a seu dono. Depois de uma semana de debates, ele foi enviado à Universidade de Miskatonic junto com a coleção de livros estranhos do falecido para estudo e possível tradução; mas mesmo os melhores linguistas logo perceberam que ele não seria deslindado com facilidade. Não se descobriu o menor traço do ouro antigo com que Wilbur e o Velho Whateley sempre pagavam suas dívidas.

Foi no anoitecer do nono dia de setembro que o horror eclodiu. Os ruídos no morro haviam sido muito pronunciados ao entardecer e os cães latiram freneticamente durante a noite inteira. Os madrugadores do dia 10 notaram um fedor insólito no ar. Por volta das sete horas, Luther Brown, o ajudante contratado do sítio de George Corey, entre a Cold Spring Glen e o vilarejo, voltou numa correria alucinada de sua jornada matinal ao Ten-Acre Meadow com as vacas. Ele estava quase convulsionado de terror quando entrou aos trambolhões na cozinha, enquanto, no pátio externo, o rebanho não menos assustado pateava e mugia de maneira pungente, tendo seguido o ajudante no pânico que com ele compartia. Aos arrancos, Luther tentou balbuciar sua história à senhora Corey.

"Lá no caminho depois da ravina, Nhá Corey... tem arguma coisa por lá! Qui era que nem trovão, e tudo os arbusto e arvrinha tá arrancado do caminho como si uma casa fossi arrastada pur cima dele. E isso não é o pió, também. Tem pegadas no caminho, nhá Corey... pegadas grande e redonda que nem tampa de barril, todas enterrada fundo como si um elefanti tivesse passado, só que parece que mais de quatro pé podia fazê! Olhei uma ou duas antes de corrê e vi que cada uma tava coberta de linhas se espaiano de um ponto, como as foia grande de parmeira... duas ou treis vez maió que quarqué uma que existe... tinha sido pisada no caminho. E o chero era horríver, como o que tem perto da casa véia do Bruxo Whateley..."

Nisso ele vacilou e pareceu estremecer novamente com o pavor que o fizera sair correndo para casa. A senhora Corey, incapaz de extrair outras informações, começou a telefonar para os vizinhos, iniciando assim nas suas redondezas a abertura do pânico que anunciava os grandes terrores. Quando ela contatou Sally Sawyer, governanta de Seth Bishop, o lugar mais próximo dos Whateley, foi a sua vez de ouvir em vez de transmitir, pois o garoto de Sally, Chauncey, que não dormia bem, havia subido o morro na direção dos Whateley e recuara aterrorizado depois de olhar o local e o pasto onde as vacas do senhor Bishop haviam sido deixadas durante a noite.

"Sim, nhá Corey", chegou a voz trêmula de Sally pela extensão telefônica, "Chancey acaba de vortá e quase não conseguiu falá de tão apavorado! Ele diz que a casa do Véio Whateley tá toda despedaçada, com madeira espaiada em vorta como se tivesse sido dinamitada por dentro; só sobrô o chão de baixo, mas eli tá tudo coberto com uma coisa parecida com betume que cheira horríver e escorre pelas borda pro chão onde as madeira dos lado tá espaiada. E tem umas espece de marca horríver no quintar, tamém... umas marca grande e redonda, maió até que as de uma cabeça de porco, e todas peguenta com uma coisa como a da casa exprodida. Chancey, ele diz que elas vai pros campo, onde uma grande faixa maió que um celeiro está batida e todas as paredes derrubadas por onde ela passa.

"E ele diz, ele diz, nhá Corey, como ele tentô procurá as vaca de Seth, mesmo assustado cumo estava, e descobriu elas no pasto superior perto do Devil's Hop Yard de forma horrível. Metade tinha ido embora, e a metade que foi deixada, tá sugada até a úrtima gota de sangue, com feridas como as do gado dos Whateley desde que a cria escura da Lavinha nasceu. Seth saiu agora pra vê elas, embora eu gostava que ele não chegasse tão perto do Bruxo Whateley. Chancey não olho com cuidado pra vê pra onde a grande trilha batida levava dipois de sai da pastage, mas eli diz que acha que ela apontava pro caminho da ravina para a vila.

"Eu digo pra senhora, nhá Corey, tem arguma coisa por aí que não devia de estar, e eu acho, aliás, que o negro Wilbur Whateley, que teve o mau fim que ele merecia, está por trais disso tudo. Ele mermo não era de todo um home, eu sempre diz pra todo mundo; e acho que ele e o Véio Whateley deve de tê criado arguma coisa naquela casa toda fechada cum prego que não era humano quem nem eles. Sempre teve umas coisas invisívers em vorta de Dunwich... coisa viva... que num era humana e num era bom pra gente humana.

"O chão tava falano noite passada, e perto da manhã, Chancey, ele oviu os bacurau tão arto em Col'Spring Glen que não conseguiu durmi. Aí ele penso que oviu outro baruio fraco pros lado do Bruxo Whateley... uma espece de rachação ou rasgação de madeira, como si uma caixa ou caixote grande fosse aberto compretamente. Que cum isso e aquilo, ele não conseguiu durmi mesmo inté o sor raiá. E assim que ele levanto de manhã, teve de i até os Whateley e vê do que se tratava. Ele viu de sobra, eu lhe digo, nha Corey! Isso num é coisa boa, e acho que todos os homes devia de formá um grupo e fazê arguma coisa. Sei que tem arguma coisa horríver por aí, e sinto que minha hora ta perto. Embora só Deus sabe o que qui é.

"Será que o seu Luther percebeu pra onde aquelas pegada grande leva? Não? Bein, nha Corey, si elas tava no caminho da ravina deste lado da ravina, e ainda não foi para casa da senhora ainda, carculo que deve de i pra própria ravina. Eles fazia isso. Eu sempre digo que a Col'Spring Glen num é um lugá sardave nem decente. Os bacurau e vaga-lume dali nunca não agiu como si fosse criatura de Deus, e tem gente que diz que elis como qui escuita coisas estranha correndo e falano no ar por lá, se ficá no lugar certo, entre a cascata e a Bear's Den."

Por volta daquele meio-dia, três quartos dos homens e meninos de Dunwich estavam caminhando pelas estradas e prados entre as ruínas recentes dos Whateley e a Cold Spring Glen, examinando, horrorizados, as pegadas enormes e monstruosas, as reses mutiladas do Bishop, os destroços estranhos e abjetos da casa da fazenda, e a vegetação machucada, emaranhada, dos campos e beiras da estrada. O que quer que havia sido solto no mundo, certamente descera para a grande e sinistra ravina, pois todas as árvores nas suas beiradas estavam curvas e quebradas, e uma grande avenida fora aberta entre os arbustos rasteiros que pendiam do precipício. Era como se uma casa, atirada por uma avalanche, houvesse deslizado pela vegetação emaranhada da encosta quase vertical. De baixo, não vinha nenhum som, apenas um fedor distante, indefinível, e não surpreende que os homens tenham preferido ficar na beirada discutindo em vez de descer e enfrentar o ciclópico horror desconhecido em seu covil. Três cachorros que estavam com o grupo latiram furiosamente no começo, mas pareciam amedrontados e relutantes quando chegaram perto da ravina. Alguém telefonou as novas para o *Aylesbury Transcript*, mas o editor, acostumado com as histórias alucinadas de Dunwich, se limitou a inventar um parágrafo cômico sobre aquilo, um item logo reproduzido pela Associated Press.

Naquela noite, todo mundo foi para seus lares, e cada casa e celeiro foram barricados o mais solidamente possível. Desnecessário dizer que não se deixou gado solto em pasto aberto. Perto das duas da manhã, um fedor pavoroso e o latido selvagem dos cães acordaram a família Elmer Frye na borda leste de Cold Spring Glen, e todos concordaram que puderam ouvir uma espécie de assobio abafado de algum lugar do lado de fora. A senhora Frye se propôs a telefonar para os vizinhos e Elmer estava quase concordando quando o barulho de madeira estilhaçada acabou com suas conjecturas. Parecia vir do estábulo e foi imediatamente seguido de uma berraria medonha e um tropel de gado. Os cães espumavam e se acocoraram perto dos pés da família transida de pavor. Frye acendeu uma lanterna pela força do hábito, mas sabia que seria morte certa sair por aquela fazenda escura. As crianças e mulheres choramingavam, impedidas de gritar por algum instinto obscuro, vestigial, de defesa que lhes dizia que suas vidas dependiam do silêncio. A berraria do gado esmoreceu, enfim, para um lamento triste e seguiu-se um grande pandemônio de estalos, estrépitos e estrondos. Os Frye, aglomerados na sala de estar, não ousaram se mexer até que os derradeiros ecos se desfizessem ao longe da Cold Spring Glen. Então, envolta nos gemidos lastimosos do estábulo e nos chilros infernais dos urubus retardatários na ravina, Selina Frye foi cambaleando até o telefone e espalhou todas as notícias que tinha da segunda fase do horror.

No dia seguinte, toda a região estava em pânico, e grupos arredios, assustados, chegavam e partiam do lugar onde a coisa diabólica acontecera. Duas titânicas faixas de destruição se estendiam da ravina ao terreiro dos Frye, pegadas monstruosas cobriam os trechos descobertos de chão, e um lado do velho estábulo vermelho estava completamente desmoronado. Das reses, apenas um quarto pôde ser encontrado e identificado. Algumas estavam estraçalhadas em fragmentos estranhos e todas que sobreviveram tiveram de ser abatidas. Earl Sawyer sugeriu que se pedisse ajuda a Aylesbury ou Arkham, mas outros sustentaram que não valeria a pena. O velho Zebulon Whateley, de um ramo da família a meio caminho entre a sanidade e a decadência, fez sugestões desvairadas sobre ritos que deviam ser praticados no cume dos montes. Ele provinha de uma linhagem em que a tradição era forte e suas lembranças dos cantos nos imponentes círculos de pedra não eram inteiramente relacionadas a Wilbur e seu avô.

A escuridão baixou sobre uma zona rural abalada e passiva demais para se organizar para uma verdadeira defesa. Em alguns casos, famílias afins se juntaram e ficaram em vigília, no escuro, debaixo de um teto; mas, em geral, houve apenas uma repetição das barricadas da noite anterior, e o gesto fútil, ineficaz, de carregar mosquetes e deixar forcados à mão. Nada ocorreu, porém, exceto alguns ruídos no morro, e, quando o dia clareou, foram muitos os que pensaram que o novo horror havia partido tão depressa quanto surgira. Houve até almas corajosas que propuseram a descida de uma expedição ofensiva pela ravina, mas que não se dispuseram a dar um exemplo concreto à maioria relutante.

Quando a noite chegou novamente, a barricada se repetiu, embora houvesse menos ajuntamento de famílias. Pela manhã, tantos os Frye como os Seth Bishop registraram uma excitação entre os cães, e sons e fedores vagos ao longe, enquanto exploradores matinais notaram, horrorizados, um conjunto fresco das pegadas monstruosas na estrada que rodeava a Sentinel Hill. Como antes, os lados da estrada mostravam uma amolgadura indicando a massa estupenda do horror blasfemo, enquanto a conformação das pegadas parecia falar de um percurso em duas direções, como se a montanha em movimento houvesse saído da Cold Spring Glen e voltado pelo mesmo caminho. Na base do morro, um espaço de nove metros de arbustos novos esmagados subia numa inclinação íngreme, e os expedicionários ficaram boquiabertos ao ver que nem os trechos mais perpendiculares desviavam a trilha inexorável. O que quer que fosse o horror, ele escalaria um penhasco rochoso quase vertical; e quando os investigadores chegaram ao topo do morro por caminhos mais seguros, viram que a trilha terminava — ou melhor, se invertia — ali.

Era ali que os Whateley costumavam acender suas fogueiras demoníacas e entoar seus ritos infernais ao lado da pedra em forma de mesa em May Eve e Halloween. Agora, aquela mesma pedra formava o centro de um vasto espaço circundado pelo horror fenomenal, enquanto em sua superfície levemente côncava havia um depósito grosso e fétido da mesma viscosidade betuminosa observada no assoalho da casa desmoronada dos Whateley quando o horror escapara. Os homens se entreolharam e murmuraram. Aí eles olharam para a base do morro. Aparentemente, o horror havia descido quase pelo mesmo caminho em que subira. Especular era inútil. Razão, lógica e ideias normais de motivação se confundiam. Somente o velho Zebulon, que não estava com o grupo, poderia estar pode dentro da situação ou sugerir uma explicação plausível.

A noite de quinta-feira começou como as outras, mas teve um final menos feliz. Os bacuraus da ravina haviam gritado com uma persistência tão incomum que muitos não conseguiram dormir, e, por volta das três da madrugada, todas as extensões telefônicas retiniram com estridor. Os que levantaram os auscultadores ouviram uma voz histérica gritar, "Socorro, oh, meu Deus!..." e alguns acharam que um estrondo se seguiu ao corte da exclamação. Não aconteceu mais nada. Ninguém ousou fazer nada e ninguém ficou sabendo, até a manhã, de onde viera a chamada. Então, os que a ouviram, ligaram para todos os usuários da linha e descobriram que só os Frye não atendiam. A verdade surgiu uma hora depois, quando um grupo de homens armados, reunido às pressas, foi ao sítio dos Frye na ponta da ravina. Foi horrível, mas não uma surpresa. Havia mais trilhas e pegadas monstruosas, mas nenhuma casa. Ela havia desmoronado como uma casca de ovo, e entre as ruínas não foi possível descobrir nada vivo ou morto, apenas o fedor e a viscosidade betuminosa. Os Elmer Frye haviam sido apagados de Dunwich.

VIII

Nesse entrementes, uma fase mais tranquila, embora espiritualmente ainda mais pungente do horror, viera se desenrolando soturnamente por trás da porta fechada de um quarto forrado de estantes em Arkham. O curioso registro ou diário manuscrito de Wilbur Whateley, entregue à Universidade de Miskatonic para tradução, havia causado muita ansiedade e frustração entre os especialistas em línguas antigas e modernas; seu alfabeto, a despeito da semelhança geral com o arábico muito nuançado que se usara na Mesopotâmia, era mesmo inteiramente desconhecido de toda autoridade disponível. A conclusão final dos linguistas foi que o texto apresentava um alfabeto artificial, produzindo o efeito de um criptograma, mas nenhum dos métodos usuais de decifração criptográfica pareceu fornecer alguma chave, mesmo quando aplicado na base de cada língua que o escritor poderia concebivelmente ter usado. Os livros antigos retirados da moradia dos Whateley, conquanto muito interessantes e, em vários casos, prometendo abrir novas e terríveis linhas de pesquisa para filósofos e homens de ciência, não foram de nenhuma ajuda nesse caso. Um deles, um volume pesado com um fecho de ferro, estava em outro alfabeto desconhecido — de uma classe muito diferente, e parecendo mais com sânscrito do que com outra coisa qualquer. O velho livro foi entregue, por fim, ao inteiro cuidado do doutor Armitage, tanto pelo seu peculiar interesse no assunto dos Whateley como por seu amplo conhecimento e habilidade linguísticos nas fórmulas místicas da Antiguidade e da Idade Média.

Armitage tinha a ideia de que o alfabeto poderia ser alguma coisa esotérica usada por cultos secretos de tempos antigos que herdaram muitas formas e tradições dos magos do mundo sarraceno. Essa questão, porém, ele não considerou vital, pois não seria necessário conhecer a origem dos símbolos se, como suspeitava, fossem usados como um código numa língua moderna.

Era sua crença que, considerando a grande quantidade de texto envolvido, o autor dificilmente se daria ao trabalho de usar uma outra língua que não a sua, exceto, talvez, em certas fórmulas e encantamentos especiais. Assim, ele *atacou* o manuscrito com o pressuposto preliminar de que o grosso dele estava em inglês.

O doutor Armitage sabia, pelos repetidos fracassos de seus colegas, que o enigma era profundo e complexo, e que nenhum modo simples de solução mereceria um exame sequer. Durante todo o fim de agosto, ele se preparou adquirindo um conhecimento avantajado em criptografia, explorando os recursos mais completos da sua própria biblioteca e vasculhando, noite após noite, os arcanos da *Poligraphia* de Tritêmio, *De Furtivis Literarum Notis* de Giambattista Porta, *Traite des Chiffres* de Vigenère, *Cryptomenysis Patefacta* de Falconer, tratados do século XVIII de Davys e Thicknesse, e autoridades absolutamente modernas como Blair, van Marten e o *Kryptographik* de Klüber,. Intercalou seus estudos dos livros com o avanço no próprio manuscrito, e com o tempo convenceu-se de que teria de lidar com um daqueles criptogramas mais sutis e engenhosos em que muitas listas separadas de letras correspondentes são dispostas como uma tabuada e a mensagem construída com palavras-chaves arbitrárias só conhecidas pelo iniciado. As fontes antigas pareceram-lhe mais úteis que as mais novas, e Armitage concluiu que o código do manuscrito era de grande antiguidade, sem dúvida transmitido por uma extensa lista de experimentadores místicos. Várias vezes, quando ele parecia estar chegando perto da luz, era bloqueado por algum obstáculo imprevisto. Então, com a aproximação de setembro, as nuvens começaram a se abrir. Certas letras usadas em algumas partes do manuscrito emergiram definida e inconfundivelmente, e ficou óbvio que o texto era mesmo em inglês.

Na noite de 2 de setembro, a última barreira importante cedeu, e o doutor Armitage leu, pela primeira vez, uma passagem contínua dos anais de Wilbur Whateley. Era, na verdade, um diário, como ele havia imaginado, e estava exprimido num estilo que revelava a nítida mistura de conhecimento oculto e ignorância geral do estranho ser que o escrevera. Já a primeira passagem extensa que Armitage decifrou, uma anotação datada de 26 de novembro de 1916, mostrou-se muito surpreendente e inquietante. Ela fora escrita, lembrou-se ele, por uma criança de três anos e meio com a aparência de um garoto de doze ou treze.

"Hoje aprendi o Aklo para as Hostes", dizia, "que não gostei, ele podendo ser respondido do morro e não do ar. Aquele no andar de cima mais a frente de mim que eu achava, e não parece ter muito cérebro terrestre. Atirei no collie Jack do Elam Hutchins quando veio me morder, e Elam diz que vai me matar se ele morrer. Acho que não vai. Vovô me fez ficar dizendo a fórmula Dho noite passada, e acho que eu vi a cidade interior nos dois polos magnéticos. Eu irei para esses polos quando a Terra for exterminada, se não puder atravessar com a fórmula Dho-Hna quando a praticar. Aqueles do ar me contaram no Sabá que levará anos até eu poder exterminar a Terra, e eu imagino que vovô vai estar morto então, por isso terei de aprender todos os ângulos dos planos e todas as fórmulas entre os Yr e os Nhhngr. Os de fora vão ajudar, mas eles não podem pegar corpo sem sangue humano. Aquele no andar de cima parece que vai ter o aspecto certo. Posso ver ele um pouco quando faço o sinal de Voorish ou sopro o pó de Ibn Ghazi nele, e está perto como eles em May Eve na Montanha. O rosto do outro pode diminuir um pouco. Fico pensando como vou parecer quando a Terra estiver limpa e não tiver nenhuma criatura terrestre sobre ela. Aquele que veio com as Hostes de Aklo disse que eu posso ser transfigurado existindo muito de fora com que trabalhar."

A manhã encontrou o doutor Armitage suando frio de terror e num frenesi de concentração vigilante. Ele não largara o manuscrito durante a noite toda, sentado à sua mesa sob a luz elétrica, virando página após página com as mãos trêmulas na velocidade que conseguia decifrar o texto cifrado. Telefonara nervosamente para a esposa dizendo que não iria para casa, e quando ela lhe trouxe um café da manhã, ele mal conseguiu engolir um bocado. Durante aquele dia inteiro continuou lendo, parando alucinado, às vezes, quando precisava aplicar de novo a chave complexa. Almoço e jantar lhe foram trazidos, mas só comeu uma pequena fração de cada. Quase no meio da noite seguinte, cochilou na cadeira, mas logo despertou de uma maçaroca de pesadelos quase tão medonhos quanto as verdades e ameaças à existência humana que havia descoberto.

Na manhã de 4 de setembro, o professor Rice e o doutor Morgan insistiram em vê-lo por um momento e saíram tremendo e pálidos. Naquela noite, ele foi para o leito, mas teve um sono entrecortado. Na quarta-feira — o dia seguinte —, ele voltou ao manuscrito e começou a fazer anotações copiosas tanto de seções correntes como das que já havia decifrado. Nas primeiras horas da madrugada daquela noite, dormiu um pouco numa espreguiçadeira do escritório, mas estava de volta ao manuscrito antes de amanhecer. Um pouco antes do meio-dia, seu médico, o doutor Hartwell, fez-lhe uma visita insistindo para que largasse o trabalho. Ele se recusou, sugerindo que era da mais vital importância que completasse a leitura do diário e prometendo uma explicação no devido tempo.

Naquela noite, pouco depois do crepúsculo, ele terminou a investigação terrível e se recostou exausto. A mulher, quando lhe trouxe o jantar, encontrou-o num estado meio letárgico, mas ele estava consciente o bastante para afugentá-la com um grito agudo quando viu seus olhos errarem pelas anotações que havia feito. Levantando-se com dificuldade, juntou os papéis rabiscados e lacrou-os num grande envelope que imediatamente guardou no bolso interno do seu casaco. Ele teve forças para voltar para casa, mas estava tão necessitado de cuidados médicos que o doutor Hartwell foi convocado às pressas. Quando o médico o colocou na cama, ele só conseguia murmurar sem parar: "*Mas o que, em nome de Deus, posso fazer?*"

O doutor Armitage dormiu, mas delirava um pouco no dia seguinte. Ele não deu nenhuma explicação a Hartwell, mas em seus momentos mais calmos falava da necessidade imperiosa de uma demorada conferência com Rice e Morgan. Seus devaneios alucinados eram, de fato, muito assustadores, com apelos frenéticos de que alguma coisa numa casa de fazenda protegida com tábuas fosse destruída, e referências fantásticas a algum plano de extermínio de toda a espécie humana e toda vida animal e vegetal da Terra por alguma terrível espécie mais antiga de seres de outra dimensão. Ele gritava que o mundo estava em perigo, pois as Coisas Mais Antigas queriam despojá-lo e arrastá-lo para fora do sistema solar e do cosmo material para algum outro plano ou fase de entidade do qual ele um dia saíra, vintilhões de éons atrás. Em outros momentos, pedia o temido *Necronomicon* e a *Daemonolatreia* de Remígio, em que parecia ter esperança de encontrar alguma fórmula para contrapor ao perigo que evocava.

"Pará-los, pará-los", gritava. "Aqueles Whateley queriam deixá-los entrar e o pior de todos foi deixado! Digam a Rice e a Morgan que precisamos fazer alguma coisa — é um negócio no escuro, mas eu sei como fazer o pó... Ele não tem sido alimentado desde o 2 de agosto, quando Wilbur veio encontrar sua morte aqui, e àquela altura..."

Mas Armitage tinha um físico forte apesar dos seus setenta e três anos, e o sono daquela noite resolveu seu distúrbio sem que desenvolvesse uma febre de verdade. Na sexta feira, ele acordou tarde, com a cabeça lúcida, embora anuviada por um medo corrosivo e um tremendo senso de responsabilidade. No sábado à tarde, sentiu-se capaz de ir até a biblioteca e convocar Rice e Morgan para uma conferência, e durante o resto daquele dia e daquela noite os três homens torturaram seus cérebros na mais alucinada especulação e no mais desesperado debate. Livros estranhos e terríveis foram tirados das estantes empilhadas e de locais seguros de depósito; e diagramas e fórmulas foram copiados com uma pressa febril e numa abundância atordoante. Ceticismo não havia. Os três tinham visto o corpo de Wilbur Whateley estatelado no chão de uma sala daquele mesmo edifício e depois daquilo nenhum deles poderia se sentir minimamente inclinado a tratar o diário como delírios de um louco.

As opiniões se dividiram quanto a notificar a Polícia Estadual de Massachusetts e a contrária acabou vencendo. Havia coisas envolvidas que simplesmente não seriam acreditadas por quem não houvesse visto uma amostra, como, aliás, ficou claro em algumas investigações subsequentes. Tarde da noite, a conferência foi desmobilizada sem ter-se armado um plano definitivo, mas durante o domingo inteiro Armitage se ocupou na comparação de fórmulas e misturando produtos químicos conseguidos no laboratório da faculdade. Quanto mais ele refletia no diabólico diário, mais ficava inclinado a duvidar da eficácia de algum agente material para esmagar a entidade que Wilbur Whateley deixara para trás — a entidade ameaçadora da Terra que, sem que ele soubesse, haveria de irromper nas horas seguintes e se tornar o memorável horror de Dunwich.

Segunda-feira foi uma repetição do domingo para Armitage, pois a tarefa que tinha em mãos requeria uma quantidade infinita de pesquisa e experimentação. Novas consultas ao diário monstruoso trouxeram várias mudanças de plano e ele sabia que, mesmo ao fim de tudo, uma grande quantidade de incerteza persistiria. Na terça-feira, tinha uma linha de ação estabelecida e acreditava que tentaria fazer uma viagem a Dunwich no prazo de uma semana. Então, na quarta-feira, veio o grande choque. Enfiada num canto remoto do *Arkham Advertiser* havia uma pequena nota divertida da Associated Press contando sobre o monstro recordista que o uísque vagabundo de Dunwich havia despertado. Armitage, um pouco atônito, só conseguiu telefonar para Rice e para Morgan.

Eles discutiram noite adentro e o dia seguinte foi um turbilhão de preparativos da parte de todos eles. Armitage sabia que podia estar se metendo com poderes terríveis, mas não via outra maneira de anular a interferência mais profunda e maligna que outros haviam feito antes dele.

IX

Na sexta-feira pela manhã, Armitage, Rice e Morgan saíram de carro para Dunwich, chegando ao vilarejo por volta da uma hora da tarde. O dia estava agradável, mas, mesmo sob a luz mais forte, uma espécie de pavor silencioso e presságio parecia pairar sobre os morros curiosamente arredondados e as ravinas profundas e sombrias da região atingida. De vez em quando, sobre o cume de algum monte, um descorado círculo de pedras podia ser vislumbrado contra o céu. Pelo ar de pavor contido no Osborn's armazém, eles souberam que alguma coisa hedionda acontecera, e logo ficaram sabendo da aniquilação da casa e da família de Elmer Frye. Durante toda aquela tarde eles rodaram em torno de Dunwich, interrogando os nativos sobre tudo que havia acontecido e vendo por si mesmos, com uma angústia crescente, as ruínas lúgubres da casa dos Frye com traços da viscosidade betuminosa, pegadas ímpias no terreiro, o gado maltratado de Seth Bishop e as enormes trilhas de vegetação esmagada em vários locais. As trilhas ascendente e descendente em Sentinel Hill pareceram ter um significado quase cataclísmico para Armitage, e ele se demorou na observação da pedra sinistra em forma de altar no cume.

Por fim, os visitantes, notificados sobre um destacamento da Polícia Estadual que viera de Aylesbury naquela manhã atendendo aos primeiros relatos telefônicos da tragédia dos Frye, decidiram procurar seus oficiais e comparar anotações na medida do possível. Isso, porém, foi mais fácil planejar do que fazer, pois eles não viram sinal do destacamento em lado algum. Eles eram cinco num carro, mas agora o carro estava parado, vazio, perto das ruínas no terreno dos Frye. Os nativos, que haviam falado com os guardas, pareceram de início tão perplexos quanto Armitage e seus companheiros. Então o velho Sam Hutchins pensou em algo e empalideceu, cutucando Fred Farr e apontando para o buraco fundo e úmido que se escancarava perto dali.

"Deus", ele falou, ofegando, "eu disse pra eles não descê na ravina, e nunca não pensei que arguém ia fazê isso com essas pegada e esses chero e os bacurau gritano lá embaixo no escuro do meio-dia..."

Um calafrio percorreu entre nativos e visitantes, e todos os ouvidos pareciam tensos numa espécie de escuta inconsciente, instintiva. Armitage, agora que havia realmente chegado ao horror e a sua obra monstruosa, estremeceu com a responsabilidade que sentia lhe caber. A noite logo desceria e era então que a monumental blasfêmia se arrastaria pesadamente em seu malsinado curso. *Negotium perambulans in tenebris...* O velho bibliotecário ensaiou a fórmula que havia memorizado e agarrou o papel contendo a alternativa que não havia decorado. Ele verificou que a sua lanterna elétrica estava funcionando bem. Rice, ao seu lado, tirou de uma valise um pulverizador metálico do tipo usado no combate a insetos, enquanto Morgan desembalava um grande rifle de caça no qual confiava apesar das advertências do colega de que nenhuma arma material poderia ajudar.

Armitage sabia dolorosamente bem, de ler o terrível diário, que tipo de manifestação esperar, mas ele não quis contribuir para o pavor da gente de Dunwich com sugestões ou pistas. Esperava que ela pudesse ser vencida sem nenhuma revelação ao mundo da monstruosa coisa que havia escapado. Quando as sombras se adensaram, os nativos começaram a se dispersar, ansiosos para se trancar dentro de suas casas apesar das evidências presentes de que trancas e fechaduras humanas eram inúteis ante a força capaz de entortar árvores e esmagar casas a seu bel-prazer. Eles balançaram as cabeças rejeitando o plano dos visitantes de ficarem de guarda nas ruínas dos Frye perto da ravina e, quando partiram, tinham poucas expectativas de tornar a ver os vigilantes.

Estrondos se propagaram pelo interior dos montes naquela noite, e os curiangos piaram ameaçadoramente. De vez em quando, um vento, subindo da Cold Spring Glen, trazia um traço de fedor inefável ao ar pesado da noite; um fedor igual ao que os três observadores sentiram uma vez quando estavam ao lado de uma coisa moribunda que durante quinze anos e meio passara por ser humano. Mas o terror aguardado não apareceu. O que quer que estivesse no fundo da ravina, esperava o momento propício, e Armitage disse a seus colegas que seria suicídio tentar atacá-lo no escuro.

O dia amanheceu pálido e os sons noturnos cessaram. Era um dia cinzento, sombrio, com chuviscos ocasionais, e nuvens cada vez mais carregadas pareciam se acumular no céu, além dos morros a noroeste. Os homens de Arkham estavam indecisos sobre o que fazer. Buscando abrigo da chuva crescente embaixo de um dos poucos anexos não destruídos dos Frye, eles discutiram sobre a sensatez de esperar ou de assumir a iniciativa e descer a ravina atrás de sua inominável e repulsiva caça. O aguaceiro aumentou e ribombos distantes de trovão soaram em horizontes longínquos. Relâmpagos difusos brilhavam e um raio bifurcado lampejou bem perto, como que descendo pela própria ravina maldita. O céu ficou muito escuro e os vigilantes esperavam que a tempestade fosse daquelas fortes e curtas, seguida de bom tempo.

Ainda estava medonhamente escuro quando, pouco mais de uma hora depois, uma confusa babel de vozes ecoou na estrada. Alguns instantes depois, apareceu um grupo assustado de mais de uma dúzia de homens correndo, gritando e até choramingando histericamente. Alguém na vanguarda começou a soluçar palavras e os homens de Arkham tiveram um violento sobressalto quando aquelas palavras tomaram uma forma coerente.

"Oh, meu Deus, meu Deus", dizia a voz embargada. "Vai começá de novo, e dessa vez de dia! Tá fora — tá fora e se mexeno neste mesmo instante, e só Deus sabe quando vai cair em cima de nós!"

O orador silenciou, resfolegando, mas outro retomou seu recado.

"Perto de uma hora atrás, o Zeb Whateley aqui escuitô o fone tocá, e era siá Corey, muié do George, que vive perto do entroncamento. Ela diz que o garoto ajudante Luther tava fora tocano as vaca pra fugi da tempestade dispois do grande raio, quando ele viu todas as arvore curvano na boca da ravina — do lado oposto deste — e sentiu o mesmo chero horríver que sentiu quano achô as grande pegada, segunda passada, de manhã. E ela diz que ele diz que era um baruio de chiado e lascado maió que as árvores e arbusto curvado podia fazê, e de repente, as árvores na beira do caminho começa a ser empurrada prum lado, e teve um baruio medonho de gorpe e chapinhado na lama. Mas óia só, Luther não viu nada, só as árvore e arbusto dobrano.

"Daí, bem da frente de onde o Bishop's Brook passa por baixo do caminho, ele oviu um baruio medonho de estalo e esticamento na ponte, e diz que parecia o som de madeira começano a rachá e quebrá. E quano o som de chicote ficô bem longe — no caminho para o Bruxo Whateley e a Sentinel Hill — Luther teve a corage de subir até onde ele oviu pela primera veiz e olhá o chão. Era tudo lama e água, e o céu tava escuro, e a chuva tava lavano todas as pegadas o mais depressa que podia; mas começano na boca da ravina, ondi as árvore tinha se mexido, ainda tinha argumas daquelas horríver pegada grande como barril como ele viu na segunda-feira."

Nesse ponto, ele foi interrompido pelo primeiro orador excitado.

"Mas esse num é o pobrema agora — isso foi só o começo. Zeb aqui tava ligano pro pessoar e todo mundo tava ouvino quando uma ligação do Seth Bishop chegou. Sua empregada Sally tava pronta pra morrê — ela acabava de vê as árvore curvano do lado da estrada, e diz que tinha uma espece de som fofo, como um elefante bufano e andano na direção da casa. Aí ela se alevantô e falô, de repente, de um cheiro pavoroso, e diz que seu garoto Chancey tava gritano como ele era iguar o que tinha sentido na ravina dos Whateley segunda de manhã. E os cachorro tava latino e ganindo demais.

"E aí ela sortô um grito terríver, e diz que o arpendre lá na estrada tinha desmoronado como se a tempestade tivesse expelido ele, só que o vento num era tão forte pra fazê isso. Todo mundo tava escutano, e nós pudemos ovi uma porção de caras na linha bufano. De repente, a Sally gritô de novo, e diz que a cerca de ripa do quintal da frente tinha acabado de desmoroná, embora não tivesse sinar do que tinha feito aquilo. Aí todo mundo na linha pode ovi Chancey e o velho Seth Bishop gritano também, e Sally tava gritano que uma coisa pesada tinha atingido a casa — num era raio nem nada, mas uma coisa pesada contra a frente, que ficava se atirano e atirano, embora não desse pra vê nada das janela da frente. E aí... e aí..."

Rugas de pavor se aprofundaram em cada rosto, e Armitage, abalado como estava, não teve presença de espírito para instigar o orador.

"E aí... Sally gritou, 'Socorro, a casa ta caindo...' e na linha nóis pôde ovi um terríver estrondo e uma tremenda gritaria... como quando o lugar do Elmer Frye foi apanhado, só que..."

O homem se interrompeu e outro da multidão falou.

"Isso é tudo — nenhum som, nem chiado no fone despois disso. Fico mudo. Nóis que tinha ovido pegamos os Ford e carroça e juntemos todos os homens forte que pudemos arreuni, no lugá do Corey, e viemo aqui pra vê o que ocêis achava melhó de fazê. O que eu acho é que é o jurgamento de Deus pelas nossa iniquidade, que nenhum mortal jamais num pôde evitá."

Armitage viu que chegara a hora de uma ação positiva e falou com firmeza para o grupo vacilante de campônios assustados.

"Temos que segui-lo, rapazes." Ele deu o tom mais tranquilizador possível à sua voz. "Creio que há uma chance de colocar a coisa fora de ação. Vocês aí sabem que esses Whateley eram bruxos — bem, essa coisa é uma coisa de bruxaria, e tem que ser vencida pelos mesmos meios. Eu vi o diário de Wilbur Whateley e li alguns livros estranhos que ele costumava ler, e acho que sei o tipo certo de encantamento para recitar e fazer a coisa desaparecer. Claro, não se pode ter certeza, mas sempre podemos arriscar. Ela é invisível — eu sabia que seria —, mas tem um pó neste pulverizador de longa distância que pode deixá-la visível por um instante. Mais tarde nós vamos testá-lo. É uma coisa assustadora de se ter viva, mas não é tão ruim quanto o que Wilbur teria deixado se vivesse mais tempo. Vocês jamais saberão do quê o mundo escapou. Agora temos apenas essa única coisa para combater, e ela não pode se multiplicar. Pode, porém, causar muito dano, por isso não podemos hesitar de livrar a comunidade dela.

"Temos que segui-la — e a maneira de começar é ir até o lugar que acaba de ser destroçado. Que alguém mostre o caminho — não conheço muito suas estradas, mas tenho a ideia de que deve ter algum atalho cruzando os campos. Que tal?"

Os homens confabularam por alguns instantes e então Earl Sawyer falou em voz baixa, estendendo um dedo encardido na chuva que estava amainando.

"Acho que cê pode ir pro Set Bishop mais depressa cortano pela campina inferior aqui, vadeano o ribeirão no ponto baixo e subino pela segadura do Carrier e o lote de madeira depois dele. Isso vai dar na estrada de cima bem perto do Seth — um pouco do outro lado."

Armitage, com Rice e Morgan, saiu andando na direção indicada e a maioria dos nativos os seguiu devagar. O céu estava clareando e a tempestade parecia ter passado. Quando Armitage inadvertidamente pegou uma direção errada, Joe Osborn o avisou e seguiu na frente para mostrar a correta. A coragem e a confiança cresciam, mas a penumbra reinante nas encostas arborizadas quase perpendiculares que ficavam no fim do atalho e entre aquelas fabulosas árvores ancestrais pelas quais tinham de avançar como quem sobe uma escada, submeteram essas qualidades a um severo teste.

Eles emergiram enfim numa estrada lamacenta quando o Sol se punha. Estavam um pouco adiante do sítio do Seth Bishop, mas as árvores tortas e as inconfundíveis e odiosas pegadas indicavam o que se passara por ali. Alguns momentos apenas foram consumidos no exame das ruínas pouco depois da curva. Era o incidente Frye de novo, e nada foi encontrado vivo ou morto em nenhuma das estruturas desabadas que haviam sido a casa e o celeiro dos Bishop. Ninguém quis permanecer ali em meio ao fedor e ao visco betuminoso, e todos voltaram para a trilha de pegadas horríveis conduzindo para a destroçada casa dos Whateley e as encostas coroadas pelo altar da Sentinel Hill.

Quando passaram pelo sítio de Wilbur Whateley, os homens estremeceram visivelmente, como se uma nova vacilação se misturasse ao seu cuidado. Não é fácil rastrear uma coisa do tamanho de uma casa que não se pode ver, mas aquilo tinha toda a malevolência abjeta de um demônio. No lado oposto da base de Sentinel Hill, as pegadas deixavam o caminho e havia um amassamento e emaranhamento visível ao longo da ampla trilha que marcava a rota do monstro subindo e descendo o morro.

Armitage pegou uma luneta de bolso de potência considerável e vasculhou a íngreme encosta verde do morro. Em seguida, entregou o instrumento a Morgan, cuja vista era mais aguçada. Depois de espiar por alguns instantes, Morgan soltou um grito forte e, passando a luneta para Earl Sawyer, apontou para um ponto da encosta. Sawyer, desajeitado como a maioria das pessoas desabituadas aos aparelhos ópticos, atrapalhou-se um pouco, mas acabou focando as lentes com a ajuda de Armitage. Quando terminou, seu grito foi menos contido que o de Morgan.

"Deus todo-poderoso, a grama e os arbusto tá se mexeno. Ele tá subino — devagar, como que se arrastano — bem no topo, nesse minuto, só Deus sabe por quê!"

Aí o germe do pânico pareceu se espalhar entre os caçadores. Uma coisa era caçar uma entidade inominável, outra muito diferente, encontrá-la. Feitiços poderiam funcionar — mas, e se não funcionassem? Vozes começaram a interrogar Armitage sobre o que ele sabia da coisa e nenhuma resposta pareceu inteiramente satisfatória. Todos pareciam se sentir em estreita proximidade com facetas da Natureza e da existência absolutamente interditas e fora da experiência racional da humanidade.

X

No fim, os três homens de Arkham — o velho e barbado doutor Armitage, o atarracado professor Rice e o magro e mais jovem doutor Morgan escalaram a montanha a sós. Depois de muitas instruções pacientes sobre como focar e usar, eles deixaram a luneta com o grupo assustado que permaneceu na estrada e, enquanto subiam, eram atentamente observados pelos que ficaram com a luneta. A escalada foi difícil e Armitage teve de ser ajudado mais de uma vez. Bem acima do grupo, a grande trilha tremia como se o seu infernal criador a repisasse com a obstinação de uma lesma. Depois, ficou óbvio que os perseguidores estavam ganhando terreno.

Curtis Whateley — do ramo não decaído — estava com a luneta quando o grupo de Arkham se desviou abruptamente da trilha. Ele contou à multidão que os homens estavam com certeza tentando chegar a um pico secundário que dava para a clareira num ponto consideravelmente à frente de onde os arbustos estavam então sendo dobrados. Isso se comprovou, de fato, e eles viram o grupo alcançar uma elevação menor pouco depois de a blasfêmia invisível passar por ele.

Aí Wesley Corey, empunhando a luneta, gritou que Armitage estava ajustando o pulverizador que Rice segurava, e que alguma coisa estava prestes a acontecer. A multidão se remexeu inquieta, recordando que o pulverizador deveria dar ao horror invisível um instante de visibilidade. Dois ou três homens fecharam os olhos, mas Curtis Whateley recuperou a luneta e aguçou ao máximo a vista. Ele viu que Rice, do ponto vantajoso acima e atrás da entidade, teve uma oportunidade excelente para borrifar o poderoso pó de efeito maravilhoso.

Os que não estavam com a luneta viram apenas um clarão instantâneo de nuvem cinzenta — uma nuvem do tamanho de uma construção moderadamente grande. Curtis, que segurava o instrumento, deixou-o cair, com um grito estridente, na lama funda da estrada. Ele cambaleou e teria desabado no chão se dois ou três dos outros não o amparassem. Tudo que ele conseguiu foi tartamudear de maneira quase inaudível.

"Oh, oh, grande Deus... aquilo... aquilo..."

Houve um pandemônio de perguntas, e só Henry Wheeler pensou em resgatar a luneta caída e limpar a lama que a sujava. Curtis perdera toda a coerência e até mesmo respostas isoladas eram demais para ele.

"Maió que um celeiro... todo feito de cordas retorcida... coisa toda meio com forma de um ovo de galinha maior do que tudo com dúzias de perna como tonéis que fecha quando elas anda... nada de sólido nele — tudo como geleia, e feito de cordas separadas se remexendo bem apertadas... óios grandes esbugaiados por toda parte... dez ou vinte boca ou tronco esticado pra fora por todos os lados, grande que nem chaminé de fogão e todas se mexeno, e abrino, e fechano... tudo cinza, com umas espece de aners azurs ou violeta... e *Deus do Céu — aquela meia cara no arto...*"

Essa recordação final, o que quer que fosse, foi demais para o pobre Curtis e ele desabou sem conseguir dizer mais nada. Fred Farr e Will Hutchins o carregaram para o lado da estrada e o deitaram no capim molhado. Henry Wheeler, tremendo, virou a luneta recuperada para a montanha para ver o que pudesse. Pelas lentes, três vultos minúsculos eram distinguíveis, aparentemente correndo para o cume o mais rápido que a inclinação íngreme permitia. Isso apenas — nada mais. Então todos notaram um ruído estranhamente inoportuno no vale profundo atrás e na própria vegetação rasteira de Sentinel Hill. Era o pipilar de uma multidão de bacuraus, e de seu coro estridente parecia emergir uma nota de tensa e maligna expectativa.

Earl Sawyer pegou então a luneta e relatou que as três figuras estavam na crista mais alta, virtualmente no mesmo nível que a pedra de altar, mas a uma distância considerável dela. Uma figura, ele disse, parecia estar levantando os braços acima da cabeça em intervalos compassados; e quando Sawyer mencionou a circunstância, a multidão pareceu ouvir um som tênue, meio musical, a distância, como se uma entoação em voz alta estivesse acompanhando os gestos. A silhueta estranha naquele pico remoto deve ter sido um espetáculo de infinita bizarria e comoção, mas nenhum observador estava propenso a alguma apreciação estética. "Imagino que ele está dizendo o feitiço", sussurrou Wheeler, recuperando a luneta. Os bacuraus piavam alucinadamente e num ritmo descompassado, irregular, muito distinto daquele do ritual visível.

De repente, a claridade diurna pareceu escurecer sem a intervenção de alguma nuvem visível. Era um fenômeno muito estranho e foi claramente percebido por todos. Um som tonitruante pareceu se formar no interior dos montes, estranhamente misturado com um ribombo que vinha do céu. Relâmpagos brilharam nas alturas e a multidão atônita procurou, em vão, os presságios de tempestade. A entoação dos homens de Arkham se tornara então inconfundível, e Wheeler viu pela luneta que eles estavam todos levantando os braços no encantamento ritmado. De alguma casa de fazenda distante chegaram latidos frenéticos de cães.

A mudança na qualidade da luz do dia aumentou, e a multidão perplexa ficou observando o horizonte. Uma escuridão purpúrea originada tão somente de um aprofundamento espectral do azul do céu se comprimia contra os morros retumbantes. Então o raio relampejou de novo, um pouco mais brilhante do que antes, e a multidão imaginou que ele havia exposto uma certa névoa em torno da pedra de altar na altura distante, mas ninguém estava usando a luneta naquele momento. Os bacuraus continuaram com sua pulsação irregular e os homens de Dunwich se abraçaram fortemente contra alguma ameaça intangível que parecia sobrecarregar a atmosfera.

Sem nenhum sinal de aviso, chegaram aqueles sons vocais profundos, entrecortados, ásperos que jamais deixarão a memória do grupo abalado que os ouviu. De nenhuma garganta humana eles saíram, pois os órgãos do homem não podem produzir perversões acústicas como aquelas. Alguém poderia melhor dizer que eles vinham do próprio inferno, não fosse sua fonte tão inconfundivelmente a pedra de altar no topo do morro. Era quase um equívoco chamá-los de sons, visto que seu pavoroso timbre infrabaixo falava a recantos sombrios mais sutis de consciência e terror que o ouvido; mas era preciso fazê-lo, pois sua forma era indiscutível, mas vagamente a de palavras meio articuladas. Eles eram fortes — fortes como os ribombos e o trovão do alto que eles ecoavam — mas não provinham de alguma criatura visível. E porque a imaginação poderia sugerir uma origem conjectural no mundo de criaturas invisíveis, a multidão acotovelada na base da montanha se acotovelou ainda mais e estremeceu como que esperando um golpe.

"*Ygnaiih... ygnaiih... thflthkh'ngha... Yog-Sothoth...*" estrondeou o repulsivo grasnido vindo do espaço. "*Y'bthnk... h'ehye - n'grkdl'lh...*"

O impulso falante pareceu vacilar nesse ponto, como se alguma assustadora luta psíquica estivesse em curso. Henry Wheeler aguçou o olho na luneta, mas viu apenas as silhuetas grotescas das três figuras humanas no pico, todas mexendo os braços furiosamente com gestos estranhos enquanto seu encantamento se aproximava do auge. De que poços negros de medo ou sentimento infernal, de que abismos insondados de consciência extracósmica ou obscura, de hereditariedade desde havia muito latente, eram arrancados aqueles grasnidos retumbantes semiarticulados? Aí eles começaram a renovar sua força e coerência enquanto cresciam num completo, absoluto e extremo frenesi.

"*Eh-ya-ya-ya-yahaah — e'yayayaaaa... ngh'aaaaa... ngh'aaaa... h'yuh... h'yuh...* SOCORRO! SOCORRO!... pp — pp — pp — PAI! PAI! YOG-SOTHOTH!..."

Mas aquilo foi tudo. O grupo pálido na estrada, ainda tremendo com as sílabas indiscutivelmente inglesas que haviam derramado densas e estrondeantes da vertiginosa abertura ao lado daquela chocante pedra de altar, jamais ouviria aquelas sílabas de novo. Em vez disso, eles fugiram impetuosamente com o pavoroso estrondo que pareceu despedaçar os montes; o estrépito ensurdecedor, cataclísmico, cuja origem, fosse o interior da Terra ou o céu, nenhum ouvinte jamais conseguiu situar. Um raio isolado caiu do zênite purpúreo sobre a pedra de altar e uma grande onda de força invisível e um fedor indescritível se espalhou da montanha para toda a zona rural. Árvores, capinzais e arbustos rasteiros foram açoitados com fúria e a multidão apavorada na base da montanha, debilitada pelo fedor letal que parecia prestes a asfixiá-la, quase foi arrojada. Cães uivavam a distância, ervas e folhagens verdes ressecaram tomando um tom amarelo-cinzento singular e malsão, e sobre o campo e a floresta se espalharam os corpos de bacuraus mortos.

O fedor sumiu rapidamente, mas a vegetação jamais endireitou. Até hoje existe alguma coisa estranha e malsã na vegetação daquele monte temível e nas suas imediações. Curtis Whateley acabava de recuperar a consciência quando os homens de Arkham vieram descendo devagar a montanha sob os raios de uma luz solar que já havia sido mais clara e imaculada. Eles estavam sérios e silenciosos, parecendo abalados por memórias e reflexões ainda mais terríveis que as que reduziram o grupo de nativos a um estado de palpitação de pavor. Em resposta a uma confusão de perguntas, apenas balançaram as cabeças e reafirmaram um fato vital.

"A coisa se foi para sempre", disse Armitage. "Ela foi separada daquilo de que originalmente foi feita, e não poderá mais existir de novo. Ela era uma impossibilidade num mundo normal. Somente uma fração mínima era realmente matéria em qualquer sentido que conhecemos. Ela era como seu pai — e a maior parte dela voltou para ele em algum vago reino ou dimensão fora de nosso universo material; algum vago abismo de onde só os ritos mais amaldiçoados da blasfêmia humana a poderiam terem invocado, por um instante, no alto das montanhas."

Fez-se um breve silêncio e, naquela pausa, os sentidos dispersos do pobre Curtis Whateley começaram a se recompor; e aí ele colocou as mãos sobre a cabeça com um gemido. A memória pareceu se recompor onde ela havia se dividido, e o horror da visão que o havia prostrado se abateu novamente sobre ele.

"Oh, oh, meu Deus, aquela meia cara — aquela meia cara no alto dela... aquela cara com os olhos vermelhos e cabelo albino eriçado, e sem queixo, como os Whateley... Era uma espécie de polvo, centopeia, aranha, mas tinha uma cara de homem meio formada no alto, e ela parecia com o Bruxo Whateley, só que com metros e mais metros de larg..."

Ele parou, extenuado, enquanto o grupo de nativos olhava numa perplexidade não totalmente cristalizada em novo terror. Somente o velho Zebulon Whateley, que relembrava ao acaso coisas antigas, mas que ficara em silêncio até então, falou em voz alta.

"Quinze anos atrás", ele divagou, "eu ovi o Véio Whateley dizê como um dia ele oviu uma criança da Lavinha chamano o nome de seu pai no topo da Sentinel Hill..."

Mas Joe Osborn o interrompeu para interrogar de novo os homens de Arkham.

"O que era aquilo, de qualquer forma, e como foi que o jovem Mago Whateley chamou ele do ar de onde ele veio?"

Armitage escolheu as palavras com o maior cuidado.

"Era — bem, era principalmente uma espécie de força que não pertence à nossa parte do espaço; uma espécie de força que age, e cresce e toma forma por outras leis que não são as do nosso tipo de Natureza. Nós não temos motivos para invocar essas coisas de fora, e somente pessoas muito perversas e cultos muito perversos tentam fazê-lo. Havia um pouco daquilo no próprio Wilbur Whateley — o bastante para fazer dele um diabo e um monstro precoce, e para transformar seu passamento uma visão muito terrível. Vou queimar seu maldito diário e, se vocês forem espertos, vão dinamitar aquela pedra de altar lá em cima e derrubar todos os círculos de pedras erguidos sobre os outros morros. Coisas assim trouxeram as criaturas de que aqueles Whateley tanto gostavam — os seres que eles iam deixar entrar para exterminar a espécie humana e arrastar a Terra para algum lugar inominável para algum fim inominável.

"Mas quanto a essa coisa que acabamos de mandar de volta, os Whateley a criaram para um papel terrível nos feitos que estavam por vir. Ela cresceu e encorpou rapidamente pela mesma razão que Wilbur cresceu e encorpou rapidamente, mas ela o eliminou porque tinha uma porção de exterioridade maior. Vocês não precisam perguntar como Wilbur a invocava do ar. Ele não a invocava. *Ela era sua irmã gêmea, mas era mais parecida com o pai do que ele.*"

(1928)

A sombra fora do tempo

I

Depois de vinte e dois anos de pesadelo e horror salvos apenas por uma convicção desesperada na origem mítica de algumas impressões, não estou disposto a jurar pela veracidade do que penso que encontrei na Austrália Ocidental na noite de 17-18 de julho de 1935. Não faltam motivos para julgar que toda minha experiência ou parte dela tenha sido uma alucinação — para o que, aliás, existiram causas abundantes. Seu realismo foi tão pavoroso, porém, que esse anseio às vezes me parece impossível.

Se a coisa aconteceu, então o homem precisa se preparar para admitir noções do cosmo e de seu próprio lugar na voragem febril do tempo cuja simples menção é paralisante. Ele terá de se colocar em guarda também contra um perigo específico à espreita que, embora jamais venha a engolfar toda a espécie, poderá impor horrores monstruosos e inimagináveis a certos membros aventurosos dela.

É por essa última razão que eu insisto, com toda força do meu ser, que sejam abandonadas em definitivo todas as tentativas de desenterrar aqueles fragmentos de alvenaria misteriosa e primitiva que a minha expedição pretendia investigar.

Supondo que eu estivesse são e desperto, minha experiência naquela noite foi tal como jamais se apresentou para homem algum anteriormente. Mais ainda, ela foi uma confirmação apavorante de tudo que eu tentara negligenciar como mito e sonho. Misericordiosamente, não há prova, pois em meu pavor eu perdi o objeto repugnante que — se fosse real e tirado daquele abismo maligno — teria constituído uma evidência irrefutável.

Quando topei com o horror, eu estava sozinho — e até agora não contei a ninguém sobre ele. Não poderia impedir os outros de cavarem em sua direção, mas o acaso e o movimento da areia até agora os salvaram de encontrá-lo.

Agora, devo elaborar uma declaração definitiva — não só para o bem de meu próprio equilíbrio mental, mas para prevenir outros que o possam ler com seriedade.

Estas páginas — cujas primeiras partes serão familiares aos leitores atentos da imprensa em geral e da científica — estão sendo escritas na cabine do navio que está me levando para casa. Eu as entregarei ao meu filho, o professor Wingate Peaslee da Universidade de Miskatonic — o único membro de minha família que permaneceu comigo depois da minha estranha e antiga amnésia, e a pessoa mais bem informada sobre os fatos mais secretos do meu caso. De todas as pessoas, ele provavelmente será o menos inclinado a ridicularizar o que relatarei daquela noite fatídica.

Eu não o esclareci verbalmente antes de embarcar porque acho melhor que receba a revelação em forma escrita. Ler e reler à vontade o deixará com um quadro mais convincente do que minha língua confusa conseguiria transmitir.

Ele poderá fazer o que achar melhor com este relato — mostrando-o, com os devidos comentários, em qualquer canto onde ele possa fazer algum bem. É pelo bem desses leitores não familiarizados com as fases iniciais do meu caso que estou prefaciando a revelação em si com um resumo bastante amplo de seus antecedentes.

Meu nome é Nathaniel Wingate Peaslee e todo aquele que se recordar das notícias de jornal da geração passada — ou das cartas e artigos em publicações de psicologia de seis a sete anos atrás —

saberão quem e o quê eu sou. A imprensa está repleta de detalhes da minha estranha amnésia entre 1908-1913, e houve muito alarde sobre as tradições de horror, loucura e bruxaria que pairavam sobre a velha cidade de Massachusetts que era então, e continua sendo, meu lar. Contudo, gostaria de informar que não há nada de louco ou sinistro em minha ascendência, nem nos meus primeiros anos. Isso é muito importante tendo em vista a sombra que baixou tão abruptamente sobre mim de fontes *externas*. É possível que séculos de ameaças sombrias tenham dado à ruinosa e assombrada Arkham uma peculiar vulnerabilidade a essas sombras — embora mesmo isso pareça duvidoso à luz daqueles outros casos que vim a estudar mais tarde. Mas o ponto principal é que minha própria linhagem e meus antecedentes são absolutamente normais. O que veio, veio de *algum outro lugar* — de onde, mesmo agora, eu hesito em afirmar com palavras francas.

Sou filho de Jonathan e Hannah (Wingate) Peaslee, ambos da velha cepa saudável de Haverhill. Nasci e fui educado em Haverhill — na velha residência da Boardman Street perto da Golden Hill — e só fui para Arkham quando ingressei na Universidade de Miskatonic aos dezoito anos. Isso foi em 1889. Depois de minha graduação, estudei economia na Universidade de Harvard, e voltei para Miskatonic como professor de economia política em 1895. Nos treze anos seguintes, minha vida foi amena e feliz. Casei-me com Alice Keezar, de Haverhill, em 1896, e meus três filhos, Robert, Wingate e Hannah nasceram em 1898, 1900 e 1903, respectivamente. Em 1898, tornei-me professor adjunto, e em 1902, professor titular. Em nenhum momento, tive o menor interesse em ocultismo ou em psicologia da anormalidade.

Foi na quinta-feira, 14 de maio de 1908, que a estranha amnésia apareceu. A coisa foi muito repentina, embora mais tarde eu houvesse percebido que algumas visões breves e vagas de várias horas anteriores — visões caóticas que me perturbaram bastante por não terem precedentes — devem ter sido sintomas premonitórios.

Minha cabeça doía e eu tive uma sensação singular — completamente nova para mim — de que alguma coisa estava tentando se apossar dos meus pensamentos.

O colapso aconteceu por volta das dez e vinte da manhã, quando eu ministrava uma aula de Economia Política VI — história e tendências atuais da economia — para calouros e alguns segundanistas. Comecei a ver formas estranhas diante dos olhos e a sentir que estava num recinto bizarro que não era a sala de aula. Meus pensamentos e minha fala se desviaram do tema, e os alunos notaram que alguma coisa estava muito errada. Aí eu desabei, inconsciente, na cadeira, preso de um estupor do qual ninguém conseguiu me despertar. E minhas faculdades normais não retornaram à normalidade do nosso mundo por cinco anos, quatro meses e treze dias.

Foi de outros, é claro, que eu soube o que aconteceu em seguida. Eu não demonstrei o menor sinal de consciência durante dezesseis horas e meia, embora fosse removido para minha casa no número 27 da Crane Street e recebesse os melhores cuidados médicos. Às três horas da manhã, meus olhos se abriram e comecei a falar, deixando minha família absolutamente apavorada com a tendência de minha expressão e linguagem. Ficou claro que eu não me lembrava nem da minha identidade nem do meu passado, embora, por alguma razão, parecesse ansioso para ocultar essa falta de consciência. Meus olhos fitavam com estranheza as pessoas que me cercavam, e as contorções dos meus músculos faciais eram absolutamente incomuns.

Até minha fala parecia desajeitada e estrangeira. Eu usava meus órgãos vocais de maneira canhestra e insegura, e minha dicção tinha uma curiosa afetação, como se eu tivesse aprendido, com muito esforço, a língua inglesa em livros. A pronúncia era nitidamente estrangeira, enquanto o idioma parecia conter sobras de um curioso arcaísmo e expressões absolutamente incompreensíveis. Destas últimas, uma, em particular, foi lembrada com muita insistência, com terror mesmo, pelo mais jovem dos médicos, vinte anos depois. Pois nesse período mais tarde, a expressão começou a ter uma manifestação real — primeiramente na Inglaterra e depois nos Estados Unidos — e embora de grande complexidade e indiscutível novidade, ela reproduzia, nos mínimos detalhes, as palavras mistificadoras do estranho paciente de Arkham de 1908.

O vigor físico voltou de imediato, embora me fosse preciso uma quantidade anormal de reeducação para usar as mãos, pernas e o aparelho corporal em geral. Por causa desses e de outros embaraços inerentes ao lapso mnemônico, fui mantido sob cuidados médicos estritos durante algum tempo. Quando percebi que minhas tentativas de ocultar o lapso haviam falhado, eu o admiti francamente e fiquei ávido por informações de todo tipo. Aliás, os médicos pensaram que eu perdera o interesse pela própria personalidade assim que vi o caso de amnésia ser aceito como coisa natural. Eles notaram que eu concentrava meus esforços para dominar certos pontos de história, ciência, arte, língua e folclore — alguns deles muito abstrusos e outros de uma simplicidade pueril — que permaneciam estranhamente, em muitos casos, fora da minha consciência.

Notaram também que eu dominava, de maneira inexplicável, muitos tipos de conhecimento quase desconhecidos — um domínio que eu parecia mais querer ocultar do que exibir. Eu mencionava inadvertidamente, com uma segurança casual, acontecimentos específicos em eras obscuras fora do âmbito da história aceita — descartando essas referências como uma piada quando via a surpresa que causavam. E tinha uma maneira de falar do futuro que duas ou três vezes causaram um verdadeiro pavor. Esses lampejos misteriosos logo deixaram de aparecer, embora alguns observadores tenham atribuído seu desaparecimento mais a uma certa precaução furtiva da minha parte que a qualquer declínio do bizarro conhecimento por trás deles. Na verdade, eu parecia excepcionalmente ávido para absorver a fala, os costumes e as perspectivas daquela época, como se fosse um viajante erudito numa terra estrangeira longínqua.

Tão logo me permitiram, passei a frequentar a biblioteca da faculdade a qualquer hora, e logo comecei a arranjar aquelas viagens estranhas e os cursos especiais em universidades americanas e europeias que provocaram tantos comentários nos anos seguintes. Em nenhum momento sofri a falta de contatos eruditos, pois meu caso foi muito celebrado entre os psicólogos da época. Eu era mencionado como um exemplo típico de personalidade dividida — apesar de que, algumas vezes, parecia intrigar os interlocutores com sintomas bizarros ou algum traço curioso de uma zombaria cuidadosamente velada.

De amizade verdadeira, porém, encontrei pouco. Alguma coisa no meu aspecto e na minha fala parecia provocar vagos temores e repulsas em todos que me encontravam, como se eu fosse uma criatura infinitamente distante de tudo que fosse normal e saudável. Essa ideia de um horror tenebroso e oculto, relacionado a abismos incalculáveis de algum tipo de *distância* era curiosamente difundida e persistente. Minha própria família não era exceção. Desde o estranho despertar, minha esposa olhara para mim com extremo horror e repugnância, jurando que eu era um completo alienígena usurpando o corpo do marido. Em 1910, ela obteve o divórcio judicial e nem quando voltei ao normal, em 1913, ela consentiu em me ver. Esses sentimentos eram partilhados por meu filho mais velho e minha filhinha, e não vi nenhum deles desde então.

Somente meu segundo filho Wingate pareceu capaz de vencer o terror e a repulsa que minha mudança despertara. Ele sentiu, de fato, que eu era um estranho, mas embora só tivesse oito anos, agarrou-se à fé de que meu próprio eu voltaria. Quando voltou, ele me procurou e os tribunais me concederam a sua custódia. Nos anos que se seguiram, ele me ajudou nos estudos a que era impelido, e hoje, aos trinta e cinco anos, é professor de psicologia na Miskatonic. Mas não me causa espanto o horror provocado — pois, com certeza, a mente, a voz e a expressão facial do ser que despertou em 15 de maio de 1908 não eram as de Nathaniel Wingate Peaslee.

Não tentarei contar muitas coisas de minha vida entre 1908 e 1913, pois os leitores poderão recolhê-las nas publicações essenciais — como eu tive de fazer, em grande medida — nos arquivos de antigos jornais e periódicos científicos. Concederam-me a guarda de meus bens e eu os gastei aos poucos e, em geral, com sabedoria, em viagens e estudos por vários centros de ensino. Minhas viagens, porém, foram muito singulares, com demoradas visitas a locais remotos e desolados. Em 1909 passei um mês no Himalaia e, em 1911, causei muito espanto numa viagem de camelo a desertos inexplorados da Arábia. O que aconteceu nessas jornadas, jamais fui capaz de saber. Durante o verão de 1912, fretei um navio e naveguei pelo Ártico, ao norte de Spitzbergen, revelando depois sinais de decepção. Mais para o fim daquele ano, passei semanas sozinho além dos limites de explorações anteriores e subsequentes pelos vastos sistemas de cavernas de calcário da Virgínia ocidental — labirintos negros tão complexos que uma reconstituição de meus passos estaria fora de qualquer consideração.

Minhas andanças pelas universidades foram marcadas por uma assimilação excepcionalmente rápida, como se uma personalidade secundária tivesse uma inteligência muito superior à minha. Descobri, também, que meu grau de velocidade de leitura e de estudo solitário era fenomenal. Eu conseguia dominar cada detalhe de um livro com um simples relance das páginas na maior rapidez que podia virar as folhas; e minha habilidade para interpretar números complexos num átimo era um verdadeiro espanto. De tempos em tempos, surgiam notícias um tanto perversas sobre o meu poder de influenciar os pensamentos e ações de outros, embora, ao que parece, eu tomara o cuidado de minimizar as demonstrações dessa faculdade.

Outras notícias falavam da minha intimidade com líderes de grupos ocultistas e alguns acadêmicos suspeitaram de uma conexão minha com bandos inomináveis de abjetos hierofantes do mundo antigo. Esses rumores, conquanto jamais tenham sido comprovados na época, foram inegavelmente estimulados pelo conhecido teor de algumas de minhas leituras — pois a consulta de livros raros em bibliotecas não pode ser feita às ocultas. Existe uma prova tangível — na forma de notas marginais — de que eu consultei coisas como *Cultes des Goules* de Comte d'Erlette, *De Vermis Mysteriis* de Ludvig Prinn, *Unaussprechlichen Kulten* de von Junzt, os fragmentos sobreviventes enigmático *Book of Eibon*, e o temido *Necronomicon* do louco árabe Abdul Alhazred. É inegável também, aliás, que uma nova e maligna onda de atividade subterrânea de culto se estabeleceu na época da minha estranha mutação.

No verão de 1913, comecei a revelar sinais de tédio e perda de interesse, e a insinuar a vários colegas que uma mudança poderia acontecer em breve. Eu falava de lembranças recorrentes de minha vida pregressa — embora a maioria dos ouvintes me julgasse insincero, pois todas as recordações que eu fornecia eram casuais, como as que eu poderia ter aprendido em meus velhos documentos privados. Em meados de agosto, voltei a Arkham e reabri minha casa há muito fechada na Crane Street. Ali eu instalei uma máquina de aspecto assaz curioso, construída em etapas por diversos fabricantes de aparelhos científicos da Europa e dos Estados Unidos, e protegida cuidadosamente da vista de qualquer pessoa que fosse inteligente o bastante para analisá-la. Os que a viram — um operário, um criado e a nova governanta — dizem que era uma curiosa mistura de cabos, rodas e espelhos, mas com cerca de 70 centímetros de altura, trinta de largura e trinta de espessura apenas. O espelho central era circular e convexo. Tudo isso foi confirmado pelos fabricantes de equipamentos que puderem ser localizados.

Na noite de sexta-feira, 26 de setembro, dispensei a governanta e a criada até a metade do dia seguinte. As luzes ficaram acesas até tarde na casa, e um homem, magro, escuro, com ar de estrangeiro, foi visto chegar num automóvel. Era cerca de uma da manhã quando as luzes foram vistas pela última vez. Às 2h15, um policial notou que o lugar estava às escuras, mas o carro do estranho continuava na esquina. Por volta das quatro horas, o carro com certeza havia partido. Foi às seis horas da manhã que uma voz estrangeira e hesitante ao telefone pediu ao doutor Wilson para que fosse à minha casa e me despertasse de um desmaio singular. Essa chamada — de longa distância — foi posteriormente localizada como tendo sido feita de uma cabine telefônica da North Station, em Boston, mas não se achou sinal do estrangeiro magro.

Quando o médico chegou a casa, ele me encontrou inconsciente na sala de visitas — numa espreguiçadeira, com uma mesa puxada à sua frente. Arranhões no tampo polido indicavam que algum objeto pesado havia repousado ali. A curiosa máquina desaparecera e nunca mais se ouviu nada a seu respeito. O estrangeiro magro e escuro com certeza a levara embora. A lareira da biblioteca continha muitas cinzas, deixadas, evidentemente, pela queima de cada fragmento de papel remanescente do que eu havia escrito desde o advento da amnésia. O doutor Wilson julgou minha respiração muito singular, mas depois de uma injeção subcutânea, ela se regularizou.

Às 11h15 da manhã, 27 de setembro, eu me agitei vigorosamente e meu rosto, até então impassível como uma máscara, mostrou sinais de expressão. O doutor Wilson observou que a expressão não era a de minha personalidade secundária, parecendo-se mais com a de minha pessoa normal. Por volta das 11h30, balbuciei algumas sílabas muito estranhas — sílabas que não pareciam combinar com nenhuma fala humana. Eu também parecia estar lutando contra alguma coisa. Depois, no início da tarde — a governanta e a criada tendo voltado nesse ínterim — comecei a murmurar em inglês:

"... dos economistas ortodoxos daquele período, Jevons tipifica a tendência dominante para a correlação científica. Sua tentativa de vincular o ciclo comercial de prosperidade e depressão com o ciclo físico das manchas solares constitui, talvez, o ápice..."

Nathaniel Wingate Peaslee havia voltado — um espírito para cuja escala de tempo ainda era aquela manhã de terça-feira de 1908, com a turma de economia olhando espantada para a escrivaninha gasta sobre a plataforma.

II

Minha reabsorção na vida normal foi um processo difícil e sofrido. A perda de mais de cinco anos cria mais complicações do que se pode imaginar, e, no meu caso, havia uma infinidade de assuntos a resolver. O que ouvi sobre meus atos depois de 1908 me estarreceu e perturbou, mas tentei ver a coisa o mais filosoficamente possível. Por fim, recuperando a custódia do meu segundo filho, Wingate, estabeleci-me na casa da Crane Street e tratei de retomar minhas atividades didáticas — meu velho professorado me havendo sido gentilmente oferecido pela faculdade.

Comecei a trabalhar no período letivo de fevereiro de 1914 e nele permaneci por um ano apenas. A essa altura, percebi o quanto minha experiência havia me abalado. Embora estivesse perfeitamente são — eu esperava — e sem nenhum problema com minha personalidade original, não tinha a energia nervosa dos velhos tempos. Sonhos vagos e ideias estranhas me assolavam continuamente, e quando a eclosão da Guerra Mundial orientou meu pensamento para História, eu me vi pensando em períodos e eventos da maneira mais estranha possível. Minha concepção de *tempo*, minha capacidade de distinguir consecutivo de simultâneo, parecia sutilmente desarranjada, levando-me a formar noções quiméricas sobre viver numa era e lançar a mente sobre toda a eternidade para o conhecimento de eras passadas e futuras.

A guerra me provocou a estranha impressão de *recordar* algumas de suas *consequências* remotas — como se eu soubesse como ela se desdobraria e pudesse olhar *para trás* à luz de informações futuras. Todas essas quase-memórias eram alcançadas com muito sofrimento e com a sensação de que alguma barreira psicológica artificial fora erguida contra elas. Quando timidamente dei a entender aos outros sobre minhas impressões, as reações foram variadas. Alguns me olharam constrangidos, mas membros do departamento de matemática falaram de novos desdobramentos naquelas teorias da relatividade — só discutidas, então, em círculos eruditos — que mais tarde ficariam famosas. O doutor Albert Einstein, disseram, estava rapidamente reduzindo o *tempo* à condição de mera dimensão.

Mas os sonhos e sentimentos perturbados me tomaram de tal forma que precisei largar o trabalho regular em 1915. As impressões estavam tomando uma forma incômoda — dando-me a noção permanente de que a amnésia havia provocado algum tipo de *intercâmbio* profano; que a personalidade secundária havia sido de fato uma força intrusa de regiões desconhecidas, e que minha própria personalidade sofrera um desalojamento. Assim, fui impelido a vagas e estarrecedoras especulações sobre o paradeiro de meu verdadeiro eu durante os anos em que outro se apossara de meu corpo. O curioso conhecimento e a estranha conduta do ex-inquilino do meu corpo me perturbavam cada vez mais à medida que eu tomava conhecimento de novos detalhes por meio das pessoas, jornais e revistas. As esquisitices que haviam desnorteado outros pareciam se harmonizar terrivelmente com algum pano de fundo de sabedoria oculta que ulcerava nos abismos do meu subconsciente. Comecei a buscar febrilmente qualquer fragmento de informação relativo aos estudos e viagens *daquele outro* durante os anos de escuridão.

Nem todos os meus problemas eram tão abstratos quanto esse. Havia os sonhos — e esses pareciam aumentar de intensidade e concretude. Sabendo como a maioria das pessoas os veria, eu raramente os mencionava a alguém, exceto ao meu filho ou a alguns psicólogos confiáveis, mas iniciei enfim um estudo científico de outros casos para ver quão típicas ou não aquelas visões poderiam ser em vítimas de amnésia. Meus resultados, ajudados por psicólogos, historiadores, antropólogos e especialistas em doenças mentais com ampla experiência, e por um estudo que incluiu todos os registros de personalidades divididas desde os tempos das lendas de possessão demoníaca até o realismo médico do presente, mais me aborreceram que me consolaram no início.

Eu logo descobri que meus sonhos não tinham, de fato, nenhuma equivalência com a maioria esmagadora dos casos de amnésia verdadeira. Restou, porém, um minúsculo resíduo de registros que, durante anos, me desnorteou e espantou pelos paralelismos com a minha própria experiência. Alguns eram fragmentos de folclore antigo; outros, casos nos anais da medicina; um ou dois eram anedotas encerradas em histórias comuns. Parecia, pois, que embora meu tipo especial de aflição fosse prodigiosamente raro, exemplos dele haviam ocorrido, com longos intervalos, desde o início dos anais humanos. Alguns séculos podiam incluir um, dois ou três casos, outros, nenhum — ou, pelo menos, nenhum cujo registro houvesse sobrevivido.

A essência era sempre a mesma — uma pessoa com aguda capacidade de raciocínio era acometida por uma estranha vida secundária e levava, por um período de tempo maior ou menor, uma existência totalmente alienígena tipificada, no início, pelo desajuste vocal e corporal, e, depois, pela aquisição, volumosa, de conhecimentos científicos, históricos, artísticos e antropológicos; uma aquisição empreendida com um entusiasmo febril e uma capacidade de absorção absolutamente anormal. Então, um súbito retorno da consciência correta, flagelada intermitentemente, para sempre, por sonhos vagos não localizáveis sugerindo fragmentos de alguma lembrança abjeta meticulosamente apagada. E as semelhanças desses pesadelos com os meus — mesmo em alguns detalhes mínimos — não deixaram dúvida em minha mente de seu caráter típico. Um ou dois casos tinham uma marca adicional de familiaridade tênue, ímpia, como se eu tivesse ouvido sobre eles antes por meio de algum canal cósmico mórbido e assustador demais para se contemplar. Em três exemplos, havia uma menção específica a uma máquina desconhecida como a que houvera em minha casa antes da segunda transformação.

Outra coisa que me preocupou durante minha investigação foi a frequência um pouco maior dos casos em que um vislumbre breve, fugidio, dos pesadelos típicos era conferido a pessoas que não tiveram uma amnésia bem definida. Essas pessoas eram, em grande parte, de espírito medíocre ou inferior — algumas tão primitivas que mal poderiam ser pensadas como veículos de uma erudição anormal e aquisições mentais preternaturais. Por um segundo, elas eram atingidas por uma força extraterrestre; depois um recuo no tempo e uma memória fugaz e fugidia de horrores inumanos.

Houvera pelo menos três casos assim no último meio século — um apenas 15 anos antes. Estaria alguma coisa *tateando cegamente através do tempo* vindo de algum abismo insuspeito da Natureza? Seriam esses casos monstruosos *experimentos* sinistros de um tipo e autoria inteiramente fora de qualquer crença? Essas foram algumas das especulações informes de meus momentos de maior fraqueza — fantasias instigadas por mitos que meus estudos haviam descoberto. Pois eu não podia duvidar que certas lendas persistentes de imemorial antiguidade, aparentemente desconhecidas das vítimas e dos médicos relacionados aos casos recentes de amnésia, eram uma elaboração assustadora e admirável de lapsos de memória como os meus.

Da natureza dos sonhos e impressões que estavam se tornando tão gritantes, eu ainda quase temo em falar. Elas pareciam ter laivos de loucura e, às vezes, eu pensava estar ficando louco. Teria havido algum tipo especial de delírio afligindo os que sofreram lapsos de memória? Seria concebível que os esforços do subconsciente para preencher um vazio intrigante com pseudomemórias poderiam originar estranhas fantasias da imaginação? Era essa, aliás — embora uma teoria de folclore alternativa finalmente me tenha parecido mais plausível — a crença de muitos alienistas que me ajudaram em minha pesquisa de casos paralelos, e que compartilharam minha perplexidade com as semelhanças exatas às vezes descobertas. Eles não chamavam o estado de verdadeira insanidade, classificando-o antes entre os distúrbios neuróticos. Endossaram calorosamente a correção, segundo os melhores princípios psicológicos, do meu percurso para tentar rastreá-la e analisá-la, em vez de buscar ignorá-lo ou esquecê-lo. Eu valorizei, em especial, o conselho dos médicos que me haviam estudado durante minha possessão pela outra personalidade.

Meus primeiros distúrbios eram pouco visuais e diziam respeito aos assuntos mais abstratos que mencionei. Havia também um sentimento de profundo e inexplicável horror associado *a mim*. Passei a ter um medo estranho de ver minha própria forma, como se meus olhos a considerassem uma coisa totalmente alienígena e incrivelmente abjeta. Quando olhava e via a forma humana familiar usando alguma roupa discreta cinza ou azul, eu sempre sentia um curioso alívio, embora para conseguir esse alívio eu tivesse de vencer um pavor infinito. Eu evitava espelhos tanto quanto possível e sempre fazia a barba na barbearia.

Demorou muito para eu relacionar qualquer um desses sentimentos frustrantes com as impressões visuais fugidias que começaram a se manifestar. A primeira relação teve a ver com a estranha sensação de uma coibição artificial, externa, sobre a minha memória. Eu sentia que os lampejos de visão que experimentava tinham um significado profundo e terrível, e uma pavorosa conexão comigo, mas que alguma influência deliberada me impedia de captar esse significado e essa conexão. Aí veio o estranhamento com o fator *tempo*, e, com ele, os esforços desesperados para situar os vislumbres oníricos fragmentários no padrão cronológico e espacial.

Os vislumbres em si eram, no começo, mais estranhos que horríveis apenas. Eu tinha a impressão de estar numa enorme câmara abobadada cujas imponentes colunas de pedra quase se perdiam nas sombras superiores. Em qualquer tempo ou espaço que o cenário pudesse estar, o princípio do arco era perfeitamente conhecido e usado tão difusamente como pelos romanos. Havia janelas redondas colossais e portas altas em arco, e pedestais ou mesas com a altura de uma sala comum. Vastas estantes de madeira escura cobrindo as paredes continham o que pareciam ser volumes enormes com curiosos hieróglifos nas lombadas. Os trabalhos de cantaria exibiam entalhes curiosos, sempre em padrões matemáticos curvilíneos, e havia inscrições cinzeladas com o mesmo tipo de caracteres dos enormes livros. A alvenaria de granito escuro era de tipo monumental, com fileiras de blocos e os topos convexos encaixados nas fiadas de bases côncavas apoiadas sobre eles. Não havia cadeiras, mas os topos dos imensos pedestais estavam forrados de livros, papéis e o que parecia ser materiais de escrita — jarros curiosamente enfeitados de um metal púrpuro e varas de ponta afinada. Por altos que fossem os pedestais, às vezes parecia ter de olhá-los de cima. Sobre alguns deles havia grandes globos de cristal luminoso servindo de lâmpadas, e máquinas inexplicáveis formadas por tubos vítreos e hastes metálicas. As janelas eram envidraçadas, com gelosias de aparência sólida. Embora não ousasse me aproximar e espiar por elas, eu podia enxergar, de onde estava, a copas ondulantes de uma vegetação singular parecendo samambaias. O piso tinha lajes octogonais maciças, e não havia tapetes nem cortinados.

Mais tarde, eu tive visões em que percorria ciclópicos corredores de pedra, e subia e descia planos inclinados gigantescos da mesma alvenaria grandiosa. Não havia escadas em parte alguma, nem passagens com menos de nove metros de largura. Algumas estruturas pelas quais flutuei deviam se alçar milhares de metros para o céu. Havia vários níveis de abóbadas escuras abaixo, e alçapões que nunca eram abertos bloqueados com tiras de metal, trazendo sugestões aziagas de algum perigo especial. Eu tinha a sensação de ser um prisioneiro, e o horror pairava ameaçador sobre tudo que via. Sentia que os zombeteiros hieróglifos curvilíneos nas paredes fulminariam minha alma com sua mensagem se não estivesse protegido por uma piedosa ignorância.

Mais adiante, meus sonhos incluíram vistas das grandes janelas redondas e do titânico telhado plano com seus curiosos jardins, sua ampla área maninha e parapeito de pedra alto e festonado, ao qual levava o mais alto dos planos inclinados. Havia léguas quase intermináveis de edifícios gigantescos, todos com seu jardim e alinhados ao longo de ruas calçadas de sessenta metros de largura. Seus aspectos eram bem distintos, mas poucos tinham menos de cento e cinquenta metros quadrados ou trezentos metros de altura. Muitos pareciam de tal forma infinitos que sua fachada devia ter muitos milhares de metros, enquanto alguns se lançavam a altitudes montanhosas para o céu cinzento e enevoado. Eles pareciam ser de pedra ou concreto, em geral, e a maioria continha o tipo de alvenaria estranhamente curvilínea que eu pudera observar no edifício que me abrigava. Os tetos eram planos e cobertos de jardins, e costumavam exibir parapeitos festonados. Às vezes, havia terraços em níveis mais altos, e amplos espaços descampados no meio dos jardins. As grandes vias davam sugestões de movimento, mas nas primeiras visões eu não consegui traduzir essas impressões em detalhes.

Em certos locais, avistei enormes torres cilíndricas negras que se elevavam muito acima das outras construções. Elas pareciam ter uma natureza única e mostravam sinais de uma antiguidade prodigiosa e de dilapidação. Eram feitas de um tipo bizarro de alvenaria de basalto de corte quadrado, com os lados se inclinando ligeiramente na direção dos topos arredondados. Em nenhum lugar de qualquer uma delas se notava o menor traço de janelas ou de outras aberturas além das portas monumentais. Notei também alguns edifícios mais baixos — todos arruinados pelo desgaste de tempos imemoriais — parecidos com as torres escuras cilíndricas na arquitetura básica. Em torno de todas essas torres aberrantes de alvenaria quadrada, pairava uma aura inexplicável de ameaça e medo concentrado, como aquele provocado pelos alçapões bloqueados.

Os jardins onipresentes eram quase aterrorizantes em sua singularidade, com formas vegetais bizarras e exóticas balançando sobre amplos passeios margeados por monólitos com entalhes misteriosos. Plantas parecidas com samambaias de um tamanho monumental — algumas verdes, outras de uma palidez cadavérica de fungos. Entre elas erguiam-se grandes coisas espectrais parecendo calamites cujos troncos semelhantes a bambus se elevavam a alturas fabulosas. Havia ainda formas com tufos como cicadáceas fabulosas e grotescos arbustos e árvores verde-escuras parecendo coníferas. As flores eram pequenas, incolores e irreconhecíveis, brotando em canteiros geométricos, soltas, no meio da folhagem. Em alguns jardins dos terraços e telhados cresciam flores maiores e mais abundantes de contornos mais ofensivos e parecendo sugerir um cultivo artificial. Cogumelos de um tamanho inconcebível, contornos e cores salpicavam a cena com padrões que sugeriam uma tradição de horticultura ignorada, mas bem estabelecida. Nos jardins maiores do chão parecia haver alguma tentativa de preservar as irregularidades da Natureza, mas nos telhados havia mais seletividade e mais evidências da arte da topiaria.

O local estava quase sempre úmido e enevoado, e às vezes eu parecia testemunhar chuvas monumentais. De vez em quando, porém, eu enxergava vislumbres do Sol — que parecia extraordinariamente grande — e da Lua, cujas manchas tinham um quê de diferente do normal que eu não pude jamais aquilatar. Quando — muito raramente — o céu noturno estava limpo em toda sua extensão, eu avistava constelações quase irreconhecíveis. Os desenhos conhecidos eram, às vezes, aproximados, mas raramente duplicados; e da posição dos poucos grupos que consegui reconhecer, senti que eu devia estar no hemisfério sul da Terra, perto do Trópico de Capricórnio. O horizonte distante estava sempre enevoado e indistinto, mas eu podia perceber que grandes selvas de samambaias, calamites, lepidodendráceas e sigilariáceas desconhecidas cresciam fora da cidade, com suas frondes fantásticas oscilando zombeteiramente entre os vapores revoltos. Às vezes, havia sinais de movimento no céu, mas estes, minhas primeiras visões jamais decifraram.

No outono de 1914, comecei a ter sonhos raros com flutuações estranhas sobre a cidade e seus arredores. Vi estradas intermináveis cruzando florestas de uma vegetação assustadora com troncos mosqueados, estriados e listrados, e outras cidades tão estranhas como a que persistentemente me assombrava. Enxerguei construções monstruosas de tom escuro ou iridescente em sendas e clareiras onde reinava um crepúsculo eterno, e atravessei extensos caminhos elevados sobre pântanos tão escuros que eu pouco poderia dizer sobre sua vegetação úmida e muito crescida. Certa vez, vi uma área de incontáveis quilômetros salpicada de ruínas basálticas fustigadas pela idade cuja arquitetura era como a das poucas torres sem janelas de topo arredondado da cidade assombrosa. E, uma vez, avistei o mar — uma vastidão ilimitada e nevoenta além dos colossais píeres de pedra de uma enorme cidade de domos e arcos. Grandes sinais informes de sombra se moviam sobre ele e, aqui e ali, sua superfície era perturbada por jorros anormais.

III

Como já mencionei, não foi de imediato que essas visões alucinantes começaram a ter sua qualidade terrível. Com certeza muitas pessoas sonharam coisas intrinsecamente estranhas — coisas formadas por sobras desconexas da vida diária, de quadros e leituras, e arranjadas em formas fantasticamente novas pelos caprichos insondáveis do sono. Durante algum tempo, aceitei as visões como naturais, apesar de nunca ter sido um sonhador extravagante. Muitas das vagas anomalias, eu argumentava, deviam provir de fontes triviais numerosas demais para serem rastreadas, enquanto outras pareciam refletir um manual comum de conhecimento das plantas e de outras condições do mundo primitivo de 150 milhões de anos atrás — um mundo da era Permiana ou Triássica. No curso de alguns meses, porém, o elemento de terror figurou com uma força crescente. Foi quando os sonhos começaram a ter invariavelmente o aspecto de memórias, e quando minha mente começou a relacioná-las com minhas crescentes perturbações abstratas — o sentimento de repressão mnemônica, as curiosas impressões referentes ao tempo, e o senso de uma troca odiosa com minha personalidade secundária de 1908-1913, e, muito depois, a inexplicável aversão por minha própria pessoa.

Quando os detalhes definidos começaram a entrar nos sonhos, seu horror aumentou mil vezes — até que, em outubro de 1915, senti que precisava fazer alguma coisa. Foi então que comecei um estudo intensivo de outros casos de amnésia e visões, sentindo que assim poderia objetivar meus problemas e me livrar de sua opressão emocional.

Como já se mencionou, porém, o resultado, no início, foi exatamente o oposto. Fiquei muito perturbado ao descobrir que meus sonhos haviam sido tão meticulosamente duplicados; em especial porque algumas descrições eram antigas demais para admitir algum conhecimento geológico — e, portanto, alguma noção de paisagens primitivas — da parte do sujeito. Além disso, muitas dessas descrições traziam detalhes e explicações terríveis relacionados às visões de grandes edifícios e jardins silvestres — e outras coisas. As visões e vagas impressões reais já eram ruins, mas o que era sugerido ou afirmado por alguns outros sonhadores tinha um laivo de loucura e blasfêmia. O pior era que minhas próprias pseudomemórias eram despertadas em sonhos mais amenos e sugestões de revelações iminentes. No entanto, a maioria dos médicos julgou o rumo que tomei, no geral, aconselhável.

Estudei psicologia sistematicamente, e sob o estímulo predominante, meu filho Wingate fez o mesmo — seus estudos o conduziram por fim a seu atual magistério. Em 1917 e 1918, frequentei cursos especiais na Miskatonic. Enquanto isso, meu estudo de registros médicos, históricos e antropológicos se tornou infatigável, envolvendo viagens a bibliotecas distantes e incluindo, por fim, inclusive a leitura dos livros odiosos de sabedoria oculta antiga que tanto atiçaram o interesse de minha personalidade secundária. Alguns destes últimos eram os exemplares reais que eu consultara em minha condição alterada, e fiquei muito perturbado com certas anotações marginais e *correções* ostensivas do texto hediondo numa escrita e num idioma que, de certa forma, me pareceram estranhamente inumanos.

A maioria dessas marcas estava nas línguas respectivas dos vários livros, que o escritor parecia conhecer com facilidade igual, ainda que obviamente acadêmica. Uma nota anexada ao *Unaussprechlichen Kulten*, de von Junzt, porém, alarmava pela diferença. Ela consistia de alguns hieróglifos curvilíneos feitos com a mesma tinta que as correções em alemão, mas não seguindo nenhum padrão humano reconhecível. E esses hieróglifos eram estreita e inconfundivelmente aparentados com os caracteres que eu encontrava constantemente nos meus sonhos — caracteres cujo significado eu às vezes imaginava, no momento, que conhecia, ou que estava na iminência de recordar. Para completar minha confusão total, os bibliotecários me garantiram que, tendo em vista exames prévios e registros de consulta dos volumes em questão, todas aquelas anotações deviam ter sido feitas por mim quando em meu estado secundário. Isso a despeito do fato de que eu era e ainda sou um ignorante nas três línguas envolvidas.

Juntando os registros espalhados, antigos e modernos, antropológicos e médicos, descobri uma mistura bastante consistente de mito e alucinação cujo escopo e selvajaria me deixaram absolutamente atônito. Meu único consolo foi que os mitos eram muito antigos. Que saber perdido poderia ter trazido cenários da paisagem paleozoica ou mesozoica para aquelas fábulas primitivas, eu não poderia sequer imaginar. Mas os cenários estavam lá. Existia, portanto, uma base para a formação de um tipo estável de ilusão. Casos de amnésia sem dúvida criaram o padrão geral do mito — mas depois os acréscimos fantasiosos aos mitos devem ter agido sobre os que padecem de amnésia e matizado suas pseudomemórias. Eu próprio li e ouvi todas as histórias primitivas durante meu lapso de memória — minha busca o comprovou amplamente. Não seria natural, então, meus sonhos e impressões emocionais subsequentes ficarem matizados e moldados pelo que minha memória sutilmente conservava de meu estado secundário? Alguns mitos tinham conexões significativas com outras lendas nebulosas do mundo pré-humano, em especial aquelas narrativas hindus envolvendo abismos assombrosos de tempo e que fazem parte da sabedoria dos modernos teosofistas.

Mito primordial e ilusão moderna se juntaram na suposição de que a humana é apenas uma — talvez a menor — das espécies altamente evoluídas e dominantes do longo e, em geral, desconhecido percurso deste planeta. Criaturas de uma forma inconcebível inferiam os mitos, erigiram torres lançadas para o céu e pesquisaram cada segredo da Natureza antes de o primeiro anfíbio antepassado do homem ter se arrastado para fora do oceano quente trezentos milhões de anos atrás. Algumas vieram das estrelas; algumas eram tão antigas quanto o próprio cosmo, outras haviam surgido rapidamente de germes terrenos tão inferiores aos primeiros germes de nosso ciclo de existência quanto os germes são inferiores a nós. Períodos de milhares de milhões de anos e conexões com outras galáxias e universos eram livremente mencionados. Na verdade, não havia o tempo no sentido aceito pela humanidade.

Mas a maioria das narrativas e impressões se referia a uma raça relativamente posterior, de uma forma estranha e intrincada, não parecida com nenhuma forma de vida conhecida da ciência que vivera até 50 milhões de anos apenas antes do advento do homem. Aquela, elas indicavam, fora a raça mais grandiosa de todas porque somente ela havia conquistado o segredo do tempo. Ela aprendera todas as coisas que foram conhecidas um dia, ou *que algum dia viriam a ser*, na Terra pelo poder de suas mentes mais agudas de se projetarem no passado e no futuro, até mesmo por abismos de milhões de anos, e estudar o conhecimento de cada era. Das realizações dessa raça surgiram todas as lendas de profetas, inclusive as da mitologia humana.

Suas vastas bibliotecas continham volumes de textos e imagens com a totalidade dos anais terrestres — históricos e descrições de cada espécie que existira ou viria a existir com registros completos de suas artes, realizações, línguas e psicologias. Com esse conhecimento abrangendo éons, a Grande Raça escolhera de cada era as formas de vida, os pensamentos, artes e processos que pudessem servir à sua própria natureza e situação. O conhecimento do passado, garantido por um tipo de projeção mental fora dos sentidos reconhecidos, era mais difícil de compilar que o do futuro.

Nesse último caso, o caminho era mais fácil e mais material. Com ajuda mecânica adequada, uma mente podia se projetar para o futuro, farejando o caminho de um obscuro modo extrassensorial até se aproximar do período desejado. Aí, depois de algumas tentativas preliminares, ela se apossaria do melhor representante que pudesse encontrar das formas de vida mais elevadas daquele período. Entraria no cérebro do organismo e ali montaria suas próprias vibrações, enquanto a mente desalojada retornaria à época do intruso, permanecendo no corpo dele até a ocorrência de um processo inverso. A mente projetada, no corpo do organismo do futuro, posaria então de membro da raça cuja forma exterior ela usava, aprendendo o mais depressa possível tudo que pudesse ser aprendido da era escolhida e as informações e técnicas que ela havia acumulado.

Enquanto isso, a mente desalojada, atirada de volta à era e ao corpo do ocupante, seria cuidadosamente preservada. Era-lhe vedado prejudicar o corpo que ocupava, e ela teria todo seu conhecimento extraído por inquisidores treinados. Muitas vezes ela seria interrogada em sua própria língua quando buscas anteriores no futuro houvessem fornecido registros daquela língua. Se a mente viesse de um corpo cuja língua a Grande Raça não conseguia reproduzir fisicamente, máquinas inteligentes eram criadas nas quais o discurso alienígena era reproduzido como num instrumento musical. Os membros da Grande Raça eram imensos cones enrugados com três metros de altura com as cabeças e outros órgãos fixados em membros elásticos de trinta centímetros espessura saindo de seus vértices. Eles falavam pelos estalidos ou raspagens de enormes patas ou garras presas às extremidades de dois de seus quatro membros, e caminhavam expandindo e contraindo uma camada viscosa nas suas vastas bases de três metros.

Quando o espanto e o ressentimento da mente cativa passavam, e quando — supondo que ela viesse de um corpo extremamente distinto do da Grande Raça — ela perdia seu horror daquela forma temporária não familiar, permitiam-lhe estudar seu novo ambiente e experimentar uma admiração e uma sabedoria parecidas com as do usurpador. Com precauções adequadas, e em troca de serviços prestados, permitiam-lhe pairar sobre todo o mundo habitável em aeronaves titânicas ou enormes veículos em forma de barco movidos a energia atômica que cruzavam as grandes estradas, e pesquisar livremente nas bibliotecas que guardavam os registros do passado e do futuro do planeta. Isso reconciliava muitas mentes cativas com a sua sina, visto que nenhuma era menos que arguta e, para mentes assim, desvendar os mistérios ocultos da Terra — capítulos encerrados de passados inconcebíveis e voragens estonteantes de tempo futuro que incluem os anos por vir de suas próprias eras naturais — constitui sempre, apesar dos horrores abismais muitas vezes revelados, a experiência suprema da vida.

De vez em quando, algumas mentes cativas tinham a permissão de se encontrar com outras trazidas do futuro — para trocar ideias com consciências vivendo cem, ou mil, ou um milhão de anos antes ou depois de suas próprias eras. E todas eram estimuladas a escrever copiosamente em suas próprias línguas sobre elas mesmas e suas respectivas épocas; documentos estes que eram arquivados nos grandes arquivos centrais.

Pode-se acrescentar que havia um tipo especial de cativo cujos privilégios eram muito maiores que os da maioria. Eram os exilados *permanentes* moribundos, cujos corpos no futuro haviam sido ocupados por membros argutos da Grande Raça que, em face da morte, tentavam escapar da extinção mental. Esses exilados saudosos não eram tão comuns como se poderia esperar, pois a longevidade da Grande Raça abrandava seu amor à vida — sobretudo entre aqueles com mentes superiores capazes de projeção. Dos casos de projeção permanente de mentes mais velhas surgiram muitas daquelas mudanças duradouras de personalidade observadas na história posterior — inclusive da humanidade.

Quanto aos casos ordinários de exploração — quando a mente invasora havia aprendido o que queria no futuro, ela construiria um aparelho como aquele que iniciara seu voo e inverteria o processo de projeção. Uma vez mais ela estaria em seu próprio corpo em sua própria época, enquanto a mente cativa retornaria para aquele corpo do futuro ao qual pertencia. Somente quando um ou outro corpo houvesse morrido durante a troca, essa restauração era impossível. Nesses casos, é claro, a mente exploradora tinha de viver — assim como a dos fugitivos da morte — uma vida em um corpo estranho no futuro; ou então, a mente cativa — como a dos exilados permanentes moribundos — tinha de terminar seus dias na forma e na era passada da Grande Raça.

Esse destino era menos horrível quando a mente cativa pertencia também à Grande Raça — uma ocorrência não rara, pois em todos seus períodos aquela raça se preocupara intensamente com o próprio futuro. O número de exilados permanentes moribundos da Grande Raça era muito pequeno — em grande parte pelas tremendas punições associadas ao desalojamento de mentes da Grande Raça futuras pelo moribundo. Mediante projeção, eram feitos arranjos para aplicar essas punições nas mentes ofensoras em seus novos corpos futuros — e às vezes destrocas forçadas eram feitas. Casos complexos de desalojamento de exploradoras ou de mentes cativas por mentes em várias regiões do passado foram conhecidos e cuidadosamente retificados. Em cada era desde o descobrimento da projeção mental uma parte diminuta, mas bem reconhecida, da população consistia de mentes da Grande Raça de eras passadas, permanecendo por um período de tempo maior ou menor.

Quando uma mente cativa de origem extraterrestre era devolvida ao seu próprio corpo no futuro, ela era expurgada por uma complexa hipnose mecânica de tudo que havia aprendido na era da Grande Raça — isso devido a certas consequências problemáticas inerentes ao transporte de conhecimentos em grande quantidade para o futuro. Os poucos casos existentes de transmissão clara haviam causado, e causariam em tempos futuros conhecidos, grandes desastres. E fora em grande parte por consequência de dois casos do gênero — segundo os velhos mitos — que a humanidade aprendera o que sabia sobre a Grande Raça. De todas as coisas que sobreviveram *física e diretamente* daquele mundo do passado remoto, restavam somente algumas ruínas de grandes pedras em lugares longínquos e embaixo do mar, e trechos do texto dos horripilantes *Manuscritos Pnakóticos*.

Assim, a mente que retornava alcançava sua própria era com visões das mais tênues e fragmentárias apenas do que lhe havia sucedido desde a sua possessão. Todas as memórias que podiam ser extirpadas eram extirpadas, de forma que, na maioria dos casos, somente um vazio toldado de sonhos se recuava ao tempo da primeira troca. Algumas mentes lembravam mais do que outras e a reunião ocasional de memórias havia trazido, algumas vezes raras, sugestões do passado proibido de eras futuras. Provavelmente nunca houve um tempo em que grupos ou cultos não cultuassem em segredo algumas dessas sugestões. No *Necronomicon*, a presença de um culto desses entre seres humanos era sugerida — um culto que às vezes auxiliou mentes percorrendo os éons desde os tempos da Grande Raça.

E, enquanto isso, a Grande Raça em si se tornava quase onisciente, e se empenhava na tarefa de estabelecer trocas com as mentes de outros planetas, e de explorar seus passados e futuros. Ela procurava também sondar os tempos passados e a origem daquele orbe escuro, morto havia muitos éons, no espaço distante de onde viera sua própria herança mental — pois a mente da Grande Raça era mais antiga que sua forma corporal. Os seres de um mundo mais antigo em extinção, com a sabedoria dos segredos extremos, haviam procurado no futuro um novo mundo e espécies em que poderiam ter uma longa vida; e enviaram suas mentes em massa para aquela raça futura melhor adaptada para abrigá-las — as criaturas cônicas que povoaram nossa Terra bilhões de anos atrás. Assim nasceu a Grande Raça, enquanto as miríades de mentes enviadas ao passado eram deixadas para morrer no horror de formas estranhas. Mais tarde, a raça novamente enfrentaria a morte, mas viveria por meio de outra migração para o futuro de suas melhores mentes nos corpos de outros que tinham uma duração física mais longa pela frente.

Tal era o pano de fundo de lenda e alucinação entretecidas. Quando fiz minhas pesquisas de forma coerente, por volta de 1920, senti arrefecer um pouco a tensão que seus estágios anteriores haviam aumentado. Afinal, e a despeito das fantasias provocadas por emoções cegas, não era a maioria de meus fenômenos facilmente explicável? Algum acaso poderia ter encaminhado minha mente para estudos secretos durante a amnésia — e em seguida eu lera as lendas proibidas e encontrara os membros de cultos ancestrais e malvistos. Isso certamente fornecera a matéria para os sonhos e sentimentos perturbados que vieram depois de me voltar a memória. Quanto às anotações marginais em hieroglíficos sonhados e línguas que me eram desconhecidas, mas deixados à minha porta por bibliotecários, eu poderia facilmente ter recolhido um rudimento das línguas durante meu estado secundário, enquanto os hieróglifos haviam sido seguramente cunhados pela minha imaginação com base nas descrições em velhas lendas e *depois* foram entretecidos em meus sonhos. Tentei verificar alguns pontos em conversas com conhecidos líderes de cultos, mas nunca consegui estabelecer as conexões certas.

Às vezes, o paralelismo de tantos casos em tantas épocas distantes continuou me preocupando como no início, mas, por outro lado, eu refletia que o folclore estimulante era mais universal no passado que no presente, com certeza. Provavelmente todas as outras vítimas cujos casos eram semelhantes ao meu tiveram um conhecimento extenso e familiar das histórias que eu aprendera somente em meu estado secundário. Quando essas vítimas perderam suas memórias, elas se associaram às criaturas de seus mitos familiares — os fabulosos invasores suspeitos de desalojar mentes humanas — e haviam embarcado assim em buscas de conhecimento que, elas achavam, poderiam levá-las de volta a um passado não humano imaginado. Então, quando sua memória voltava, elas invertiam o processo associativo e pensavam em si como as mentes antes cativas em vez de como substitutas. Daí os sonhos e pseudomemórias que seguiam o padrão mítico convencional.

Apesar do aparente descalabro dessas explicações, elas vieram a superar por fim todas as outras em minha mente — em grande parte pela maior fragilidade de qualquer teoria rival. E um número considerável de psicólogos e antropólogos eminentes aos poucos foi concordando comigo. Quanto mais eu refletia, mais convincente me pareciam meus raciocínios, até que, no fim, eu tinha de fato um baluarte eficaz contra as imagens e impressões que pareciam me assaltar. Se eu via coisas estranhas durante a noite? Elas eram apenas o que eu ouvira e lera. Se eu tinha estranhas aversões, perspectivas e pseudomemórias? Essas também eram apenas ecos de mitos absorvidos em meu estado secundário. Nada que eu pudesse sonhar, nada que eu pudesse sentir, podia ter algum significado real.

Fortalecido por essa filosofia, meu equilíbrio nervoso melhorou bastante, ainda que as visões — mais que as impressões abstratas — se tornassem mais frequentes e mais detalhadas. Em 1922, eu me senti capaz de assumir o trabalho regular de novo, e coloquei meu recém-adquirido conhecimento em prática numa cadeira de psicologia da universidade, que aceitei. Minha velha cadeira de economia política fora, havia muito, devidamente preenchida — além de que os métodos de ensino econômico haviam mudado muito desde o meu apogeu. Nessa época, meu filho havia acabado de entrar no curso de pós-graduação que o levou a seu atual magistério, e nós trabalhávamos um bocado juntos.

IV

Entretanto, continuei mantendo um registro cuidadoso dos sonhos excêntricos que tão densa e vivamente me povoavam. Um registro assim, eu argumentava, tinha um valor genuíno como documento psicológico. Os vislumbres ainda se pareciam muito com *memórias*, embora eu rechaçasse essas impressões com admirável êxito. Ao escrever, eu tratava a fantasmagoria como coisa vista, mas nas outras vezes, eu a deixava de lado como ilusões diáfanas da noite. Nunca mencionei esses assuntos em conversas comuns, embora relatos delas, filtrados como essas coisas costumam ser, provocaram muitos rumores sobre a minha saúde mental. É agradável pensar que aqueles rumores se restringiam apenas a leigos, sem um único luminar dos médicos e psicólogos.

De minhas visões posteriores a 1914, mencionarei aqui apenas algumas, pois existem relatos e registros mais completos à disposição dos estudiosos sérios. É evidente que, com o tempo, as curiosas inibições de alguma forma desapareceram, pois o alcance de minhas visões aumentou muito. Todavia, elas haviam se tornado diferentes dos fragmentos desconexos sem clara motivação aparente. Dentro dos sonhos, eu parecia adquirir gradualmente uma liberdade de vaguear. Eu flutuava por muitos edifícios de pedra estranhos, indo de um para outro por passagens subterrâneas monumentais que pareciam formar as avenidas normais de trânsito. Às vezes eu encontrava aqueles gigantescos alçapões bloqueados nos níveis mais inferiores, aos quais se apegava uma aura de medo e interdição. Eu vi tanques tremendamente marchetados, e salas com miríades de utensílios curiosos e inexplicáveis. Havia também cavernas colossais com máquinas intrincadas cujo desenho e propósito me eram absolutamente estranhos, e cujo som só se manifestou depois de muitos anos de sonho. Devo mencionar aqui que visão e audição eram os únicos sentidos que jamais exercitei no mundo imaginário.

O verdadeiro horror começou em maio de 1915, quando avistei pela primeira vez as *coisas vivas*. Isso foi antes de meus estudos me ensinarem o que, em vista dos mitos e recordações, devia esperar. À medida que as barreiras mentais foram desaparecendo, eu comecei a enxergar grandes massas de vapor ralo em várias partes do edifício e nas ruas abaixo. Elas foram ficando cada vez mais sólidas e distintas, até que, por fim, eu pude perceber seus contornos monstruosos com incômoda facilidade. Elas pareciam cones enormes e iridescentes, com cerca de três metros de altura e três de largura na base, e constituídas de alguma matéria meio elástica, enrugada e escamosa. De seus vértices projetavam-se quatro membros cilíndricos flexíveis com um pé de espessura cada e de uma substância rugosa como os próprios cones. Esses membros às vezes estavam contraídos a quase nada, às vezes esticados a alguma distância até um máximo de três metros, mais ou menos. As pontas de dois deles apresentavam garras ou tenazes enormes. Da ponta de um terceiro projetavam-se quatro apêndices vermelhos em forma de trombeta. O quarto terminava num globo amarelado irregular com cerca de sessenta centímetros de diâmetro e com três grandes olhos escuros no círculo central. Coroavam essa cabeça quadro delgadas hastes cinzentas sustentando apêndices parecendo flores, enquanto de sua parte inferior pendiam oito antenas ou tentáculos esverdeados. A grande base do cone central era orlada por uma substância cinzenta e borrachosa que movia toda a criatura por expansão e contração.

Seus atos, conquanto inofensivos, horrorizaram-me ainda mais que sua aparência — pois não é saudável observar objetos monstruosos fazendo o que, na nossa consciência, somente seres humanos faziam. Aquelas coisas se locomoviam de maneira inteligente pelas grandes salas, tirando livros das estantes e levando-os para grandes mesas, ou vice-versa, e às vezes escrevendo com afinco usando uma haste peculiar pega pelos tentáculos esverdeados da cabeça. As enormes pinças eram usadas para carregar livros e na conversa — a fala era por estalidos feitos com as garras. As coisas não usavam roupas, mas carregavam sacolas ou mochilas penduradas no alto do tronco cônico. Eles geralmente levavam a cabeça e o membro que a sustentava no mesmo nível que o vértice do cone, embora ela estivesse frequentemente elevada ou abaixada.

Os outros três membros costumavam ficar em repouso nos lados do cone, contraídos para cerca de um metro e meio cada, quando não estavam em uso. Pela velocidade com que liam, escreviam e operavam suas máquinas — as que ficavam sobre as mesas pareciam ter alguma relação com o pensamento — eu concluí que sua inteligência era imensamente superior à do homem.

Dali por diante, eu as via por toda parte; aglomerando-se nos grandes salões e corredores, montando máquinas imensas em criptas abobadadas e correndo pelas vastas estradas em gigantescos carros em forma de barco. Parei de ter medo delas, visto que pareciam ser uma parte natural de seu ambiente. As diferenças individuais entre elas começaram a se tornar manifestas e algumas pareciam ter algum tipo de limitação. Estas, embora sem mostrar nenhuma variação física, mostravam uma diversidade de gestos e hábitos que as destacavam, não só da maioria, mas, em grande medida, umas das outras. Elas escreviam muito no que pareceu, para minha visão toldada, uma enorme variedade de caracteres. Algumas, eu imaginei, usavam nosso próprio e familiar alfabeto. A maioria delas trabalhava muito mais devagar que a massa das criaturas.

Durante todo esse tempo, minha própria parte nos sonhos parecia ser a de uma consciência desencarnada com um alcance de visão maior que o normal, flutuando livremente de um lado para outro, embora confinada às avenidas e velocidades de viagem comuns. Até agosto de 1915, nenhuma sugestão de existência corporal começou a me assediar. Digo *assediar* porque a primeira fase foi uma associação puramente abstrata, embora infinitamente terrível, da minha abominação corporal já mencionada com as cenas de minhas visões.

Durante algum tempo, minha principal preocupação durante os sonhos era evitar olhar para mim, e lembro-me de como fiquei grato pela ausência total de espelhos grandes nas salas estranhas. Eu ficava por demais perturbado porque sempre via as grandes mesas — cuja altura não podia ser inferior a três metros — de um nível sempre acima de suas superfícies.

Então, a mórbida tentação de me observar foi ficando cada vez maior até que, uma noite, não consegui resistir. No início, meus olhares para baixo não revelaram nada. Um instante depois eu percebi que isso se devia ao fato de minha cabeça ficar na ponta de um pescoço flexível de enorme extensão. Retraindo esse pescoço e olhando fixamente para baixo, observei o volume escamoso, enrugado e iridescente de um vasto cone com três metros de altura e três de largura na base. Foi então que eu acordei metade de Arkham com meus gritos enquanto emergia alucinado do abismo do sono.

Foram necessárias semanas de odiosa repetição para eu me reconciliar, em parte, com essas visões de mim numa forma monstruosa. Nos sonhos, eu agora me movia fisicamente entre as outras entidades desconhecidas, lia livros terríveis das intermináveis estantes e escrevia por horas nas grandes mesas com um estilo manejado pelos tentáculos verdes que pendiam de minha cabeça. Fragmentos do que lia e escrevia persistiriam em minha memória. Havia anais horríveis de outros mundos e outros universos, e vibrações de vida informe fora de todos universos. Havia registros de ordens estranhas de seres que tinham povoado o mundo em passados imemoriais, e crônicas horripilantes de inteligências com corpos grotescos que o povoariam milhões de anos depois da morte do último ser humano. Eu aprendi capítulos da história humana cuja existência nenhum estudioso de hoje jamais suspeitou. A maioria desses escritos era na linguagem dos hieróglifos, que estudei de uma maneira curiosa, com a ajuda de máquinas ronronantes, e que era evidentemente um discurso aglutinador com sistemas básicos inteiramente distintos de qualquer linguagem humana conhecida. Outros volumes eram em outras línguas desconhecidas, aprendidas da mesma maneira singular. Pouquíssimas eram em línguas conhecidas por mim. Imagens inteligentes ao extremo, tanto inseridas nos registros como em coleções separadas, me ajudaram imensamente. E durante todo o tempo, eu parecia estar produzindo uma história da minha própria era em inglês. Ao despertar, só conseguia recordar fragmentos mínimos e sem sentido das línguas desconhecidas que meu ser onírico havia dominado, embora frases inteiras da história permanecessem comigo.

Eu aprendi — antes mesmo de meu ser acordado ter estudado os casos paralelos ou os mitos antigos dos quais os sonhos certamente haviam brotado — que as entidades ao meu redor eram da mais grandiosa raça do mundo, que havia conquistado o tempo e enviado mentes exploradoras para cada era. Soube, também, que eu fora arrebatado da minha era enquanto *um outro* usava meu corpo naquela era, e que algumas das outras formas estranhas abrigavam mentes capturadas da mesma maneira. Eu parecia falar em alguma linguagem exótica usando o choque das garras com intelectos exilados de cada canto do sistema solar.

Havia uma mente do planeta que conhecemos como Vênus, que viveria em épocas incalculáveis do futuro, e outra de uma lua de Júpiter seis milhões de anos no passado. Das mentes terrestres, algumas eram da raça semivegetal com asas e a cabeça estrelada das criaturas da Antártida paleogênica; uma era do povo réptil da fabulosa Valúsia; três dos peludos pré-humanos hiperbóreos adoradores de Tsathoggua; uma dos abomináveis Tcho-Tchos; duas dos habitantes aracnídeos da última idade da Terra; cinco da robusta espécie coleóptera imediatamente seguinte à humanidade, para a qual a Grande Raça algum dia viria a transferir em massa suas mentes mais argutas em face do perigo terrível; e algumas de ramos diferentes da humanidade.

Conversei com a mente de Yiang-Li, um filósofo do cruel império de Tsan-Chan, que deverá surgir em 5.000 d.C; com a de um general do povo pardo de cabeça grande que dominou a África do Sul em 50.000 a.C; com a de um monge florentino do século XII chamado Bartolomeo Corsi; com a de um monarca de Lomar que havia reinado naquele terrível território polar cem mil anos antes dos atarracados e amarelos inutos chegarem do oeste para tragá-lo. Falei com a mente de Nug-Soth, um mago dos conquistadores escuros de 16.000 d.C; com a de um romano chamado Titus Sempronius Blaesus, que havia sido um questor no tempo de Sula; com a de Khephnes, um egípcio da 14ª dinastia que me contou os segredos odiosos de Nyarlathotep; com a de um sacerdote do reino médio de Atlantis; com a de um cavalheiro de Suffolk dos dias de Cromwell, James Woodville; com a de um astrônomo da corte do Peru pré-incaico; com a do físico australiano Nevil Kingston-Brown, que morrerá em 2.518 d.C; com a de um arquifeiticeiro da Yhe desaparecida no Pacífico; com a de Theodotides, um oficial greco-bactriano de 200 a.C; com a de um francês idoso do tempo de Luis XIII chamado Pierre-Louis Montmagny; com a de Crom-Ya, um comandante cimério de 15.000 a.C; e com tantas outras que meu cérebro não consegue reter os segredos espetaculares e maravilhas estonteantes que aprendi com elas.

Eu despertava com febre, todas as manhãs, às vezes tentando alucinadamente verificar ou desconsiderar as informações que chegavam ao alcance do moderno conhecimento humano. Fatos tradicionais adquiriam aspectos novos e duvidosos, e eu me maravilhava com a fantasia onírica que podia inventar adendos tão surpreendentes à história e à ciência. Eu estremecia com os mistérios que o passado podia ocultar, e tremia em face das ameaças que o futuro poderia trazer. O que me sugeria o discurso de entidades pós-humanas sobre o destino da humanidade produziu tamanho efeito em mim que não o colocarei aqui. Depois do homem existiria a poderosa civilização dos besouros, de cujos corpos o creme da Grande Raça se apossaria quando a monstruosa sina atingisse o mundo antigo. Depois, quando a duração da Terra se encerrasse, as mentes transferidas novamente migrariam pelo tempo e espaço — para outro ponto de parada nos corpos das entidades vegetais bulbosas de Mercúrio. Mas haveria raças depois delas, aferrando-se pateticamente ao planeta frio e se entocando em seu núcleo terrificante antes do fim derradeiro.

Enquanto isso, em meus sonhos, eu escrevia sem parar naquela história de minha própria era que estava preparando — meio por vontade, meio pelo aumento das promessas de acesso a viagens e bibliotecas — para os arquivos centrais da Grande Raça. Os arquivos ficavam numa estrutura subterrânea colossal perto do centro da cidade que eu vim a conhecer bem nos meus frequentes trabalhos e consultas. Previsto para durar tanto quanto a raça e para suportar as mais violentas convulsões da Terra, aquele repositório titânico superava todos os outros edifícios na solidez montanhesca da sua construção.

Os registros, escritos ou pintados em grandes folhas de um tecido de celulose curiosamente tenaz eram encadernados em livros que abriam pelo alto e eram mantidos em caixas individuais de um metal estranho, extremamente leve, inoxidável e de tom acinzentado, decoradas com desenhos matemáticos e exibindo o título nos hieróglifos curvilíneos da Grande Raça. Essas caixas eram armazenadas em camadas de abóbadas retangulares — como estantes fechadas — feitas do mesmo metal inoxidável e trancadas por maçanetas com volutas intrincadas. Minha própria história foi destinada a um lugar específico nas abóbadas do nível mais inferior ou dos vertebrados — a seção dedicada à cultura da humanidade e das raças peludas e reptilianas que imediatamente a precederam no domínio terrestre.

Mas nenhum sonho jamais me ofereceu um quadro real da vida cotidiana. Eram todos fragmentos nebulosos e desconexos, e foi bom que esses fragmentos não se organizassem na sua sequência correta. Por exemplo, tenho uma ideia muito imperfeita de minhas próprias disposições de vida no mundo sonhado, embora me pareça ter possuído uma grande sala de pedra para mim. Minhas restrições como prisioneiro desapareceram aos poucos, de forma que algumas visões incluíram viagens vívidas pelas portentosas estradas da selva, estadias em cidades estranhas e explorações de algumas das ruínas vastas, escuras e sem janelas das quais a Grande Raça se esquivava com um medo singular. Houve também longas viagens por mar em navios enormes de muitos tombadilhos e rapidez incrível, e visitas a regiões selvagens em espaçonaves fechadas parecidas com projéteis, elevadas e movidas por repulsão elétrica. Além do amplo e cálido oceano, havia outras cidades da Grande Raça, e num continente distante, eu vi as aldeias toscas das criaturas aladas de focinho escuro que evoluiriam como raça dominante depois que a Grande Raça houvesse enviado suas mentes mais brilhantes para o futuro para escapar do pavoroso horror. Planura e vida vegetal exuberante eram sempre as notas dominantes da paisagem. Os morros eram baixos e esparsos, e geralmente exibiam sinais de atividade vulcânica.

Dos animais que vi, eu poderia escrever volumes. Eram todos selvagens, pois a cultura mecanizada da Grande Raça havia eliminado muito antes os animais domésticos, enquanto a alimentação era inteiramente vegetal ou sintética. Répteis desajeitados de grande porte se espojavam em brejos fumegantes, esvoaçavam pelo ar pesado ou soltavam esguichos nos mares e lagos; e entre esses eu imaginei que poderia reconhecer vagamente os protótipos arcaicos menores de muitas formas — dinossauros, pterodáctilos, ictiossauros, labirintodontes, plesiossauros e outros — conhecidas da paleontologia. Aves e mamíferos não havia algum que eu pudesse perceber.

A terra seca e os pântanos estavam sempre pululando de serpentes, lagartos e crocodilos, enquanto insetos zumbiam sem parar na vegetação luxuriosa. E no largo mar, monstros desconhecidos e não estudados esguichavam colunas monumentais de espuma para o céu enevoado. Certa vez fui levado para o fundo do oceano num gigantesco submarino equipado com holofotes e avistei alguns monstros vivos de tamanho assombroso. Observei também as ruínas de incríveis cidades submersas e a riqueza da vida crinoide, braquiópode, coralina e ictíica que abundava por toda parte.

Da fisiologia, psicologia, hábitos culturais e história detalhada da Grande Raça minhas visões preservaram poucas informações apenas, e muitos dos pontos esparsos que aqui apresento foram recolhidos mais de meus estudos de lendas antigas e outros casos que dos meus próprios sonhos. Com o tempo, claro, minhas leituras e pesquisas alcançaram e superaram os sonhos em muitas fases, de forma que certos fragmentos oníricos foram explicados com antecedência e constituíram verificações do que eu havia aprendido. Isso, para meu consolo, estabeleceu minha crença de que leituras e pesquisas similares realizadas pelo meu eu secundário haviam constituído a fonte de todo o tecido terrível de pseudomemórias.

O período dos meus sonhos era, aparentemente, algum momento anterior a 150 milhões de anos atrás, quando a Era Paleozoica estava dando lugar à Mesozoica. Os corpos ocupados pela Grande Raça não apresentaram nenhuma linhagem de evolução terrestre sobrevivente ou mesmo cientificamente conhecida, mas eram de uma espécie orgânica peculiar, bastante homogênea e altamente especializada, inclinada o mesmo tanto para o estado vegetal e o animal. A atividade celular era de um tipo único que quase excluía a fadiga e eliminava por completo a necessidade do sono. A nutrição, assimilada pelos apêndices vermelhos em forma de trompa num dos grandes membros flexíveis, era sempre pastosa e, em muitos aspectos, diferente da alimentação dos animais existentes. Os seres tinham apenas dois sentidos dos que conhecemos — visão e audição, esta realizada pelos apêndices em forma de flor nas hastes cinzentas sobre as cabeças. De outros e incompreensíveis sentidos — que não conseguiam, porém, ser bem utilizados por mentes cativas alienígenas habitando seus corpos — eles possuíam muitos. Seus três olhos estavam dispostos de tal forma que lhes dava uma amplitude de visão maior que a normal. Seu sangue era uma espécie de icor verde-escuro muito espesso. Eles não tinham sexo, reproduzindo-se por meio de sementes ou esporos que aglomeravam em suas bases e só podiam se desenvolver dentro da água. Grandes tanques rasos eram usados para o desenvolvimento de suas crias — que só eram produzidas em pequenos números, porém, por causa da longevidade dos indivíduos —, quatro ou cinco mil anos sendo a duração normal de uma vida.

Os indivíduos acentuadamente deficientes eram eliminados mal suas deficiências fossem percebidas. A doença e a aproximação da morte eram reconhecidas, na falta de um sentido do tato ou da dor física, por sintomas puramente visuais. Os mortos eram incinerados com cerimônias dignificantes. Às vezes, como já foi mencionado, uma mente arguta escapava da morte pela projeção para o futuro, mas casos assim não eram numerosos. Quando ocorria algum, a mente exilada do futuro era tratada com uma bondade extrema até a dissolução de sua morada não familiar.

A Grande Raça parecia formar uma só nação ou liga frouxamente aglutinada com importantes instituições em comum, embora houvesse quatro divisões distintas. O sistema político e econômico de cada unidade era uma espécie de socialismo fascista, com os recursos básicos distribuídos racionalmente e o poder delegado a pequenos conselhos de governo eleitos pelo voto de todos que fossem capazes de passar em certos testes educacionais e psicológicos. A organização familiar não era muito valorizada, embora laços entre pessoas de origem comum fossem reconhecidos e os jovens geralmente fossem educados pelos pais.

As semelhanças com atitudes e instituições humanas eram, claro, mais acentuadas nos campos em que, de um lado, estavam presentes elementos altamente abstratos, ou, de outro, havia um predomínio das necessidades básicas, não especializadas, de toda vida orgânica. Algumas semelhanças adicionais vinham pela adoção consciente quando a Grande Raça investigava o futuro e copiava aquilo que lhe agradava. A indústria, altamente mecanizada, exigia pouco tempo de cada cidadão; e o lazer abundante era preenchido com atividades intelectuais e estéticas de vários tipos. As ciências alcançaram um nível de desenvolvimento incrível e a arte era uma parte crucial da vida, embora nos períodos de meus sonhos ela já houvesse ultrapassado seu apogeu. A tecnologia era altamente estimulada pela luta constante pela sobrevivência e pela necessidade de manter vivo o tecido físico das grandes cidades, imposta pelas prodigiosas convulsões geológicas daqueles tempos primitivos.

O crime era surpreendentemente raro e tratado com um sistema de policiamento muito eficiente. As punições variavam da privação de privilégios e prisão à morte ou uma grande provação emocional, e nunca eram administradas sem um cuidadoso estudo das motivações do criminoso. A guerra, em boa parte civil, nos últimos milênios, embora às vezes movida contra invasores répteis ou octópodes, ou contra os Antigos alados de cabeça estrelada que se concentravam na Antártida, eram infrequentes, mas terrivelmente devastadoras. Um exército imenso usando armas com forma de câmeras, que produziam efeitos elétricos tremendos, era mantido de prontidão para fins raramente mencionados, mas com certeza relacionados ao medo permanente das ruínas escuras antigas e sem janelas e dos grandes alçapões lacrados nos níveis subterrâneos mais baixos.

Esse medo das ruínas basálticas e dos alçapões era, em grande parte, um caso de referência não mencionada — ou, quando muito, de murmúrios furtivos. Sugestivamente, não havia nada de específico sobre ele nos livros das estantes comuns. Era o único tema absolutamente tabu para a Grande Raça, e parecia estar relacionado tanto às terríveis batalhas passadas, como àquele perigo futuro que algum dia forçaria a raça a enviar suas mentes mais argutas, em massa, para o futuro. Por imperfeitas e fragmentárias que fossem as outras coisas apresentadas por sonhos e lendas, o mistério que cercava esse assunto era ainda mais desconcertante. Os vagos mitos da antiguidade o evitavam — ou, talvez, todas as alusões houvessem sido excluídas por alguma razão. E nos sonhos, meus e de outros, as referências eram curiosamente raras. Membros da Grande Raça jamais se referiam intencionalmente ao assunto e o que podia ser compilado vinha apenas de algumas mentes cativas mais observadoras.

Segundo esses fragmentos de informação, a origem do medo era uma terrível raça mais antiga de entidades alienígenas e meio poliposas que viera pelo espaço de universos infinitamente distantes e havia dominado a Terra e outros três planetas solares cerca de 600 milhões de anos antes. Elas eram apenas em parte materiais — tal como entendemos a matéria — e seus meios de percepção e tipo de consciência diferiam bastante dos encontrados em organismos terrestres. Por exemplo, seus sentidos não incluíam a visão — seu mundo mental tinha um padrão estranho, não visual, de impressões. Eles eram suficientemente materiais, contudo, para usar implementos de matéria normal quando estavam em zonas cósmicas que a continha; e precisavam de abrigo — conquanto de um tipo peculiar. Embora seus *sentidos* pudessem transpor todas as barreiras materiais, sua *substância* não; e certas formas de energia elétrica podiam destruí-los completamente. Eles tinham o poder da locomoção aérea, apesar da ausência de asas ou de outros meios visíveis de levitação. A estrutura de suas mentes era tal que nenhum intercâmbio com elas podia ser realizado pela Grande Raça.

Quando essas coisas vieram para a Terra, elas haviam construído poderosas cidades de basalto com torres sem janelas e atacaram de maneira horrível todos os seres que encontravam. Fora então que as mentes da Grande Raça dispararam pelo espaço daquele mundo obscuro transgaláctico conhecido nos perturbadores e discutíveis *Fragmentos de Eltdown* como Yith. Os recém-chegados, com os instrumentos que criaram, não tiveram dificuldades para subjugar as entidades predadoras e empurrá-las para aquelas cavernas do interior da Terra que já haviam unido a suas moradias e começado a habitar. Depois, eles bloquearam as entradas e os abandonaram a seu destino, ocupando em seguida a maioria de suas grandes cidades e preservando alguns edifícios importantes por razões mais ligadas à superstição que à indiferença, a coragem ou o zelo científico e histórico.

Com o passar das eras, porém, começaram a surgir sinais vagos e malignos de que as Coisas Mais Antigas estavam se tornando fortes e numerosas no mundo interior. Aconteceram irrupções esporádicas de um caráter particularmente odioso em algumas cidades pequenas e remotas da Grande Raça, e em algumas cidades antigas e desertas que a Grande Raça não povoara — lugares onde as passagens para os abismos inferiores não haviam sido bem vedadas ou guardadas. Depois disso, precauções maiores foram tomadas e muitas passagens foram fechadas para sempre — embora algumas fossem deixadas com os alçapões bloqueados para um uso estratégico no combate às Coisas Mais Antigas caso elas irrompessem em locais inesperados.

As incursões das Coisas Mais Antigas devem ter provocado uma repugnância indescritível, pois marcaram para sempre a psicologia da Grande Raça. O horror era tal que sequer o aspecto das criaturas era mencionado. Em momento algum eu pude obter uma sugestão clara de como elas eram. Havia sugestões veladas de uma *plasticidade* monstruosa e de *lapsos temporários de visibilidade*, enquanto rumores fragmentários se referiam ao seu controle e uso militar de grandes asas. *Silvos* estranhos e pegadas colossais com cinco marcas circulares de dedos também eram associados a elas.

Era evidente que a sina iminente tão temida pela Grande Raça — a sina que algum dia enviaria milhões de mentes argutas pelo abismo do tempo para corpos estranhos no porvir mais seguro — tinha a ver com o sucesso da irrupção final das criaturas mais antigas. Projeções mentais ao longo das eras haviam antecipado nitidamente esse horror, e a Grande Raça resolvera que ninguém que pudesse escapar deveria enfrentá-lo. Que a investida seria antes uma questão de vingança que uma tentativa de reocupar o mundo exterior, eles sabiam da história posterior do planeta

— pois suas projeções mostravam a chegada e partida de raças subsequentes não perturbadas pelas entidades monstruosas. Talvez essas entidades vieram a preferir os abismos interiores à superfície variável e varrida por tempestades da Terra, já que a luz não significava nada para elas. Talvez, também, elas viessem se enfraquecendo lentamente ao longo de éons. Aliás, era sabido que elas estariam mortas na época da raça coleóptera pós-humana que as mentes fugitivas ocupariam. Enquanto isso, a Grande Raça mantinha uma cuidadosa vigilância, com armas potentes sempre preparadas, apesar da horrorizada interdição ao tema nas conversas normais e nos registros visíveis. E a sombra do medo inominável pairava sempre sobre os alçapões selados e as escuras torres sem janelas mais antigas.

V

Esse é o mundo do qual meus sonhos traziam ecos esparsos e nebulosos todas as noites. Não posso esperar ter dado uma verdadeira ideia do horror e do medo contidos nesses ecos, pois eles tinham a qualidade absolutamente intangível — o agudo senso de *pseudomemória* — de que esses sentimentos em geral dependiam. Como já disse, meus estudos me proporcionaram aos poucos uma defesa contra esses sentimentos na forma de explicações psicológicas racionais; e essa influência salvadora foi aumentada pelo toque sutil de habitualidade que vem com a passagem do tempo. A despeito de tudo, porém, o vago e arrepiante terror voltava momentaneamente às vezes. Ele não me engolfava, contudo, como fizera antes; e, depois de 1922, levei uma vida muito normal de trabalho e recreação.

No correr dos anos, comecei a sentir que a minha experiência — assim como os casos benévolos e o folclore afim — devia ser definitivamente resumida e publicada para o benefício de estudantes sérios; para isso, preparei uma série de artigos, cobrindo sucintamente todo o campo, ilustrados com esboços toscos de algumas formas, cenas, motivos ornamentais e hieróglifos recordados dos sonhos. Eles surgiram em várias épocas durante 1928 e 1929 no *Journal of the American Psychological Society*, mas não chamaram muita atenção. Enquanto isso, continuei registrando meus sonhos com o máximo cuidado, apesar de a pilha crescente dos registros ter atingido proporções incômodas.

Em 10 de julho de 1934, a Sociedade Psicológica me encaminhou a carta que abriu a fase culminante e mais pavorosa de toda a insana provação. Ela trazia o carimbo postal de Pilbarra, Austrália Ocidental, e a assinatura de alguém que, conforme algumas investigações me informaram, era um engenheiro de minas de renome considerável. Com a carta vieram algumas fotos muito curiosas. Vou reproduzir o texto completo e nenhum leitor deixará de compreender o impacto tremendo que ele e as fotos me causaram.

Fiquei, durante algum tempo, atônito e incrédulo, pois embora pensasse frequentemente que devia haver alguma base real em certas fases das lendas que haviam colorido meus sonhos, eu não estava preparado para algo como a sobrevivência tangível de um mundo perdido de um passado além da imaginação. O mais devastador eram as fotos — pois ali estavam, com frio e indiscutível realismo, contra um fundo de areia, alguns blocos de pedra gastos e sulcados pela água, e descorado pelas tempestades cujos topos levemente convexos e bases levemente côncavas contavam sua própria história. E quando as estudei com uma lupa, pude perceber também, com toda clareza, em meio às rachaduras e perfurações, traços daqueles vastos desenhos curvilíneos e hieróglifos ocasionais cujo significado se me haviam tornado tão odiosos. Mas eis a carta, e que ela fale por si.

49, Dampier St.
Pilbarra, W. Australia
18 de maio de 1934.

Prof. N. W. Peaslee
a/c Am. Psychological Society,
30, E. 41st Str.
Nova York, EUA

Prezado Senhor,

Uma conversa recente com o Dr. E.M. Boyle, de Perth, e alguns jornais com artigos seus que ele acaba de me enviar, tornam aconselhável que eu lhe diga certas coisas que vi no Great Sandy Desert a leste de nossa mina de ouro daqui. Tendo em vista as lendas peculiares sobre cidades antigas com enormes construções de pedra e desenhos e hieróglifos estranhos que descreveu, parece-me que eu dei com algo muito importante.

Os negros sempre falaram muito sobre "grandes pedras com marcas", e parecem ter um medo terrível dessas coisas. Eles as relacionam, de certa forma, com suas lendas raciais comuns sobre Buddai, o velho gigante que jazeu adormecido durante eras no subsolo, com a cabeça apoiada no braço, e que algum dia acordará e engolirá o mundo. Existem algumas narrativas muito antigas e meio esquecidas de enormes abrigos subterrâneos feitos com grandes pedras, onde passagens levam cada vez mais fundo, e onde coisas pavorosas aconteceram. Os negros afirmam que, certa vez, alguns guerreiros em retirada de uma batalha desceram por uma delas e nunca mais voltaram, mas que ventos assustadores começaram a soprar do lugar logo depois que eles desceram. Contudo, geralmente não há muita substância no que esses nativos dizem.

Mas o que tenho a lhe dizer é mais do que isso. Dois anos atrás, quando estava a cerca de 400 quilômetros a leste no deserto, topei com uma porção de pedaços curiosos de pedra ornamentada com 1 x 0,60 x 0,60 metros, talvez, de tamanho, e gastas e esburacadas ao extremo. No início, não consegui encontrar nenhuma daquelas marcas mencionadas pelos negros, mas quando observei mais de perto, pude perceber algumas linhas fundas entalhadas apesar do desgaste. Havia curvas peculiares, como a que os negros tentaram descrever. Imagino que deva haver trinta ou quarenta blocos, alguns quase enterrados na areia, e todos dentro de um círculo com quase quinhentos metros de diâmetro, talvez.

Quando vi alguns, procurei por outros por perto, e fiz um reconhecimento cuidadoso do lugar com meus instrumentos. Também tirei fotografias de dez ou doze dos blocos mais típicos, e estou anexando as cópias para que as veja. Enviei minhas informações e fotos ao governo de Perth, mas eles não fizeram nada a respeito. Depois, conheci o Dr. Boyle, que havia lido seus artigos no Journal of the American Psychological Society, e, na ocasião, mencionei as pedras. Ele ficou imensamente excitado quando lhe mostrei meus instantâneos, dizendo que as pedras e as marcas eram exatamente como aquelas das construções com que o senhor sonhara e vira descritas em lendas. Ele pretendia lhe escrever, mas foi impedido. Enquanto isso, ele me enviou a maioria das revistas com seus artigos, e eu vi, de imediato, por seus desenhos e descrições, que minhas pedras são certamente do tipo que o senhor apresentou. O senhor poderá verificar isso nas fotos anexas. Mais adiante, terá notícias diretas do Dr. Boyle.

Agora eu posso compreender a importância que isso tudo terá para o senhor. Sem dúvida, estamos diante dos restos de uma civilização desconhecida mais antiga do que qualquer outra sonhada anteriormente, e formando uma base para as suas lendas. Como engenheiro de minas, tenho alguns conhecimentos de geologia, e posso lhe dizer que esses blocos são tão antigos que me assustam. Eles são constituídos principalmente de arenito e granito, embora um seja quase certamente feito de um tipo curioso de cimento ou concreto.

Eles trazem evidências de ação da água, como se esta parte do mundo tivesse ficado submersa e emergisse de novo depois de muito tempo — tudo isso depois que esses blocos foram feitos e usados.

É uma questão de centenas de milhares de anos — ou Deus sabe quanto mais. Nem gosto de pensar nisso.

Tendo em vista seus diligentes trabalhos anteriores no rastreamento de lendas e de tudo que estivesse relacionado a elas, não posso duvidar que desejará chefiar uma expedição ao deserto e fazer algumas escavações arqueológicas. Tanto o Dr. Boyle como eu estamos preparados para cooperar com esse trabalho se o senhor — ou organizações que lhe sejam conhecidas — puderem fornecer os recursos. Posso reunir uma dúzia de mineiros para as escavações pesadas — os negros não seriam de nenhuma valia, pois descobri que eles têm um medo quase maníaco deste particular local. Boyle e eu não estamos dizendo nada a outros, pois o senhor evidentemente deve ter precedência em qualquer descoberta ou crédito.

O lugar pode ser alcançado de Pilbarra em cerca de quatro dias por trator — de que precisaríamos para nossa aparelhagem. Ele fica um pouco a oeste e ao sul do caminho de Warburton de 1873, a 160 quilômetros a sudeste da Joanna Spring. Poderíamos transportar as coisas pelo rio De Grey em vez de partir de Pilbarra — mas isso tudo poderá ser conversado mais tarde. Aproximadamente, as pedras estão num ponto em cerca de 22° 3'14" de latitude Sul, 125° 0'39" de longitude Oeste. O clima é tropical e as condições do deserto exigentes. Receberei com satisfação novas correspondências sobre esse assunto, e estou muito ansioso para ajudar em algum plano que o senhor possa imaginar. Depois de estudar seus artigos, estou profundamente impressionado com o significado profundo da questão toda. O Dr. Boyle lhe escreverá mais adiante. Quando for necessária uma comunicação rápida, um cabo para Perth poderá ser transmitido pelo telégrafo sem fio.

Aguardando sinceramente notícias em breve,

Acredite em mim,
Mais fielmente o seu,
Robert B. F. Mackenzie

Dos resultados imediatos dessa carta, muito pode ser conhecido por meio da imprensa. Minha boa sorte em conseguir o apoio da Universidade de Miskatonic foi grande, e Mackenzie e o Dr. Boyle foram valiosos para acertar as coisas no lado australiano. Não fomos muito específicos com o público sobre nossos objetivos já que o assunto todo teria se prestado a um tratamento jocoso e sensacionalista pelos tabloides. Como consequência, as notícias impressas foram esparsas, mas suficientes em se tratando de nossa busca de ruínas australianas reportadas e historiando nossas várias etapas preparatórias.

Os professores William Dyer do departamento de geologia da faculdade, líder da Expedição Antártida da Miskatonic em 1930-1, Ferdinand C. Ashley do departamento de história antiga, Tyler M. Freeborn do departamento de antropologia, e o meu filho Wingate me acompanharam. Meu correspondente, Mackenzie, chegou em Arkham no início de 1935 e assistiu nossos preparativos finais. Ele se mostrou uma pessoa extremamente afável e competente, na faixa dos cinquenta, admiravelmente instruído e muito familiarizado com todas as condições de viagem australianas. Nós tínhamos tratores esperando em Pilbarra e arrendamos um cargueiro pequeno capaz de subir o rio até aquele ponto. Estávamos preparados para escavar da maneira mais cuidadosa e científica, peneirando cada partícula de areia e sem perturbar nada que pudesse estar em sua condição original ou perto disso.

Zarpando de Boston a bordo do resfolegante *Lexington* em 28 de março de 1935, fizemos uma viagem amena atravessando o Atlântico e o Mediterrâneo, passando pelo Canal de Suez, seguindo pelo Mar Vermelho e cruzando o Oceano Índico até nosso destino. Não preciso dizer como a visão da costa ocidental australiana baixa e arenosa me deprimiu e como detestei a rude cidadezinha mineira e os pavorosos campos auríferos onde os tratores recebiam suas últimas cargas. O Dr. Boyle, que se reuniu a nós, era idoso, amável e inteligente — e seu conhecimento de psicologia o levou a muitas discussões prolongadas com meu filho e comigo.

Desconforto e ansiedade se misturavam curiosamente na maioria de nós quando, por fim, nosso grupo de dezoito partiu sacolejando pelas áridas léguas de areia e rocha. Na sexta-feira, 31 de maio, vadeamos um braço do De Grey e entramos no reino da completa desolação. Um certo horror positivo cresceu em mim à medida que avançávamos para aquele sítio real do mundo antigo anterior às lendas — um terror, claro, favorecido pelo fato de que meus sonhos perturbadores e pseudomemórias ainda me perseguiam com uma força inabalável.

Foi na segunda-feira, 3 de junho, que avistamos os primeiros blocos meio enterrados na areia. Não posso descrever a emoção com que toquei de verdade — na realidade objetiva — um fragmento da alvenaria ciclópica parecida, sob todos os aspectos, com os blocos das paredes de meus edifícios sonhados. Havia um traço distinto de entalhamento — e minhas mãos tremiam quando identifiquei parte de um padrão decorativo curvilíneo que se tornara infernal para mim em anos de pesadelos atormentadores e pesquisas frustrantes.

Um mês de escavações revelou um total aproximado de 1.250 blocos em vários estágios de desgaste e desintegração. A maioria era formada por megálitos entalhados com topos e bases curvos. Uma minoria era de blocos menores, mais achatados, com superfícies retas, e cortados em quadrados ou octógonos como os pisos e pavimentos em meus sonhos — enquanto alguns eram singularmente maciços e curvos ou oblíquos de forma a sugerir seu uso em abóbadas ou arestas, ou como partes de arcos ou esquadrias de janelas redondas. Quanto mais fundo — e mais longe para o norte e o leste — nós escavávamos, mais blocos eram encontrados; embora ainda não conseguíramos descobrir nenhum traço de organização entre eles. O professor Dyer ficou atônito com a idade imensurável dos fragmentos e Freeborn descobriu traços de símbolos que se encaixavam soturnamente em certas lendas papuas e polinésias de infinita antiguidade. O estado e a dispersão dos blocos falavam silenciosamente de ciclos vertiginosos de tempo e de sublevações geológicas de uma violência cósmica.

Nós tínhamos um aeroplano e meu filho Wingate subia frequentemente em diferentes alturas escrutinando as vastidões de areia e rocha, atrás de indícios de vagos perfis em larga escala — ou diferenças de nível ou trilhas de blocos espalhados. Seus resultados eram virtualmente negativos, pois sempre que ele pensava ter vislumbrado alguma tendência significativa num dia, na viagem seguinte as impressões eram substituídas por outras igualmente frágeis — consequência das areias enganosas sopradas pelo vento. Uma ou duas dessas impressões efêmeras, porém, me afetaram curiosa e desagradavelmente. De certo modo, elas pareciam se encaixar terrivelmente em algo que eu havia sonhado ou lido, mas de que não conseguia mais me lembrar. Havia uma terrível *pseudofamiliaridade* nelas — que de certa forma me fazia olhar furtiva e apreensivamente para o abominável terreno árido que se estendia para o norte e o nordeste.

Na primeira semana de julho, desenvolvi um conjunto indizível de emoções misturadas sobre aquela região nordestina em geral. Havia horror, e havia curiosidade — mas, além disso, havia uma persistente e intrigante ilusão de *memória*. Tentei toda sorte de expedientes psicológicos para tirar essas noções da cabeça, mas não obtive êxito. A insônia logo tomou conta de mim, mas eu quase comemorei isso porque encurtava meus períodos de sonho. Adquiri o hábito de fazer longas caminhadas solitárias pelo deserto tarde da noite — em geral, para o norte ou nordeste, para onde o somatório de meus novos e estranhos impulsos parecia sutilmente me impelir.

Algumas vezes, nessas caminhadas, eu tropeçava em fragmentos quase enterrados de alvenaria antiga. Embora houvesse menos blocos visíveis ali do que onde nós havíamos começado, tinha certeza de que devia haver uma vasta quantidade deles abaixo da superfície. O terreno era menos plano do que em nosso acampamento, e os fortes ventos predominantes de vez em quando empilhavam a areia formando dunas fantásticas temporárias — expondo traços inferiores das pedras mais antigas enquanto cobria outros. Eu estava curiosamente ansioso para as escavações se estenderem até aquele terreno, mas temia, ao mesmo tempo, o que poderia ser revelado. Evidentemente, eu estava ficando em péssimo estado — pior ainda porque não saberia explicá-lo.

Uma indicação da precariedade de minha saúde nervosa pode ser obtida da reação que tive a uma estranha descoberta que fiz em minhas andanças noturnas. Foi na noite de 11 de julho, quando a Lua inundava as misteriosas dunas com uma estranha lividez. Perambulando um pouco além de meus limites habituais, cheguei a uma grande pedra que parecia diferir bastante de qualquer outra que já havíamos encontrado. Ela estava quase toda coberta, mas eu me abaixei e limpei a areia com as mãos, estudando cuidadosamente o objeto em seguida e suplementando a luz da Lua com a lanterna elétrica. Diferentemente das outras pedras muito grandes, essa tinha um corte perfeitamente quadrado, sem nenhuma face convexa ou côncava. Ela também parecia ser feita de uma substância basáltica escura inteiramente distinta do granito e do arenito, e do concreto ocasional dos fragmentos agora familiares.

De repente, eu me levantei, virei e saí correndo a toda velocidade para o acampamento. Foi uma fuga inconsciente e irracional, e só quando me aproximei da minha tenda, percebi plenamente por que havia corrido. Aí a coisa me chegou. A estranha pedra escura era alguma coisa sobre o que eu havia sonhado e lido, e que estava associada aos horrores extremos das lendas arquiancestrais. Era um dos blocos daquela alvenaria basáltica mais antiga que a fabulosa Grande Raça tanto temia — as ruínas altas e sem janelas deixadas por aquelas coisas alienígenas ameaçadoras e semimateriais que se infestavam os abismos inferiores da Terra e contra cujas forças invisíveis e etéreas os alçapões foram selados e sentinelas insones postadas.

Fiquei acordado a noite toda, mas, quando amanheceu, percebi como havia sido tolo ao deixar que a sombra de um mito me desorientasse. Em vez de me apavorar, eu deveria ter tido o entusiasmo de um desbravador. Na manhã seguinte, contei aos outros sobre a minha descoberta, e Dyer, Freeborn, Boyle, meu filho e eu saímos para ver o bloco anormal. O fracasso nos aguardava, porém. Eu não fazia uma ideia clara da localização da pedra, e um vento mais tarde havia modificado completamente as dunas.

VI

Chego agora à parte crucial e mais difícil da minha narrativa — mais difícil ainda porque não tenho muita certeza da sua realidade. Às vezes eu me sinto desconfortavelmente seguro de que não estava sonhando ou iludido; e é essa sensação — em vista das fabulosas implicações que a verdade objetiva da minha experiência suscitaria — que me impele a fazer este registro. Meu filho — um psicólogo experiente com o mais pleno conhecimento e a maior consideração por todo meu caso — deverá ser o primeiro juiz do que eu tenho a dizer.

Primeiramente, permitam-me esboçar as circunstâncias externas do caso tal como as conhecem os que estavam no acampamento. Na noite de 17 para 18 de julho, depois de um dia ventoso, eu me recolhi cedo mas não consegui dormir. Levantando-me um pouco antes das onze e afligido, como sempre, por aquele estranho sentimento com respeito à região do lado nordeste, saí numa das minhas típicas caminhadas noturnas, tendo visto e saudando apenas uma pessoa — um mineiro australiano de nome Tupper — quando deixei nossos alojamentos. A Lua, que começava a minguar, brilhava num céu claro inundando as areias ancestrais de um fulgor branco morfético que me sugeria uma perversidade infinita. Já não soprava nenhum vento e ele não haveria de voltar durante quase cinco horas, como foi amplamente atestado por Tupper e outros que me viram caminhar, apressado, pelas pálidas dunas guardiãs de segredos na direção nordeste.

Por volta das 3h30, soprou uma ventania que acordou o acampamento todo e derrubou três barracas. O céu estava límpido e o deserto ainda ardia sob aquele luar morfético. Enquanto o grupo se ocupava com as barracas, minha ausência foi notada, mas em vista das minhas caminhadas anteriores, isso não causou nenhum alarme. No entanto, pelo menos três homens — todos australianos — pareceram sentir alguma coisa sinistra no ar. Mackenzie explicou ao professor Freeborn que aquele era um medo oriundo do folclore aborígene — os nativos haviam tecido uma curiosa trama de mitos malignos sobre os ventos fortes que, com intervalos espaçados, varriam as areias embaixo de um céu límpido. Corre que aqueles ventos sopravam dos grandes abrigos de pedra subterrâneos, onde coisas terríveis aconteceram — e que eles só são sentidos perto de onde as grandes pedras riscadas se espalham. Por volta das quatro, a ventania arrefeceu de maneira tão repentina como surgira, deixando as dunas com formas novas e desconhecidas.

Foi logo depois das cinco, com a Lua intumescida e esponjosa afundando no oeste, que eu entrei cambaleando no acampamento — sem chapéu, em andrajos, com o rosto arranhado e ensanguentado e sem minha lanterna elétrica. A maioria dos homens havia voltado para a cama, mas o professor Dyer fumava um cachimbo em frente da sua tenda. Vendo meu ar transtornado e quase frenético, ele chamou o Dr. Boyle e os dois me levaram até o meu catre e me acomodaram. Meu filho, despertado pela agitação, logo se juntou a eles, e todos tentaram me obrigar a ficar deitado e dormir.

Mas dormir estava fora de questão para mim. Meu estado psicológico era extraordinário — diferente de tudo que eu sofrera até então. Depois de algum tempo, eu insisti em falar — explicando nervosa e elaboradamente minha condição. Contei-lhes que ficara fatigado e deitara na areia para uma soneca. Ali, comentei, eu tivera sonhos ainda mais apavorantes que o normal — e quando fora acordado por uma súbita ventania, meus nervos esgotados desmoronaram. Eu fugira em pânico, caindo com frequência sobre pedras meio enterradas, adquirindo assim o meu aspecto de sujidade e desmazelo. Eu devia ter dormido muito – por isso as horas da minha ausência.

De alguma coisa estranha, vista ou experimentada, eu não insinuei absolutamente nada — exercendo o máximo autocontrole a esse respeito. Mas falei de uma mudança de ideia sobre todo o trabalho da expedição, e insisti em que fosse paralisada qualquer escavação para os lados do nordeste. Meus motivos eram nitidamente fracos — pois mencionei uma escassez de blocos, o desejo de não ofender os mineiros supersticiosos, uma possível escassez de recursos da faculdade e outras coisas inverídicas ou irrelevantes. Naturalmente, ninguém deu a menor atenção aos meus desejos — nem mesmo meu filho, com patente preocupação pela minha saúde.

No dia seguinte, eu me levantei e saí andando pelo acampamento, mas não tomei parte nas escavações. Percebendo que não conseguiria interromper os trabalhos, resolvi voltar para casa o quanto antes para o bem dos meus nervos, e meu filho prometeu que me levaria de avião até Perth — a 1.500 quilômetros a sudoeste — assim que houvesse examinado a região que eu queria que fosse deixada em paz. Se a coisa que tinha visto ainda estivesse visível, eu refleti que poderia me decidir a tentar uma advertência específica mesmo ao custo do ridículo. Era perfeitamente concebível que os mineiros que conheciam o folclore local poderiam me apoiar. Atendendo à minha vontade, meu filho fez a inspeção naquela mesma tarde, voando sobre todo a região que minha caminhada podia haver coberto. Porém, nada do que eu encontrara continuava visível. Era o mesmo caso do bloco de basalto anormal — os movimentos da areia apagaram qualquer traço. Por um instante, eu quase lamentei ter perdido um certo objeto repulsivo quando me apavorei, mas agora sei que a perda foi compassiva. Ainda posso acreditar que toda minha experiência não passou de uma ilusão — em especial se, como anseio fervorosamente, aquele abismo infernal jamais for encontrado.

Wingate levou-me até Perth em 20 de julho, mas não quis abandonar a expedição e voltar para casa. Ele ficou comigo até o 25, quando zarparia o vapor para Liverpool. Agora, em minha cabine do *Empress*, tenho meditado demoradamente, furiosamente, sobre o caso todo, e decidi que ao menos meu filho precisa ser informado. Deixarei a seu cargo decidir se o assunto deve ser difundido mais amplamente. Para atender a qualquer eventualidade, preparei este resumo de meus antecedentes — já conhecidos de maneira esparsa por outros — e agora contarei, com a maior concisão possível, o que me pareceu acontecer durante minha ausência do acampamento naquela noite odiosa.

Com os nervos à flor da pele e fustigado por uma espécie de perversa impaciência por aquele impulso mnemônico, inexplicável, assustado rumo ao nordeste, eu me arrastei sob a perversa Lua ardente. Aqui e ali eu enxergava, meio amortalhados pela areia, aqueles blocos ciclópicos primitivos deixados de inomináveis e esquecidos éons. A idade incalculável e o horror deprimente daquele deserto monstruoso começaram a me oprimir como nunca, e eu não conseguia parar de lembrar meus sonhos alucinantes, as lendas assustadoras que jaziam por trás deles e os medos presentes de nativos e mineiros com respeito ao deserto e a suas pedras entalhadas.

E, todavia, eu seguia me arrastando em frente como se fosse para um encontro aziago — assaltado cada vez mais por fantasias, compulsões e pseudomemórias desnorteantes. Pensei em alguns dos possíveis contornos das linhas de pedras tal como foram vistas do alto pelo meu filho, e imaginando por que eles pareciam, de repente, tão agourentos e familiares. Alguma coisa remexia e chacoalhava as travas de minha memória, enquanto outra força desconhecida tentava manter o portal trancado.

A noite não tinha vento e a areia pálida se curvava para cima e para baixo como ondas do mar congeladas. Eu não tinha destino, mas de alguma forma seguia em frente com fatídica segurança. Meus sonhos se avultaram pelo mundo da vigília de forma que cada megálito enfiado na areia parecia integrar as salas e corredores intermináveis de uma construção pré-humana, entalhada com símbolos e hieróglifos que eu conhecia bem demais de anos de hábito como uma mente cativa da Grande Raça. Em certos momentos, imaginei ver aqueles horrores cônicos oniscientes se movendo em suas tarefas costumeiras e tive medo de olhar para baixo e descobrir que estava com o seu aspecto. E, durante todo esse tempo, eu via os blocos cobertos de areia e também as salas e corredores; a perversa Lua ardente e as lâmpadas de cristal luminoso; o deserto infinito e as cicadáceas ondulantes além das janelas. Eu estava acordado e sonhando ao mesmo tempo.

Não sei quanto tempo ou a que distância — ou mesmo em que direção — eu havia caminhado quando avistei, pela primeira vez, o amontoado de blocos descoberto pelo vento diurno. Era o maior grupo num mesmo lugar que eu vira até então, e ele me impressionou de tal forma que as visões de passados fabulosos se desfizeram subitamente. Novamente havia apenas o deserto e a Lua maligna, e os fragmentos de um passado insondável. Eu me aproximei, parei, dirigi a luz adicional de minha lanterna elétrica para a pilha desmoronada. Uma duna fora desmanchada pelo vento deixando um volume baixo, redondo e irregular de megálitos e fragmentos menores com cerca de doze metros de largura e de um a dois metros e meio de altura.

Desde o início, percebi que havia alguma qualidade absolutamente sem precedente naquelas pedras. Não só o simples número delas era sem paralelo, mas alguma coisa nos traços de desenho consumidos pela areia me atraiu quando os examinei sob a luz combinada da Lua e da lanterna. Não que alguns deles fossem basicamente diferentes dos exemplares anteriores que havíamos encontrado. Era alguma coisa mais sutil. A impressão não surgiu quando olhei um bloco isolado, mas só quando corri os olhos por vários quase simultaneamente. Então, por fim, comecei a enxergar a verdade. Os padrões curvilíneos em muitos daqueles blocos estavam *intimamente relacionados* — eram parte de uma vasta concepção ornamental. Pela primeira vez naquela vastidão batida pelo tempo, eu havia encontrado uma massa de construção em seu arranjo primitivo — caída e fragmentada, é verdade, mas, com um sentido de existência muito preciso.

Subindo por um lado baixo, eu me arrastei com dificuldade pelo monte acima, limpando aqui e ali a areia com os dedos e me esforçando o tempo todo para interpretar variedades de tamanho, forma, estilo e relações de desenho. Depois de algum tempo, consegui adivinhar vagamente a natureza da estrutura antiga e os desenhos que algum dia haviam se espalhado pelas vastas superfícies da alvenaria primitiva. A perfeita identidade do todo com alguns de meus vislumbres oníricos me deixou aturdido e inquieto. Aquilo havia sido, no passado, um ciclópico corredor com nove metros de altura, calçado com blocos octogonais e coberto por uma sólida cúpula. Teria havido quartos se abrindo para a direita e na extremidade distante, um daqueles curiosos planos inclinados desceria sinuoso para profundezas ainda maiores.

Tive um violento sobressalto quando essas noções me ocorreram, pois havia mais ali do que os próprios blocos haviam sugerido. Como eu sabia que esse nível deveria ter ficado numa grande profundidade? Como sabia que a longa passagem subterrânea para a Praça dos Pilares devia ficar à esquerda, um nível acima de mim? Como sabia que a sala das máquinas e o túnel para a direita que levava aos arquivos centrais deviam ficar dois níveis abaixo? Como sabia que haveria um daqueles horríveis alçapões com tiras de metal quatro níveis abaixo? Desconcertado por essa intrusão do mundo onírico, eu me vi tremendo e encharcado de suor frio.

Então, num último e intolerável toque, senti aquela corrente tênue e insidiosa de ar frio vazando para o alto de um ponto rebaixado perto do centro do enorme monte. Instantaneamente, como acontecera antes, minhas visões enfraqueceram e tornei a ver apenas o luar maligno, o deserto ameaçador e os túmulos espalhados de alvenaria paleogênica. Alguma coisa real e tangível, mas prenhe de sugestões infinitas de um mistério obscuro me assediava. Pois aquela corrente de ar só poderia significar uma coisa — um imenso abismo oculto por baixo dos blocos desordenados da superfície.

Meu primeiro pensamento foi sobre as sinistras lendas aborígenes envolvendo vastos abrigos subterrâneos entre os megálitos onde aconteciam horrores e nasciam fortes ventos. Depois, as lembranças de meus próprios sonhos voltaram e eu senti vagas pseudomemórias forçando caminho na minha mente. Que tipo de lugar havia abaixo de mim? Que fonte primitiva inconcebível de ciclos míticos ancestrais e pesadelos assombrosos eu estaria na iminência de descobrir? Minha hesitação durou um instante apenas, pois curiosidade e zelo científico me impeliam e operavam contra meu crescente temor.

Eu parecia avançar quase mecanicamente, como que subjugado pelas garras de alguma sina inexorável. Guardando a lanterna no bolso e usando uma força que não julgava ter, arrastei para o lado primeiro um fragmento titânico de pedra, depois outro, até exalar uma forte rajada cuja umidade contrastava estranhamente com o ar seco do deserto. Um penhasco negro começou a se escancarar, e, por fim — quando empurrei todos os fragmentos bastante pequenos para serem movidos —, o luar morfético brilhou sobre uma abertura ampla o suficiente para me acolher.

Empunhei a lanterna e lancei um facho intenso para a abertura. Abaixo de mim havia um caos de alvenaria desmoronada, descendo para o norte numa inclinação de quarenta e cinco graus, mais ou menos, e que resultara, com certeza, de algum colapso passado de cima. Entre a sua superfície e o nível do solo havia um poço de escuridão impenetrável cuja borda superior guardava sinais de cúpulas gigantescas derrubadas pelo próprio peso. Nesse ponto, parecia que as areias do deserto estavam diretamente em cima do piso de alguma estrutura fenomenal da juventude da Terra — como ela fora preservada durante muitas eras de convulsões geológicas, eu não consegui então, nem consigo agora, sequer imaginar.

Em retrospecto, a simples ideia de uma abrupta descida solitária por aquele abismo obscuro — e num momento em que meu paradeiro era desconhecido de qualquer alma viva — pareceu o máximo da insanidade mental. Talvez fosse — mas naquela noite eu enveredei, sem hesitar, por aquela descida. Manifestava-se uma vez mais aquela atração e aquele impulso da fatalidade que o tempo todo parecera guiar meu caminho. Usando a lanterna com intervalos para economizar bateria, iniciei uma descida alucinada pela sinistra e ciclópica rampa abaixo da abertura — umas vezes, virado para frente quando encontrava bons apoios para as mãos e os pés, e outras, de face para o monte de megálitos enquanto me agarrava da maneira mais precária. Em duas direções laterais, paredes de alvenaria entalhadas e em ruínas assomavam pálidas sob o facho direto da lanterna. À frente, porém, era a escuridão.

Não controlei o tempo durante a desajeitada descida. Meu espírito fervilhava tanto com sugestões e imagens desconcertantes que todas as coisas objetivas pareciam recuar para distâncias incalculáveis. A sensação física estava morta e até o medo permanecia como uma gárgula espectral inerte me observando de soslaio, impotente. Alcancei por fim um piso plano coalhado de blocos caídos, fragmentos informes de pedra, e areia e detritos de todos os tipos. De cada lado — separadas por nove metros, talvez — erguiam-se paredes maciças culminando em enormes arestas de cúpulas. Que elas eram cinzeladas, eu pude apenas discernir, mas a natureza dos entalhes ficou fora do alcance da minha percepção. O que mais absorveu minha atenção foram as cúpulas ao alto. O facho de minha lanterna não poderia alcançar o teto, mas as partes mais baixas dos arcos monumentais se destacaram com distinção. E tão perfeita era sua identidade com o que eu vira em incontáveis sonhos do mundo ancestral que eu estremeci violentamente pela primeira vez.

Atrás e no alto, uma fraca mancha luminosa falava do distante mundo enluarado de fora. Um vago sentimento de cautela me aconselhou a não perdê-la de vista, ficando sem uma referência para minha volta. Eu avançava então para a parede à esquerda, na qual os traços dos entalhes eram mais nítidos. O chão atravancado foi quase tão difícil de percorrer quanto a rampa, mas com dificuldade, eu consegui abrir caminho. Num certo ponto, arrastei alguns blocos para o lado e amontoei os detritos para ver como era o piso, e estremeci com a familiaridade total e aziaga das grandes pedras octogonais cujas bordas curvas ainda se mantinham mais ou menos unidas.

Chegando a uma distância conveniente da parede, corri o facho de luz cuidadosamente sobre os restos desgastados dos entalhes. Alguma infiltração antiga de água parecia ter agido sobre a superfície de arenito, embora houvesse incrustações curiosas que eu não consegui explicar. Em alguns lugares, a alvenaria estava muito solta e distorcida, e fiquei imaginando por quantos éons mais aquele edifício primitivo e oculto poderia conservar seus traços de forma restantes em meio às sublevações terrestres.

Mas foram os próprios entalhes que mais me excitaram. Apesar de seu estado ruinoso, era relativamente fácil distingui-los a curta distância; e a familiaridade íntima e absoluta de cada detalhe quase me aturdiu a imaginação. Que os principais atributos daquela alvenaria venerável devessem ser familiares, não ia além da credibilidade normal. Marcando vigorosamente os criadores de certos mitos, eles haviam sido incorporados num fluxo de sabedoria oculta que, de alguma forma, chegando ao meu conhecimento durante o período de amnésia, evocara imagens vívidas em meu subconsciente. Mas como explicaria o modo exato e minucioso como cada linha e espiral daqueles estranhos desenhos quadravam com o que eu sonhara por mais de uma vintena de anos? Que obscura e esquecida iconografia poderia ter reproduzido cada matiz e nuance sutil com tanta persistência e exatidão, e incansavelmente perseguido minha visão durante o sono noite após noite?

Pois aquilo não era nenhuma semelhança ocasional ou remota. Definitiva e absolutamente, o corredor ancestral e oculto desde tempos imemoriais onde me encontrava era o original de algo que eu conhecera em sonhos com a mesma intimidade com que conhecia minha casa em Crane Street, Arkham. É verdade que meus sonhos mostravam o lugar não decadente, no seu apogeu, mas a identidade não era menor por isso. Eu estava absoluta e horrivelmente orientado. A particular estrutura onde estava me era conhecida. Conhecido, também, era o seu lugar naquela terrível cidade antiga de sonhos. Que eu poderia visitar sem erro qualquer ponto daquela estrutura ou daquela cidade que escapara às mudanças e devastações de incontáveis eras, eu percebi com odiosa e instintiva certeza. O que, em nome de Deus, aquilo tudo poderia significar? Como eu chegara a saber o que sabia? E que pavorosa realidade poderia se ocultar por trás daquelas histórias antigas de seres que haviam habitado naquele labirinto primordial de pedra?

As palavras só conseguem transmitir fragmentos do tumulto de horror e admiração que me consumia o espírito. Eu conhecia o lugar. Sabia o que tinha diante de mim e o que existira em cima antes das miríades de pavimentos terem se desfeito em poeira, detritos e deserto. Não havia qualquer necessidade, então, eu pensei com um calafrio, de conservar aquele pálido clarão de luar à vista. Eu estava dividido entre a vontade de fugir e uma mistura febril de ardente curiosidade e impulsiva fatalidade. O que acontecera com aquela megalópole monstruosa de velha nos milhões de anos desde a época dos meus sonhos? Dos labirintos subterrâneos que forravam a cidade e interligavam as torres titânicas, quanto sobrevivera às convulsões da crosta terrestre?

Teria encontrado todo um mundo enterrado de uma antiguidade medonha? Conseguiria ainda encontrar a casa do mestre escritor, e a torre onde S'gg'ha, a mente cativa dos carnívoros vegetais de cabeça estrelada da Antártida, havia cinzelado certas imagens nos espaços vazios das paredes? A passagem, no segundo nível abaixo, para o salão de mentes alienígenas estaria ainda desobstruída e poderia ser transposta? Naquele salão, a mente cativa de uma entidade incrível — um habitante meio plástico do interior oco de um desconhecido planeta além de Plutão dezoito milhões de anos no futuro — havia mantido certa coisa que ela moldara em argila.

Fechei os olhos e coloquei a mão na cabeça num esforço inútil para tirar esses insanos fragmentos oníricos da lembrança. Então, pela primeira vez, senti intensamente o frio, o movimento e a umidade do ar circundante. Estremecendo, notei que uma vasta cadeia de abismos negros mortos a éons devia, de fato, se abrir em algum lugar à frente e abaixo de onde eu estava. Pensei nas câmaras, rampas e corredores terríveis como os recordava de meus sonhos. Estaria aberto ainda o caminho para os arquivos centrais? De novo aquela impulsiva fatalidade pressionou com insistência o meu cérebro enquanto eu me lembrava dos registros admiráveis que um dia ficaram guardados naquelas caixas retangulares abobadadas de metal inoxidável.

Ali, diziam os sonhos e as lendas, repousara toda a história, passada e futura, do contínuo espaço-tempo cósmico — escrita por mentes cativas de cada orbe e cada era do sistema solar. Loucura, claro — mas eu não topara então com um mundo crepuscular tão louco quanto eu? Pensei nas estantes trancadas de metal, e nos curiosos giros das maçanetas necessárias para abrir cada uma. A minha própria me veio claramente à lembrança. Quantas vezes eu não enfrentara aquela intrincada rotina de voltas e pressões diversas na seção de vertebrados terrestres no nível inferior! Cada detalhe era claro e familiar. Se houvesse uma caixa-forte como eu sonhara, eu poderia abri-la num átimo. Foi então que a loucura me tomou por completo. No instante seguinte, eu estava saltando e tropeçando nos destroços rochosos na direção da bem lembrada rampa para as profundezas inferiores.

VII

Desse ponto em diante, minhas impressões são pouco confiáveis — aliás, ainda guardo um último e desesperado anseio de que elas façam parte de algum sonho ou ilusão demoníaca oriunda do delírio. Meu cérebro ardia em febre e tudo se me apresentou através de uma espécie de névoa — às vezes, só intermitentemente. Os raios de minha lanterna brilhavam fracamente na escuridão circundante trazendo lampejos fantasmagóricos de paredes e entalhes pavorosamente familiares, estiolados pelo desgaste de eras. Num certo lugar, uma tremenda massa do teto abobadado havia caído, obrigando-me a trepar por um enorme monte de pedras que quase alcançava o teto ruído salpicado de grotescas estalactites. Era o ápice final do pesadelo, piorado pelo esforço blasfemo da pseudomemória. Apenas uma coisa não era familiar, o meu próprio tamanho em relação à alvenaria monumental. Eu me sentia oprimido por um indesejado sentimento de pequenez, como se a visão daquelas paredes fabulosas por um mero corpo humano fosse alguma coisa inteiramente nova e anormal. Muitas vezes eu olhava irritado para mim, vagamente perturbado pela forma humana que possuía.

Avançando pela escuridão do abismo, eu saltava, despencava e cambaleava — caindo e me contundindo muitas vezes, numa delas quase destroçando a lanterna. Cada pedra e canto daquele abismo demoníaco me eram conhecidos, e, em muitos pontos, eu parei para lançar o facho de luz em arcadas obstruídas e desmoronadas, mas, ainda assim, familiares. Algumas salas haviam desabado por completo; outras estavam vazias, ou cheias de detritos. Em algumas, avistei volumes de metal — alguns perfeitamente intactos, outros quebrados, e outros ainda esmagados ou devastados — que reconheci como os pedestais, ou mesas imensas, dos meus sonhos. O que eles poderiam de fato ter sido, eu não ousava imaginar.

Encontrei a rampa descendente e iniciei a descida — mas algum tempo depois fui barrado por uma fenda desobstruída e irregular cuja ponta mais estreita não poderia ter mais de um metro de largura. Ali as paredes de pedra haviam desmoronado, revelando profundezas escuras insondáveis por baixo. Eu sabia que existiam mais dois níveis subterrâneos naquele edifício titânico e estremeci com novo surto de pânico ao recordar o alçapão fechado por faixas do piso mais inferior. Não haveria guardas, então — pois o que espreitava embaixo havia muito tempo que fizera seu trabalho odioso e mergulhara em sua prolongada decadência. Na época da raça pós-humana de besouros, ele estaria totalmente acabado. Contudo, pensando nas lendas nativas, eu me arrepiei de novo.

Custou-me um esforço terrível saltar aquele abismo escancarado, pois o chão atravancado não permitia que eu corresse para tomar impulso — mas a loucura me impeliu. Escolhi um lugar perto da parede da esquerda — onde a fenda era menos larga e o ponto de pouso estava razoavelmente livre de detritos perigosos — e, depois de alguns segundos alucinantes, atingi são e salvo o outro lado. Por fim, alcançando o nível inferior, atravessei aos tropeções a arcada da sala de máquinas, dentro da qual estavam ruínas metálicas fantásticas, parcialmente partidas, por baixo da abóbada desmoronada. Estava tudo onde eu sabia que devia estar, e eu galguei com confiança os montes que barravam a entrada de um vasto corredor transversal. Este, conforme notei, me levaria aos arquivos centrais inferiores da cidade.

Eras infindáveis pareciam se desdobrar enquanto eu cambaleava, saltava e me arrastava por aquele longo corredor atulhado de detritos. De vez em quando eu conseguia perceber entalhes nas paredes manchadas pelo tempo — alguns familiares, outros aparentemente acrescentados depois da época dos meus sonhos. Como aquilo era uma passagem subterrânea de conexão entre casas, só havia arcadas quando o caminho conduzia para os níveis inferiores de vários edifícios. Em algumas daquelas interseções, eu virava para o lado o suficiente para observar os tão lembrados corredores e tão lembradas salas. Por duas vezes apenas encontrei alguma mudança radical em relação ao que eu sonhara — e numa dessa, pude imaginar os contornos bloqueados da arcada de que me lembrava.

Estremeci violentamente e senti um estranho aumento da fraqueza paralisante quando enveredei apressado e relutante pela cripta de uma daquelas grandes torres sem janelas cuja construção de basalto alienígena revelava uma origem secreta e horrível. Essa câmara primitiva era circular e tinha sessenta metros de largura completos, sem nada esculpido nas pedras escuras. O piso ali estava completamente desobstruído, exceto pelo pó e a areia, e não pude ver as passagens conduzindo para cima e para baixo. Não havia escada ou rampa — aliás, meus sonhos haviam descrito que essas torres antigas ficaram absolutamente intocadas pela fabulosa Grande Raça. Quem as construíra não precisava de escadas ou rampas. Nos sonhos, a abertura para baixo estava hermeticamente fechada e cuidadosamente vigiada. Naquele momento, ela estava aberta, escura e escancarada, e exalava uma corrente de ar úmido e frio. Sobre as cavernas infinitas em eterna escuridão que poderiam espreitar lá de baixo, eu não me permitiria pensar.

Depois, arranhando-me num trecho extremamente atravancado do corredor, alcancei um lugar onde o telhado havia desmoronado por completo. Os detritos se acumulavam num monte e por ele eu subi, passando por um vasto espaço vazio onde minha lanterna não conseguiu revelar nenhuma parede ou abóbada. Aquilo, eu refleti, devia ser o porão da casa dos fornecedores de metais, de frente para a terceira praça, não longe dos arquivos. O que acontecera com ela, não consegui imaginar.

Reencontrei o corredor além da montanha de detritos e pedras, mas a poucos passos dali encontrei um lugar obstruído onde a cúpula desmoronada quase alcançava o teto perigosamente abaulado. Como consegui arrastar para o lado um número suficiente de blocos para poder passar, e como ousei perturbar os fragmentos compactamente arrumados quando uma alteração mínima do equilíbrio poderia precipitar toneladas de alvenaria suspensas para me esmagar, eu não sei. Era uma absoluta loucura que me impelia e guiava — se é que toda minha aventura subterrânea não o era, de fato — como eu espero — uma infernal ilusão ou fase de sonho. Mas eu abri — ou sonhei que abri — uma passagem por onde me esgueirar. Enquanto ziguezagueava sobre o monte de detritos — com a lanterna, sempre acesa, segura firmemente na boca — eu sentia os arranhões das fantásticas estalactites do teto recortado acima de mim.

Naquele momento, eu estava perto da grande construção subterrânea dos arquivos que parecia ser o meu alvo. Escorregando e despencando pelo lado posterior da barreira, e enveredando pelo trecho restante de corredor com o facho da lanterna manual brilhando intermitentemente, cheguei, enfim, à cripta circular sustentada por arcos — ainda num estado de conservação admirável — aberta em todos os lados. As paredes, ou as partes delas que chegavam ao alcance do facho da lanterna, estavam entalhadas e desenhadas com os símbolos curvilíneos típicos — alguns acrescentados desde a época dos meus sonhos.

Aquele, eu notei, era meu malsinado destino e eu imediatamente enveredei por uma arcada familiar à minha esquerda. De que poderia encontrar uma passagem livre subindo e descendo a rampa para todos os níveis sobreviventes eu não tinha, por estranho que pareça, a menor dúvida. Aquele vasto edifício protegido pela terra que abrigava os anais de todo o sistema solar, fora de fato construído com uma habilidade e uma resistência extremas para durar o mesmo tanto que o próprio sistema. Blocos de um tamanho fenomenal, assentados com gênio matemático e ligados por cimentos de incrível resistência, haviam sido combinados para formar uma massa tão firme quanto o núcleo rochoso do planeta. Ali, depois de eras mais prodigiosas do que eu poderia sensatamente compreender, seu bojo enterrado conservava todos seus contornos essenciais, os imensos pisos polvilhados de areia quase limpo dos destroços que tanto predominavam em outras partes.

A caminhada relativamente fácil daquele ponto em diante agiu de maneira curiosa em minha cabeça. Toda a ansiedade frenética até então frustrada pelos obstáculos revelava agora numa espécie de pressa febril, e eu literalmente corri pelas passagens de teto baixo, de que tanto me lembrava, além da arcada. Eu já não me espantava com a familiaridade de tudo que via. De cada lado, as grandes estantes metálicas com as portas ornadas de hieróglifos assomavam monstruosas; algumas ainda no lugar, outras abertas, e outras ainda curvas e esmagadas pelas pressões geológicas passadas que não haviam sido fortes o bastante para abalar a alvenaria titânica. Aqui e ali, um monte coberto de poeira sob uma estante vazia escancarada parecia indicar o local onde alguma caixa havia sido derrubada por tremores de terra. Os pilares esparsos exibiam grandes símbolos ou letras proclamando classes e subclasses de volumes.

A certa altura, eu parei diante de uma caixa-forte aberta onde vi as costumeiras caixas de metal ainda em posição no meio da onipresente areia granulosa. Estendendo o braço, puxei um dos exemplares mais finos com alguma dificuldade e o coloquei no chão para examinar. Ela estava titulada com os hieróglifos curvilíneos predominantes, mas alguma coisa na disposição dos caracteres parecia sutilmente incomum. O curioso mecanismo do fecho de gancho me era perfeitamente conhecido, e eu levantei a tampa ainda não oxidada e funcionando e tirei o livro que ela continha. Este, como era de esperar, tinha cerca de 50 por 38 centímetros de área, e cinco centímetros de espessura; as capas metálicas finas abriam para cima. Suas páginas de celulose resistente pareciam intocadas pelas miríades de ciclos temporais que atravessaram, e eu estudei as letras desenhadas a pincel e curiosamente pigmentadas dos textos — símbolos diferentes tanto dos hieróglifos curvilíneos usuais como de qualquer alfabeto conhecido pela erudição humana — com uma semidespertada memória obsedante. Ocorreu-me que aquela era a língua usada por uma mente cativa que eu conhecera rapidamente em meus sonhos — uma mente de um grande asteroide em que sobrevivera muito da vida e do saber arcaicos do planeta primitivo do qual ele era um fragmento. Ao mesmo tempo, recordei que aquele nível dos arquivos era dedicado a volumes que tratavam de planetas não terrestres.

Quando parei de examinar aquele documento incrível, notei que a luz da lanterna começava a fraquejar e rapidamente coloquei a bateria extra que sempre trazia comigo. Armado, então, dessa claridade mais forte, retomei a corrida febricitante por aquele interminável emaranhado de passagens e corredores — reconhecendo, aqui e ali, alguma estante familiar, e vagamente perturbado pelas condições acústicas que faziam meus passos ecoarem de maneira desencontrada naquelas catacumbas de éons de morte e silêncio. As próprias pegadas dos meus sapatos atrás de mim na poeira intocada por milênios me faziam estremecer. Se os meus sonhos desvairados tinham alguma coisa de verdade, jamais um pé humano havia pisado naquelas calçadas imemoriais. Do particular destino de minha insana correria, minha consciência não tinha a menor suspeita. Alguma potência maligna empurrava, contudo, minha vontade aturdida e minhas lembranças enterradas, de modo que eu sentia, vagamente, que não estava correndo a esmo.

Atingi uma rampa descendente e segui por ela para uma profundeza maior. Os pisos reluziram à minha passagem enquanto eu corria, mas não parei para explorá-los. No turbilhão do meu cérebro começara a vibrar um certo ritmo que fazia minha mão direita se contrair em sincronia. Eu queria destravar alguma coisa, e parecia conhecer todas as voltas e pressões intrincadas necessárias para isso. Seria como um cofre moderno com uma fechadura de segredo. Sonho ou não, eu um dia soubera e ainda sabia. Como algum sonho — ou fragmento de lenda inconscientemente absorvida — poderia ter-me ensinado um detalhe tão ínfimo, tão intrincado e tão complexo, eu não tentei me explicar. Estava incapaz de qualquer pensamento coerente. Pois não era aquela toda experiência — aquela chocante familiaridade com um conjunto de ruínas desconhecidas e aquela identidade monstruosamente exata de tudo diante de mim com o que apenas sonhos e fragmentos de mito poderiam ter sugerido — um horror além de toda racionalidade? Talvez fosse uma convicção básica minha, então — como é agora em meus momentos de maior sanidade —, que eu não estava totalmente acordado, e que toda a cidade subterrânea era o fragmento de uma alucinação febril.

Alcancei, por fim, o nível mais inferior e enveredei para a direita da rampa. Por alguma razão obscura, procurei sofrear os passos, apesar de perder velocidade. Havia um espaço que eu temia atravessar nesse último e mais profundo pavimento. À medida que eu me aproximava dele, lembrei-me do objeto daquele espaço que eu temia. Era apenas um dos alçapões fechados com tiras de metal e cuidadosamente vigiados. Não haveria nenhum guarda, agora, e por isso eu estremeci e caminhei na ponta dos pés como fizera ao passar por aquela cúpula de basalto negro onde um alçapão similar se escancarava. Senti uma corrente de ar úmido e frio como sentira lá, e desejei que meu curso me conduzisse em outra direção. Por que eu devia tomar o caminho particular que estava tomando, eu não sabia.

Quando cheguei ao espaço, vi que o alçapão estava escancarado. À frente, recomeçavam as estantes, e vislumbrei no chão, diante de uma delas, um montículo coberto por uma fina camada de poeira em que algumas caixas haviam caído recentemente. No mesmo instante, uma nova onda de pânico me assaltou, embora, durante algum tempo, eu não pudesse descobrir por quê. Montes de caixas caídas não eram incomuns, pois ao longo dos tempos aquele labirinto sem luz fora abalado pelas sublevações da terra e havia ecoado, com intervalos, o estrépito ensurdecedor de objetos caindo. Foi somente quando havia quase atravessado o espaço que eu percebi por que estremecera com tanta violência.

Não o monte, mas alguma coisa na poeira do piso plano estivera me perturbando. Sob a luz da lanterna, aquela poeira não parecia estar tão uniforme como deveria — em alguns pontos ela parecia mais fina, como se houvesse sido perturbada poucos meses antes. Eu não poderia ter certeza, pois mesmo os lugares aparentemente mais ralos pareciam bastante empoeirados; contudo, uma certa suspeita de regularidade na irregularidade imaginada me pareceu altamente inquietadora. Quando aproximei o facho da lanterna de um dos locais estranhos, não gostei do que vi — pois a ilusão de regularidade se tornara muito grande. Era como se houvesse linhas regulares de marcas compostas — impressões que apareciam em três, cada uma com cerca de meio metro quadrado, e consistindo de cinco pegadas quase circulares de sete centímetros, sendo uma à frente das outras quatro.

Essas possíveis fileiras de marcas de um pé quadrado pareciam seguir em duas direções, como se alguma coisa houvesse ido a algum lugar e voltado. Elas eram, claro, muito fracas, e podem ter sido ilusões ou acidentes; mas havia um elemento de vago e hesitante horror na maneira de sua disposição que pensei que algo correra. Pois numa extremidade delas estava o monte de caixas que devia ter desabado não fazia muito tempo e, na outra, o alçapão aziago com o sopro úmido e frio, desprotegido e escancarado para abismos além da imaginação.

VIII

Que minha estranha compulsão era profunda e esmagadora fica demonstrado pela maneira como ela venceu o meu pavor. Nenhuma motivação racional poderia ter me impelido depois daquela terrível suspeita de pegadas e as arrepiantes recordações de sonhos que elas despertaram. No entanto, minha mão direita, mesmo enquanto tremia de pavor, continuava se agitando ritmicamente na ansiedade para girar uma fechadura que ela esperava encontrar. Sem me dar conta, eu havia transposto o monte de caixas caídas a menos tempo e corria, na ponta dos pés, por passagens com a poeira absolutamente intocada para um ponto que eu parecia conhecer mórbida e horrivelmente bem. Minha mente se perguntava coisas cuja origem e relevância eu só estava começando a imaginar. A estante poderia ser alcançada por um corpo humano? Minha mente humana saberia dominar todos os movimentos recordados a éons da fechadura? A fechadura estaria intacta e funcionando? E o que eu faria — o que ousaria fazer — com aquilo que — como começava então a constatar — tanto esperava como temia encontrar? Seria a aterradora, assombrosa verdade de algo além da capacidade normal de concepção, ou eu apenas estava sonhando?

A coisa seguinte que soube é que havia deixado de correr na ponta dos pés e estava parado e quieto, fitando uma fila de estantes marcadas com hieróglifos exasperantemente familiares. Elas estavam num estado de conservação quase perfeito e somente três das portas à sua volta estavam abertas. Meus sentimentos sobre essas estantes são indescritíveis — tão completa e insistente era a sensação de serem velhas conhecidas. Eu estava olhando para uma fileira perto do topo e totalmente fora do meu alcance, e imaginando a melhor maneira de subir até elas. Uma porta aberta a quatro fileiras da base ajudaria, e as fechaduras das portas trancadas formavam suportes possíveis para mãos e pés. Eu seguraria a lanterna nos dentes, como fizera em outros lugares onde tivera de usar as duas mãos. Sobretudo, eu não deveria fazer nenhum barulho. Como chegar ao que pretendia tirar dali seria difícil, mas eu provavelmente poderia prender seu fecho móvel na gola do meu casaco e carregá-lo como uma mochila. De novo eu me perguntei se a fechadura não estaria danificada. Da possibilidade de repetir cada movimento familiar, eu não tinha a menor dúvida. Mas esperava que a coisa não rangesse nem estalasse — e que a minha mão trabalhasse direito.

Enquanto pensava essas coisas, eu levara a lanterna à boca e começara a subir. As fechaduras salientes eram suportes precários, mas, como eu esperava, a estante aberta me ajudou bastante. Usei tanto a porta articulada como a borda da própria abertura na escalada e consegui evitar qualquer estrépito mais alto. Equilibrado na borda superior da porta e inclinando-me para a direita, consegui alcançar a fechadura que procurava. Meus dedos, um pouco entorpecidos pela escalada, estavam muito desajeitados no começo, mas eu logo vi que eles eram anatomicamente adequados. E o ritmo memorizado era forte neles. De abismos insondáveis do tempo, os intrincados movimentos secretos de alguma forma haviam acorrido ao meu cérebro corretamente em cada detalhe — pois menos de cinco minutos de tentativas depois, ouvi um clique cuja familiaridade foi ainda mais espantosa porque eu não o antecipara conscientemente. Um segundo mais e a porta de metal estava se abrindo vagarosamente com um levíssimo rangido.

Examinei aturdido a fila exposta de cofres cinzentos e senti a irrupção tremenda de alguma emoção absolutamente inexplicável. Ao pleno alcance de minha mão direita estava uma caixa cujos hieróglifos curvilíneos me fizeram estremecer com um sofrimento muito mais complexo que um simples pavor. Ainda tremendo, consegui desalojá-lo em meio a uma chuva de flocos arenosos, e o puxei para mim sem fazer nenhum ruído. Como a outra caixa que eu manuseara, essa tinha pouco mais de 50 por 38 centímetros de tamanho, com desenhos matemáticos curvilíneos em baixo-relevo. De espessura, ela apenas excedia sete centímetros. Prensando-o fortemente entre mim e a superfície que havia escalado, mexi no fecho até soltar o gancho. Erguendo a tampa, transferi o pesado objeto para as costas e prendi o gancho na minha gola. Com as mãos livres, então, desci desajeitadamente para o chão empoeirado e me preparei para inspecionar o meu prêmio.

Ajoelhado na poeira granulosa, tirei a caixa das costas e a depositei à minha frente. Minhas mãos tremiam e eu temia tirar o livro quase tanto quanto o desejava e me sentia compelido a fazê-lo. Aos poucos, fora-me ficando claro o que eu deveria encontrar e essa percepção quase paralisou minhas faculdades. Se a coisa estivesse ali — e se eu não estivesse sonhando — as implicações iriam muito além do que o espírito humano poderia suportar. O que mais me atormentava era a minha momentânea incapacidade de sentir que tudo ao meu redor era um sonho. A sensação de realidade era terrível — e ela se repete quando me recordo da cena.

Por fim, todo tremente, eu tirei o livro do seu invólucro e fitei, fascinado, os bem conhecidos hieróglifos da capa. Ele parecia estar em excelente condição, e as letras curvilíneas do título me mantiveram num estado quase tão hipnótico quanto se eu as pudesse ler. Na verdade, não posso jurar que não as li, de fato, em algum acesso transitório e terrível de memória anormal. Não sei dizer quanto tempo permaneci diante dele até ousar erguer aquela capa fina de metal. Eu contemporizava e arranjava desculpas para mim mesmo. Tirei a lanterna da boca e a apaguei para economizar bateria. Então, no escuro, juntei coragem, enfim, e levantei a capa sem acender a luz. Por último, dirigi o facho da lanterna para a página exposta — revestindo-me de coragem para reprimir, de antemão, qualquer som diante do que poderia encontrar.

Olhei por um instante e desabei. Cerrando os dentes, porém, eu mantive o silêncio. Eu me estatelei no chão e levei a mão à testa em meio à escuridão circundante. O que eu tanto temia e esperava estava ali. Ou eu estava sonhando, ou tempo e espaço haviam se tornado uma chacota. Eu devia estar sonhando — mas testaria o horror de carregar aquela coisa de volta e mostrá-la a meu filho para o caso de ela ser de fato real. Minha cabeça rodava de uma maneira assustadora, apesar de não haver objetos visíveis na obscuridade reinante para rodopiarem ao meu redor. Ideias e imagens do mais absoluto terror — excitadas pelas visões que o meu vislumbre havia precipitado — começaram a se amontoar em mim anuviando meus sentidos.

Eu pensava naquelas possíveis pegadas na poeira, e tremia ao som de minha própria respiração ao fazê-lo. Acendi novamente a luz e examinei a página como a vítima de uma serpente deve olhar os olhos e as presas de seu algoz. Então, com os dedos desajeitados, fechei o livro no escuro, coloquei-o no seu recipiente e fechei a tampa e o curioso fecho em gancho. Isso era o que eu devia levar de volta ao mundo exterior, se ele realmente existisse — se o abismo todo realmente existisse — se eu, e o próprio mundo realmente existíssemos.

Não estou certo do momento preciso em que me levantei cambaleando e iniciei o meu retorno. Ocorreu-me, curiosamente — como medida de meu senso de afastamento do mundo normal — que não consultei por uma vez sequer o relógio durante aquelas horas hediondas no subsolo. Lanterna na mão, e com uma caixa repulsiva embaixo de um braço, eu me vi, enfim, na ponta dos pés e tomado por uma espécie de pânico silencioso, passado pelo abismo ventoso e por aquelas ameaçadoras sugestões de pegadas. Reduzi as precauções enquanto subia pelas intermináveis rampas, mas não conseguia me livrar de uma sombra de apreensão que não havia sentido na jornada para baixo.

Eu temia ter de passar de novo pela cripta de basalto negro mais velha que a própria cidade, onde rajadas frias exalavam de profundezas desguarnecidas. Pensava naquilo que a Grande Raça havia temido, e no que ainda poderia estar à espreita — ainda que fraco e moribundo — lá embaixo. Pensava naquelas pegadas de cinco círculos e no que meus sonhos me haviam dito daquelas pegadas — e em ventos singulares e ruídos sibilantes a elas associados. E pensava nas histórias dos aborígenes modernos que repisavam o horror de fortes ventos e inomináveis ruínas subterrâneas.

Eu conhecia, por um símbolo na parede entalhada, qual o pavimento certo para entrar, e cheguei, enfim — depois de passar por aquele outro livro que havia examinado — ao grande espaço circular de onde se ramificavam as arcadas. À minha direita, e prontamente reconhecível, estava o arco pelo qual eu havia chegado. Por ele eu enveredei, então, consciente de que o resto do caminho seria mais difícil por causa da alvenaria desmoronada fora do edifício dos arquivos. Minha nova carga acondicionada em metal pesava sobre mim, e foi ficando cada vez mais difícil me manter em silêncio quando tropeçava em toda sorte de detritos e fragmentos.

Cheguei então ao monte de detritos da altura do teto pelo qual abrira uma passagem apenas suficiente. Meu pavor de galgá-lo novamente foi supremo pois na minha primeira passagem eu havia feito algum barulho, e agora — tendo visto aquelas possíveis pegadas — eu temia qualquer som mais do que tudo. Além disso, a caixa duplicava o problema de atravessar a estreita fenda. Mas escalei a barreira com dificuldade o melhor que pude, e empurrei a caixa pela abertura. Depois, lanterna na boca, eu próprio me esgueirei por ela — as costas novamente arranhadas, como antes, pelas estalactites. Quando tentava apanhar novamente a caixa, despenquei pela encosta de detritos, fazendo um estrépito perturbador e provocando ecos que me inundaram de suor frio. Estiquei-me para pegá-la e recuperá-la sem fazer novos ruídos, mas, um momento depois, o deslizamento de blocos debaixo dos meus pés provocou um alarido súbito e sem precedente.

O alarido foi minha ruína. Pois, ilusoriamente ou não, eu julguei que ele fora respondido de maneira pavorosa, de espaços muito remotos atrás de mim. Pensei ter ouvido um ruído estridente e sibilante diferente de qualquer outro na Terra, e à prova de qualquer descrição verbal adequada. Se foi assim, o que se seguiu foi uma ironia sinistra — não fosse o pânico que isso me causou, a segunda coisa poderia jamais ter acontecido.

Nas circunstâncias, meu pânico foi absoluto e inelutável. Pegando a lanterna na mão, e agarrando frouxamente a caixa, saí saltando alucinadamente em frente sem outra ideia na cabeça além do desejo insano de correr para fora daquelas ruínas de pesadelo, alcançar o mundo real de deserto e luar tão mais em cima. Mal notei quando atingi a montanha de detritos que se erguia na vasta escuridão além do teto abaulado, e me arranhei e me cortei várias vezes enquanto me arrastava por sua íngreme encosta de blocos e fragmentos dentados. Então, aconteceu o grande desastre. No momento em que eu cruzava às cegas o cume despreparado para o súbito mergulho à frente, meus pés escorregaram e eu me vi envolvido numa avalanche confusa de alvenaria desmoronando cujo estrépito retumbante cortou o ar da caverna escura numa série ensurdecedora de reverberações estrondeantes.

Não guardo recordação de como saí desse caos, mas num fragmento fugaz de consciência, eu me vejo disparando, correndo e tropeçando por um corredor em meio à balbúrdia — caixa e lanterna ainda comigo. Então, no exato instante em que me aproximava daquela cripta de basalto primitiva que tanto receava, veio a loucura extrema. Quando os ecos da avalanche serenaram, tornou-se audível uma repetição daquele apavorante sopro alienígena que eu pensava ter ouvido antes. Dessa vez, não houve dúvida sobre isso — e, o que era pior, ele vinha de um ponto não às minhas costas, mas *à minha frente*.

Devo ter soltado um forte grito, então. Tenho uma leve impressão de ter disparado pela infernal cúpula de basalto das Coisas Mais Antigas, e de ter ouvido aquele maldito som alienígena soprando pela porta aberta e desguarnecida de escuridões inferiores infinitas. Havia também um vento — não apenas uma aragem fria e úmida, mas uma rajada violenta e deliberada golfando selvagem e glacial daquele abismo abominável de onde partia o assobio hediondo.

Guardo lembranças de desvios e saltos sobre obstáculos de toda sorte, com aquela torrente de vento e aquele som sibilante crescendo a cada instante e parecendo se enrodilhar e se retorcer deliberadamente ao meu redor ao partir malignamente dos espaços atrás e abaixo. Embora viesse de trás, aquele vento produzia o curioso efeito de obstruir em vez de ajudar o meu progresso, como se ele agisse como um laço atirado para me tolher. Desatento ao barulho que fazia, eu galguei uma grande barreira de blocos e alcancei novamente a estrutura que levava à superfície. Lembro-me de ter vislumbrado a arcada para a sala das máquinas e de quase ter chorado quando vi a rampa que levava para baixo, para onde um daqueles ímpios alçapões devia se escancarar dois níveis abaixo. Em vez de chorar, porém, eu murmurava para mim sem parar que aquilo tudo era um sonho do qual logo despertaria. Talvez eu estivesse no acampamento — talvez estivesse em casa, em Arkham. Com essas esperanças fortalecendo minha sanidade mental, comecei a subir a rampa para o nível superior.

Eu sabia, claro, que tinha a fenda de mais de um metro para transpor de novo, mas estava torturado demais por outros medos para perceber aquele horror absoluto até quase dar com ele. Na minha descida, o salto sobre ela fora fácil — mas será que eu poderia transpor a distância com tanta facilidade na subida e assoberbado pelo pavor, exaustão, o peso da caixa de metal e o insólito puxão para trás daquele vento infernal? Pensei nessas coisas no último momento, e pensei também nas entidades inomináveis que poderiam estar à espreita nos abismos negros no fundo da fissura.

Minha lanterna oscilante estava enfraquecendo, mas eu consegui notar, por alguma obscura recordação, quando me aproximei da fenda. As rajadas frias de vento e os uivos sibilantes asquerosos atrás de mim foram, por um momento, um ópio misericordioso, entorpecendo minha imaginação para o horror do abismo escancarado à frente. E foi aí que eu tomei consciência dos sopros e silvos adicionais *à minha frente* — ondas de abominação emergindo pela fenda de profundezas insondadas e insondáveis.

Foi naquele momento, de fato, que a pura essência do pesadelo caiu sobre mim. A sanidade perdida — e, ignorando tudo, menos o impulso animal de fugir, eu simplesmente disparei aos saltos para cima por sobre os detritos da rampa como se não existisse nenhum abismo. Então eu avistei a borda do precipício, saltei desvairado com toda partícula de força que possuía e fui instantaneamente engolfado num pandemônio vertiginoso de ruídos abomináveis e numa escuridão total e materialmente tangível.

Este é o fim da minha experiência, até onde consigo me lembrar. Qualquer outra impressão pertence inteiramente ao domínio do delírio fantasmagórico. Sonho, loucura e memória fundiram-se numa série de ilusões fantásticas e fragmentares sem nenhuma relação com a realidade. Aconteceu uma queda pavorosa por léguas incalculáveis de uma escuridão viscosa e sensível, e uma babel de ruídos absolutamente extraterrestres por tudo que sabemos da Terra e de sua vida orgânica. Sentidos rudimentares dormentes pareciam se reanimar dentro de mim, falando de poços e vazios povoados por horrores flutuantes e levando a penhascos sombrios, e oceanos, e cidades fervilhantes com torres de basalto sem janelas sobre as quais jamais brilhara uma luz.

Segredos do planeta primordial e seu passado imemorial perpassaram por meu cérebro sem a ajuda de som ou visão, e me foram apresentadas coisas que nem o mais alucinado dos meus sonhos anteriores havia sugerido. E, durante o tempo todo, dedos frios de vapor úmido me agarravam e tocavam, e aquele silvo maldito e fantástico uivava demoníaco por sobre todas as alternações de balbúrdia e silêncio no vórtice de escuridão circundante.

Depois vieram visões da cidade ciclópica dos meus sonhos — não em ruínas, mas como eu a havia sonhado. Eu estava mais uma vez no meu corpo cônico, não humano, e misturado com as multidões da Grande Raça e as mentes cativas que carregavam livros para cima e para baixo dos imponentes corredores e vastas rampas. Em seguida, superpostos a essas imagens, vieram lampejos assustadores momentâneos de uma consciência não visual envolvendo lutas desesperadas, um desvencilhar dos tentáculos do vento sibilante, um voo insano, como o de morcego, pelo ar meio sólido, uma febril perfuração na escuridão açoitada pelo ciclone e uma corrida alucinada, aos trancos e tropeções por cima da alvenaria desmoronada.

Em certo momento, houve um curioso e intrusivo lampejo de uma meia visão — uma tênue e difusa suspeita de radiação azulada muito acima. Depois veio o sonho de uma escalada perseguida pelo vento — de um esgueirar para um fulgor de luar sardônico por entre uma confusão de detritos que deslizavam e despencavam atrás de mim em meio a um mórbido furacão. Era a pulsação monótona, maligna, daquele luar alucinante que me dizia, enfim, do retorno ao que um dia eu conhecera como o mundo objetivo, da vigília.

Eu estava me arrastando, de bruços, pelas areias do deserto australiano, e, ao meu redor, uivava um vento tão furioso como eu jamais conhecera na superfície de nosso planeta. Minhas roupas estavam em frangalhos e meu corpo todo era uma massa de equimoses e arranhões. A consciência plena só me voltou bem devagar e, em momento algum, eu poderia dizer onde o sonho delirante terminara e a verdadeira memória começara. Parecia ter havido um monte de blocos titânicos, um abismo abaixo dele, uma revelação monstruosa do passado e um horror de pesadelo no fim — mas quanto disso era real? Minha lanterna se fora, e também qualquer caixa de metal que eu pudesse ter descoberto. Teria havido uma caixa assim, ou algum abismo, ou algum monte? Levantando a cabeça, olhei para trás e vi apenas as areias estéreis e ondulantes do deserto.

O vento demoníaco arrefecera e a Lua intumescida e esponjosa mergulhava avermelhando-se no oeste. Eu me ergui e comecei a caminhar tropegamente em direção ao acampamento a sudoeste. O que me acontecera de verdade? Teria eu meramente desabado no deserto e arrastado um corpo atormentado por sonhos sobre quilômetros de areia e blocos enterrados? Se não, como eu suportaria continuar vivendo? Pois, com essa nova dúvida, toda minha fé na irrealidade mítica de minhas visões se dissolvia uma vez mais na dúvida infernal mais antiga. Se aquele abismo era real, então a Grande Raça era real — e suas andanças e capturas no vórtice do tempo da amplidão do cosmo não eram mitos ou pesadelos, mas uma realidade terrível e estarrecedora.

Teria eu retrocedido, em plena e hedionda realidade, a um mundo pré-humano de 150 milhões de anos atrás, naqueles dias obscuros, desconcertantes da amnésia? Teria sido meu corpo presente o veículo de uma pavorosa consciência alienígena de abismos paleogênicos do tempo? Teria eu, como a mente cativa daqueles horrores desajeitados, conhecido de fato aquela cidade maldita de pedra em seu apogeu primordial, e percorrido aqueles corredores familiares na forma abjeta do meu captor? Seriam aqueles sonhos torturantes de mais de vinte anos fruto de *memórias* reais e monstruosas? Teria eu realmente conversado com mentes de cantos inatingíveis de tempo e espaço; aprendido os segredos do universo, passados e futuros, e escrito os anais de meu próprio mundo para as caixas de metal daqueles arquivos titânicos? E seriam aqueles outros — aquelas chocantes coisas antigas dos ventos alucinados e sibilos demoníacos —, de fato, uma ameaça persistente, emboscada, esperando e despertando lentamente nos abismos negros enquanto formas variadas de vida arrastavam seus cursos multimilenares na superfície do planeta devastada pelos tempos?

Não sei. Se aquele abismo e o que ele continha eram reais, não resta nenhuma esperança. Então, com toda certeza, paira sobre este mundo do homem uma zombeteira e incrível sombra fora do tempo. Mas, misericordiosamente, não existe prova de que essas coisas sejam mais do que novas fases dos meus sonhos de origem mítica. Não trouxe comigo a caixa de metal que teria sido uma prova e, até agora, aqueles corredores subterrâneos não foram encontrados. Se as leis do universo são boas, eles jamais serão encontrados. Mas eu preciso contar ao meu filho o que vi ou pensei ter visto, e deixar que ele use seu juízo de psicólogo para aquilatar a veracidade da minha experiência e transmitir este relato a outros.

Disse que a pavorosa verdade por trás dos meus torturados anos de sonhos depende absolutamente da realidade do que eu pensei ter visto naquelas ciclópicas ruínas enterradas. Tem sido difícil para mim, literalmente, registrar essa revelação crucial, como qualquer leitor não pode ter deixado de imaginar. Claro, ela está naquele livro dentro da caixa de metal — a caixa que eu arranquei de seu escaninho em meio à poeira de milhões de séculos. Nenhum olho viu, nenhuma mão tocou naquele livro desde o advento do homem neste planeta. E, no entanto, quando dirigi o facho da lanterna para ele naquele abismo assustador, eu notei que as letras curiosamente pigmentadas nas páginas de celulose amareladas por tempos imemoriais não eram, de fato, nenhum dos hieróglifos obscuros da juventude da Terra. Eram antes as letras de nosso alfabeto familiar formando palavras da língua inglesa na minha própria caligrafia.

(1934)

Sobre o autor

O século que experimentou um fantástico progresso na mecanização da produção, uma extraordinária jornada de investigação, sob a égide da ciência, de todos os meandros da atividade humana — produtiva, social, mental —, foi também o período em que mais proliferaram, na cultura universal, as incursões artísticas na esfera do imaginário, os mergulhos no mundo indevassável do inconsciente. Literatura, rádio, cinema, música, artes plásticas, e depois, também, a televisão, entrelaçaram-se na criação e recriação de mundos sobrenaturais, em especulações sobre o presente e o futuro, em aventuras imaginárias além do universo científico e da realidade aparente da vida e do espírito humanos.

Howard Phillips Lovecraft (1890-1937), embora não tenha alcançado sucesso literário em vida, foi postumamente reconhecido como um dos grandes nomes da literatura fantástica do século XX, influenciando artistas contemporâneos, tendo histórias suas adaptadas para o rádio, o cinema e a televisão, e um público fiel constantemente renovado a cada geração. Explorando em poemas, contos e novelas os mundos insólitos que inventa e desbrava com a mais alucinada imaginação, Lovecraft seduz e envolve seus leitores numa teia de situações e seres extraordinários, ambientes oníricos, fantásticos e macabros que os distancia da realidade cotidiana e os convoca a um mergulho nos mais profundos e obscuros abismos da mente humana.

Dono de uma escrita imaginativa e muitas vezes poética que se desdobra em múltiplos estilos narrativos, Lovecraft combina a capacidade de provocar a ilusão de autenticidade e verossimilhança com as mais desvairadas invenções de sua arte. Ele povoa seu universo literário de monstros e demônios, de todo um panteão de deuses terrestres e extraterrestres interligados numa saga mitológica que perpassa várias de suas narrativas, e de homens sensíveis sonhadores em perpétuo conflito com a realidade prosaica do mundo.

do mesmo autor nesta editora

o caso charles dexter ward

à procura de kadath

dagon

o horror em red hook

o horror sobrenatural em literatura

a maldição de sarnath

nas montanhas da loucura

Este livro foi composto em Vendetta e Variex pela *Iluminuras* e terminou de ser impresso em março de 2019 nas oficinas da *Meta Brasil Gráfica*, em papel off-white 80 gramas, em Cotia, SP.